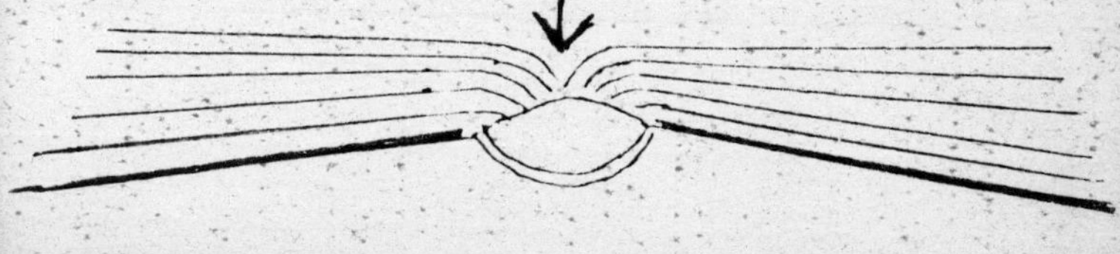

A Faint Cold Fear Thrills Through My Veins
William Shakespeare

Zu diesem Buch

Stockbetrunken wankt Tolonen durch die Straßen von Hamburg-St. Georg. Halt bietet ihm nur eine Straßenlaterne. Kurz bevor er besinnungslos zusammensinkt, sieht er, wie Hanna Marenka, eine bekannte Schauspielerin, entführt wird.

Am nächsten Morgen sind seine Erinnerungen verblaßt. Er kann sich nur noch an den Presseempfang anläßlich der Eröffnung eines Filmfestivals erinnern. Bei dieser Gelegenheit hatten er und sein Kollege Kreissberg eine Wette vereinbart. Eine Kiste Schampus wurde als Preis für eine Nacht mit der attraktiven Hanna Marenka ausgesetzt. Kreissberg disqualifizierte sich selbst, als ihm – ungeschickt wie immer – eine Tomatenscheibe auf den Rücken der exzentrischen Schönen fiel.

Tolonen wollte sich an diesem Spiel nicht mehr beteiligen. Aus gutem Grund, denn die beiden arbeiten für die Nachrichtenagentur *Interpublic/Globalnews*, die die Sensationspresse mit Klatschgeschichten aus dem Leben der Prominenten beliefert. Im Gegensatz zu Kreissberg, der sich mit dem Tiefpunkt seiner Karriere abgefunden hat, sieht Tolonen immer noch die Möglichkeit, dem Schmierenjournalismus zu entkommen. Als Hanna Marenka ebenso plötzlich auftaucht, wie sie spurlos verschwunden ist, scheint der Fall publizistisch ausgeschlachtet zu sein. Warum aber bedrohen Tolonen reichlich verdächtige und rücksichtslos brutale Gestalten?

Sein Krimidebüt hatte der Hamburger Autor Robert Brack, Jahrgang 1959, in Warschau angesiedelt. «Blauer Mohn» (Nr. 2886) ist der erste Teil einer Trilogie um Polen und polnische Exilanten. Der zweite Teil dieser Trilogie «Die Spur des Raben» (Nr. 2906) spielt in Polen und Hamburg. Mit seinem Roman «Rechnung mit einer Unbekannten» hat der Autor eine neue Serie um den Journalisten Tolonen und seinen unverbesserlichen Kollegen Kreissberg angefangen. Sein nächster Roman wird die Trilogie beenden, und danach werden in der Reihe rororo thriller weitere Romane um Tolonen folgen.

Robert Brack

Rechnung mit einer Unbekannten

Rowohlt

rororo thriller
Herausgegeben von Bernd Jost

Originalausgabe
Veröffentlicht im Rowohlt Taschenbuch Verlag GmbH,
Reinbek bei Hamburg, Juli 1989
Redaktion Peter M. Hetzel
Umschlagfoto Latusek
Umschlagtypographie Peter Wippermann/Nina Rothfos

Satz Garamond Stempel: Dörlemann-Satz, Lemförde
Druck und Bindung: Clausen & Bosse, Leck
Printed in Germany
880-ISBN 3 499 42927 6

Die Hauptpersonen

Der Journalist *Tolonen* ist einer heißen Story auf der Spur, während sein Kollege *Kreissberg* nur an Ouzo und an riesigen Portionen Souflaki interessiert ist. Die berühmte Schauspielerin *Hanna Marenka* scheint für keinen der beiden etwas übrig zu haben. Dagegen hat ihre Freundin *Jutta Weisherbst* nur Rotwein im Sinn. Die unechten Mormonen *Charlie Weiminger* und der bleiche *Samuel* durchkreuzen die staatstragenden Pläne des Bürokraten *Hinrichsen.* Von dem daraus resultierenden Durcheinander profitiert einzig die Spielernatur *Richard Kasman*, obwohl er permanent in Gefahr schwebt, die auch sein Freund und Rechtsanwalt *Kurt Sobiella* nicht immer abwenden kann. Nur die kleinen Fische, wie der Kurier *Nowak* und seine Frau, haben gegen die Großen, die Hechte im Karpfenteich, keine Chance.

Für A. J. Lukas

1

Sie klingelten Sturm. Fünf Minuten lang. Es war zum Wahnsinnigwerden. Als ich mich endlich aus dem Bett schwang, stieß ich die offene Mineralwasserflasche um. Um meinen linken Fuß sammelte sich kaltes Wasser. Ich stolperte durch das dunkle Zimmer in den Flur und riß die Tür auf.

Draußen standen zwei Stoppelköpfe und grinsten mich an.

«Grüß Gott!» sagten sie.

Sie waren tadellos gekleidet. Dunkelblaue Anzüge, hellblaue Hemden, Krawatten mit dem Hamburger Wappen. Ich zog meine Boxershorts zurecht. Mormonen! Das hatte mir gerade noch gefehlt. Wie spät war es? Ein bohrender Schmerz meldete sich in meinem Hinterkopf.

«Wir stören Sie doch nicht?» sagte der größere der beiden. Er war der ältere, etwa Anfang Dreißig, hatte ein kugelrundes, leicht aufgedunsenes Gesicht und ungeheuer große Hände. Die Nasenlöcher der etwas zu kleinen Nase wirkten in seinem breiten Gesicht unverhältnismäßig groß. Eine Schönheit war er nicht. Wieso trug er einen Ehering an der einen Hand? Ich sah mir seine andere an. Waren Mormonen nicht Polygamisten? Der hier trug jedenfalls nur einen Ring. Oder reichte der auch für mehrere Frauen aus?

«Wir wollen mit Ihnen über Gott sprechen», sagte der Große.

«Für Gott ist es nie zu spät», erklärte der andere. Er hatte eine hohe Stimme und ein extrem bleiches Gesicht. Er trug überhaupt keinen Ring, hielt aber einen schwarzen Aktenkoffer in der einen Hand. Beide Männer sprachen mit amerikanischem Akzent und stellten das sauberste Lächeln zur Schau, das man sich überhaupt vorstellen kann.

«Zu früh», sagte ich, «es ist noch zu früh für den lieben Gott. Ich muß wieder ins Bett zurück. Wenn Sie mir ein Gesangbuch verkaufen wollen, müssen Sie später wiederkommen.»

«Wir wollen Ihnen nichts verkaufen, wir wollen Ihre Seele retten», sagte der Große.

Mir wurde kalt. Die beiden gingen mir auf die Nerven.

«Meine Seele hab ich momentan nicht bei mir ...»

Ich drehte mich um und suchte nach dem Türgriff. Dann trat ich einen Schritt zurück, um die Tür zu schließen. Wie auf ein Kommando ruckten sie einen Schritt nach vorn. Das ärgerte mich. Ich hatte nicht die geringste Lust, mich mit ihnen herumzustreiten. Ich holte tief Luft und wollte losbrüllen.

Der Große fing plötzlich an, breit zu lächeln, und streckte mir die Hand entgegen:

«Herzlichen Glückwunsch zum Geburtstag, Herr Tolonen!»

Ich war total perplex. Daran hatte ich überhaupt nicht gedacht. War heute der 20. März?

«Wer hat Sie denn für diesen dummen Scherz engagiert?»

Der Große machte ein erstauntes Gesicht. Er sah fast beleidigt aus.

«Sie haben uns doch selbst eingeladen!»

«Ich habe Sie eingeladen?»

«Aber ja. Gestern abend.»

Das war mir neu. Aber momentan war mir alles neu, was den gestrigen Abend betraf.

Er blickte auf seine Uhr. Sie war groß und glänzte golden, eine Angeberuhr.

«Sie haben uns für elf Uhr eingeladen. Es ist jetzt elf.»

«Elf Uhr erst?» Wieder bohrte der Schmerz in meinem Hinterkopf. Ein kalter Luftzug ließ mich frösteln. Mir war hundeelend zumute. Was zum Teufel hatte ich diesen Typen gestern abend erzählt? Wo hatten wir uns überhaupt getroffen? Es schien nur eine Möglichkeit zu geben, dies herauszufinden.

Ich ließ den Türgriff los und drehte mich um: «Kommen Sie rein, machen Sie die Tür zu. Setzen Sie sich in die Küche. Ich zieh mir nur was über.»

Ich ging ins Schlafzimmer und zog die Vorhänge auf. Sehr viel heller wurde es nicht, wenige Meter vor dem Fenster begann die nächste Hausfront. Das Wasser aus der Flasche war über meine

Cordhose geflossen, auf dem hellbeigen Teppichboden hatte sich ein dunkler Fleck breitgemacht. Ich holte eine frische Hose aus dem Schrank und zog sie an. Beim Zuknöpfen hatte ich Schwierigkeiten – offenbar war sie beim Waschen eingegangen. Ich konnte doch unmöglich zugenommen haben. Vielleicht war es ein Wink des Schicksals: Tolonen, heute ist dein Geburtstag, nicht etwa irgendeiner, sondern der, vor dem du dich am liebsten drücken würdest, der vierzigste! Nun ist es an der Zeit, vernünftig zu werden und beispielsweise mit der Trinkerei aufzuhören. Alkohol macht dick! Wer dick ist, leidet an Minderwertigkeitskomplexen und fängt an, noch mehr zu trinken. Mach Schluß damit, bevor du aussiehst wie Orson Welles!

Ich sah in den großen Wandspiegel. Bei aller Fähigkeit zur Selbstkritik stellte ich beruhigt fest, daß ich noch hart an mir arbeiten mußte, bevor ich mit Orson Welles ernsthaft konkurrieren konnte. Meine Statur ging mit ein bißchen gutem Willen durchaus noch als «sportlich» durch. Robert Mitchum hat sein ganzes Leben lang keine Flasche Whisky stehen lassen können – und seine Wampe hat seinem Ansehen auch nicht geschadet. Ich zog eins meiner neuen T-Shirts an – darin sah ich aus wie ein Strich in der Landschaft.

Aus der Küche drang das gedämpfte Gurgeln der Kaffeemaschine herüber. Die Jungs übten sich in Nächstenliebe. Ich fing an, eine Art von christlicher Dankbarkeit in mir zu fühlen.

Als ich die Küche betrat, hatten sie bereits den Tisch gedeckt. Wir drei schienen schon seit Jahren befreundet zu sein.

Angesichts des Kaffeedufts, der die Küche durchströmte, ließ ich mich zu einem kumpelhaften Scherz hinreißen: «Wo haben Sie denn den Geburtstagskuchen versteckt?»

Die beiden sahen sich peinlich berührt an.

«Geh zum Bäcker», sagte der Große zu dem bleichen Jüngling. «Nein, nein», protestierte ich halbherzig, aber er war schon an der Tür. In meinem Zustand würde ich sehr wahrscheinlich keinen Bissen herunterbringen. Der Große legte den Aktenkoffer auf einen Stuhl und ließ die Schlösser aufschnappen. Im Koffer lagen einige Ordner und Papiere, die *BILD*-Zeitung und ein dickes Buch. Er nahm das Buch heraus, legte es auf den Tisch, verschloß den Koffer wieder und stellte ihn auf den Boden. Ich sah mir das Buch an und ahnte Schlimmes. Es war in blaues Kunstleder eingebunden und trug auf dem Rücken eine goldene Inschrift – die Bibel natürlich. Jeden Moment konnte er mit salbungsvoller Stimme sein Bekehrungsgeschwätz beginnen. Statt dessen griff er zur Kanne und goß Kaffee in die drei Tassen vor uns. Ich stand wie ein Trottel daneben. In wessen Haushalt befand ich mich eigentlich? Ich spürte ein leichtes Zittern in der Brust. Es wanderte durch den ganzen Körper. Ich bekam eine Gänsehaut.

«Sie sehen sehr blaß aus, Herr Tolonen», sagte der Mormone. Es klang nicht sehr mitfühlend.

Ich sah ihn an: «Ich glaube, ich habe Ihren Namen vergessen.»

Sein Lächeln drang noch nicht einmal bis in die Mundwinkel: «Sie hatten einen leichten Schwipps, gestern abend.»

«Jetzt, wo Sie mich daran erinnern, fällt es mir auch wieder ein. Wir haben mächtig einen draufgemacht, was?»

Wieder schmolz der Ansatz eines Lächelns von seinen dicken Lippen: «Sie haben bestimmt einen draufgemacht. Wir nicht. Wir trinken keinen Alkohol.»

«Ist auch gesünder», sagte ich. «Man wird nur fett und träge davon.»

Er nickte: «Alkohol fördert das Laster und die Versuchung.»

Auch du versteckst etwas unter deinem Jackett, dachte ich, als ich ihn musterte. Aber es handelte sich weniger um Fett als um Muskeln.

«Weiminger», sagte er schließlich.

«Bitte?»

«Mein Name ist Weiminger, Charles Weiminger.»

«Aha. Wollen Sie sich nicht setzen?» Ich deutete auf den Stuhl, vor dem er die ganze Zeit schon stand. Kaum hatte ich mich neben ihn gesetzt, klingelte es an der Tür. Es war der bleiche Jüngling. In den Händen trug er ein in gelbes Papier eingewickeltes Paket. Er schien die halbe Konditorei leergekauft zu haben.

«Charlie wartet schon», sagte ich, als ich ihn hereinließ, aber er sah mich nur verständnislos an.

Wir setzten uns um den Küchentisch, und ich durfte mir das schönste Stück Bienenstich aussuchen. Es sah großartig aus, schmeckte aber nach gar nichts. Ich bekam es kaum herunter.

«Wie lange kennen wir uns denn schon?» fragte ich, nachdem ich den letzten Bissen heruntergewürgt hatte.

«Seit gestern nacht», sagte Charlie. «Erinnern Sie sich denn nicht mehr?»

«Keine Spur.»

Der bleiche Jüngling griff sich das dritte Stück Butterkuchen. Ich fragte mich, ob Mormonen überhaupt so viel Süßes essen dürfen, Völlerei ist schließlich auch ein Laster. Aber er war noch jung, er konnte noch wachsen. «Wir haben uns in dieser kleinen Straße hinter dem Theater getroffen», Charlie sah seinen Begleiter an: «Wie heißt das Theater?»

«Schauspielhaus», sagte der Kleine mit vollem Mund.

«Hinter dem Schauspielhaus», nickte Charlie. «Sie haben auf einer kleinen Mauer gesessen.»

«Auf einer Mauer? Wo ist denn da eine Mauer?»

«Vor einer Tankstelle. Sie haben einer Prostituierten etwas Obszönes nachgerufen . . .»

«Ich? Sind Sie sicher, daß wir von mir reden?»

Weiminger nickte traurig: «Dann sind Sie beinahe eingeschlafen und auf den Bürgersteig gefallen. Wir haben Sie gesehen und uns um Sie gekümmert.»

«Unmöglich. Ich muß einen Doppelgänger haben.»

«Einen Doppelgänger, der am gleichen Tag Geburtstag hat? Haben Sie einen Zwillingsbruder?»

«Wieso Geburtstag?»

«Sie haben uns eingeladen, mit Ihnen zu feiern. Wir sind in ein Lokal gegangen.»

«In welches Lokal?»

«Ich habe den Namen vergessen. Aber ich erinnere mich, daß im Fenster ein großer roter Anker hing.»

«Tatsächlich?» Ich kannte das Lokal, konnte mich aber nicht erinnern, jemals dort gewesen zu sein.

«Sie wollten uns zum Alkoholkonsum überreden. Ihre Ansichten über Religion haben Sie eindrucksvoll vorgetragen.»

Es war mir ein Rätsel, ich wußte nichts mehr davon.

«Und, hab ich Sie rumgekriegt?»

«Uns Mormonen zum Trinken verführt, meinen Sie? Nein. Aber Samuel hier ist für einen Moment schwach geworden, vor allem, als Sie ihn mit einer jungen Dame bekannt machen wollten.»

Samuel nippte gerade an seinem Kaffee und verschluckte sich. Er wurde rot.

«Doch nicht etwa noch eine Nutte?»

«Nein. Ich glaube eher, es war eine Schauspielerin. Können Sie sich nicht an sie erinnern? Sie war sehr hübsch.»

Samuel stocherte unruhig mit seinem Kaffeelöffel in einer Zitronenrolle herum. Falls Mormonen beichten müssen, durfte er bald einen Termin nötig haben.

«Wie sah sie denn aus?»

«Etwa so groß wie Sie, brünett, smaragdgrünes Kleid . . .»

Mich beschlich so einen Ahnung.

«Ich kann mich nicht erinnern. Alles verdrängt.»

Charlie nickte bedächtig: «Sie war ohnehin nicht gut auf Sie zu sprechen.»

«Hab ich mich danebenbenommen?»

«Sie wollten ihr das Kampftrinken beibringen.»

Auf so eine Idee bin ich meines Wissens noch nie gekommen.

«Und sie hatte keinen Durst?«

«Sie hatte vor allem keine Lust, mit Ihnen aus dem gleichen Glas zu trinken.»

«Soso. Und Sie beide waren meine Schutzengel?»

«Ja, wir mußten den Wirt beschwichtigen.»

«Warum das denn, um Gottes willen?»

«Sie hatten einiges an seiner Inneneinrichtung auszusetzen.»

«Und nun sind Sie gekommen, um meine Seele zu retten?»

«Das auch, aber vor allem, weil Sie uns eingeladen haben.»

«Ich habe Sie also eingeladen? Obwohl ich wußte, daß Sie Mormonen sind?»

«Ja, Sie sagten, wir wären jederzeit willkommen. Wir sollten nur so lange klingeln, bis Sie aufmachen.»

In gewisser Weise war ich froh, daß mich die gestrige Sauftour nicht in die Nähe der moslemischen Moschee gebracht hatte, die sich drei Straßen weiter befand.

«Und jetzt wollen Sie mir aus der Bibel vorlesen?»

Charlie schob das blaue Büchlein von sich weg: «Samuel wird uns gerne einen Psalm vortragen. Nicht wahr, Samuel?»

Samuel kaute immer noch und schien gar nicht erfreut über diese Idee zu sein. Wie ich ihn so kauen sah und die übriggebliebenen Kuchenstücke dazu, wurde mir plötzlich übel. Beinahe hätte ich mich übergeben.

«Lassen Sie es lieber bleiben», winkte ich ab. «Ein andermal vielleicht, aber bitte nicht heute.» Ein Schimmer von Dankbarkeit zeigte sich im Gesicht des bleichen Samuel.

«Nur einen kurzen Psalm . . .» Charlie ließ nicht locker.

«Nein», sagte ich entschieden und stand auf, «ich muß mich sofort wieder ins Bett legen, mir ist total schlecht.»

Charlie nickte verständnisvoll: «Ich lasse ihnen einige Broschüren hier. Wir kommen dann noch einmal vorbei.»

«Tun Sie, was Sie nicht lassen können.»

Er legte ein paar Zettel auf den Tisch, und beide standen auf. Nachdem ich die Wohnungstür hinter ihnen geschlossen hatte, bekämpfte ich tapfer den aufkommenden Brechreiz.

Dann ging ich zum Wohnzimmerfenster und sah nach draußen, während ich den Telefonapparat in die Hand nahm. Die beiden Männer liefen heftig diskutierend durch den Innenhof auf das Tor zur Straße zu. Ein paar Sekunden später hatte ich meinen Kollegen Kreissberg erreicht.

«Hallo Kreissberg, hier spricht Tolonen. Braucht ihr mich heute noch?»

«Ich hab gar nicht mit dir gerechnet, mein Lieber. Wo bist du denn? Im Bett mit deiner neuen Freundin?»

«Welche Freundin?»

«Die Brünette von gestern abend?»
Langsam dämmerte mir, wen er meinte.
«Ach die.»
«Also nicht?»
«Nein.»
«Mit wem denn?»
«Mit einem Kater.»
«Herzliches Beileid.»
«Kannst du dir eine Ausrede ausdenken für mich?»
«Aber sicher.»
«Besten Dank.»
«Geht schon in Ordnung. Gute Besserung.»
«Moment noch!»
«Was ist?»
«Nur eine Frage: Wieso trägt ein Mormone ein Pistolenhalfter unter dem rechten Arm?»
«Warum?»
«Weil er Linkshänder ist.»
«Blöder Witz.»
Er legte auf, und ich mich wieder ins Bett.

2

Der gestrige Presseempfang hatte im Alsterpavillon am Jungfernstieg stattgefunden. Anlaß war der Beginn eines internationalen Filmfestivals gewesen, zu dem viel Prominenz und auch die gesamte Hamburger Journaille geladen worden war. In den Räumlichkeiten, in denen sich sonst nur ältere Herrschaften ab 70 vergnügten, drängten sich Lokalpolitiker, einflußreiche hanseatische Bürger, Vertreter der europäischen Filmindustrie, mindestens zweihundert Journalisten und noch einmal so viele Schmarotzer, die sich weniger für die über ein kaputtes Mikrophon gestotterten Grußworte interessierten als für das üppige Büffet. Livrierte Kellner liefen mit Weinflaschen in der Hand und gerümpfter Nase umher und gossen jedes Glas voll, das sie ausfindig machen konnten. Offenbar spekulierten sie darauf, daß die Veranstaltung nach dem letzten vergossenen Tropfen beendet sein würde. Normalerweise wäre dies der Fall gewesen, aber leider war ein bekannter Unternehmer und Kulturmäzen überaus spendabel gewesen. Nachdem die Horde der Kulturbeflissenen die letzten Rentnerinnen aus dem Lokal geekelt und sich der kleinen Tischchen in den lauschigen Ecken mit den hübschen Lämpchen bemächtigt hatte, war die letzte Mark Trinkgeld gegeben worden. Ältere Damen sind für Kellner nun mal ein angenehmeres Publikum als die weinvergießende, mayonnaiseverschmierende Kulturschickeria. Unsere Agentur *Interpublic/Globalnews*, die dafür bekannt ist, solche Veranstaltung in den Himmel zu loben, weil die Berichte über die anwesende Prominenz reißenden Absatz finden, hatte einen ganzen Stapel Eintrittskarten bekommen. Je eine davon erhielten mein Kollege Kreissberg und ich. Die übrigen beschlagnahmte unsere Chefin und verteilte sie in ihrem Bekanntenkreis – der war sehr groß und ungeheuer mondän. Jedenfalls war das ihre Meinung, und niemand hatte jemals versucht, sie davon abzubringen. Jeder, der es wagen sollte, würde sich einen neuen Job suchen dürfen, dessen konnte man sicher sein. Und wer bei *Interpublic/Globalnews* gelandet war, hatte nicht gerade die beste Ausgangsposition für einen beruflichen Aufstieg. Die älteren *Globalnews*-Mitarbeiter waren auf Abstieg programmiert. Auch wenn das nie einer zugegeben hätte, war es eine Tatsache. Meiner Meinung nach hatten sie es allesamt auch verdient – bis auf Kreissberg. Und mich natürlich. Obwohl ich mir da nicht so ganz sicher war.

Ich betrat relativ spät den Alsterpavillon, weil ich vorher noch ein Interview mit einem berühmten italienischen Tenor geführt hatte, der in der Staatsoper gastierte. Nicht daß das Interview unverhältnismäßig lange gedauert hätte – der Maestro hatte sich in seiner Garderobe verschanzt und dem Pförtner Anweisung erteilt, niemanden von der Presse durchzulassen. Dabei hatte ich mit seiner Managerin ein zweistündiges Gespräch vereinbart. Aber der Meister hatte einen Pickel auf der Nase – wie ich aus dem Gespräch zweier kichernder Maskenbildnerinnen erfuhr, die gelangweilt im Treppenhaus des Bühneneingangs herumlungerten – und wollte aus diesem Grund niemanden von der Presse sehen. Ich brauchte eineinhalb Stunden, um ihn mit Unterstützung des Pförtners davon zu überzeugen, daß ich keinen Fotografen dabeihatte. Der Pförtner war dankbar für die Abwechslung – und den Zwanzigmarkschein, den ich ihm als Entschädigung für die dreizehn Anrufe in des Meisters Garderobe zusteckte. Das «Interview» dauerte dann eine knappe Viertelstunde, und der Tenor erfuhr mehr von mir als ich über ihn. In solchen Momenten kann ich jene Kollegen verstehen, die nicht davor zurückschrecken, ihre Gespräche mit lästigen Stars zu strecken, zu schönen oder einfach zu erfinden.

Ich hatte es noch nie getan und es auch in diesem Fall nicht tun wollen und wußte, daß mir meine Chefin deswegen mal wieder Unfähigkeit vorwerfen würde.

Nachdem ich mich durch die Menschenansammlung am Eingang gearbeitet und eine kleine dicke Blondine in einem weitausgeschnittenen Kleid abgewimmelt hatte, die sich an mich hängte und mit einem Schmollmund «Bitte, nimm mich doch mit rein, ja?» jammerte, ließ ich mir die Karte von einem Halbstarken zerreißen und stürzte mich ins Getümmel. Ich sah Kreissberg in einer strategisch günstigen Ecke neben dem Büffet stehen. Kreissberg hatte das Talent, selbst im allerschlimmsten Gedränge noch Platz für sich und seinen Hunger zu schaffen. Sogar die gierigsten Schmarotzer ließen ihm bei solchen Gelegenheiten genug Raum zum Einsammeln der Häppchen. Er flößte jedem Respekt ein. Das lag an seiner imposanten Erscheinung: Er war über eins neunzig groß und ungeheuer breit. «Breit» bezeichnete er sich selbst, jeder andere würde «fett» sagen. Ich habe ihm in diesem Punkt noch nie widersprochen. Nicht aus Feigheit, sondern weil er der einzige Mensch in der Agentur war, mit dem man vernünftig reden konnte – manchmal jedenfalls. Er taugte als Journalist nicht viel, das spielte aber keine Rolle und war ihm ziemlich egal. Kreissberg hatte kaum Haare auf dem Kopf und trug immer eine lederne Schirmmütze und einen abgetragenen

Trenchcoat. Viele Leute hielten ihn für einen verfetteten Exboxer.

Als er mich über die Köpfe der bestangezogenen und geistlosesten Kulturschaffenden der Stadt hinweg entdeckt hatte, winkte er mir zu. Im gleichen Moment rempelte mich ein Kellner an und hielt mir ein übervolles Glas Wein unter die Nase. Ich nahm es und ergatterte unterwegs noch ein weiteres. Die vierzigjährige Fernsehschauspielerin, der ich es vorenthielt, stierte mich an, als wolle sie mich vergiften. Abgesehen davon gehören Rempeleien und grobe Unhöflichkeiten zum Umgangston bei solchen Veranstaltungen, jedenfalls wenn es etwas umsonst gibt. In diesem Fall herrscht auch unter den wohlerzogenen Hanseaten das Faustrecht. Als ich endlich bei Kreissberg angelangt war, schob er sich gerade den letzten Bissen Schwarzbrot mit Schinken in den Mund und nahm sich anschließend zwei Brötchen mit Krabbensalat, die er zusammenklappte. Der kleine Mann vom Organisationsbüro, dem er auf diese Weise die Krönung des Abends wegschnappte, verzichtete aufs Protestieren, als er sah, wen er vor sich hatte.

Ich reichte Kreissberg ein Weinglas.

«Du bist ein echter Freund, Tolonen», sagte er. «Wie war's beim Maestro? Hat er dir was vorgesungen?»

Ich winkte ab.

«Gibt's hier noch irgendwas zu essen?»

Kreissberg ließ seinen Blick über die Menge schweifen.

«Komm mit!» sagte er dann und bahnte sich einen Weg.

In seinem Schlepptau hätte ich mich sogar in einen Löwenkäfig getraut. Er lotste mich direkt vor einen mit frischen Tabletts bestückten Tisch. Es stellte sich heraus, daß wir uns hier außerdem im Einzugsbereich von drei verschiedenen Weinkellnern befanden. Der Abend war gerettet.

Nicht einmal die dicke Blondine, die ich vor dem Eingang stehengelassen hatte, und die nun am Arm eines bekannten Hamburger Filmemachers von einem Tisch zum nächsten tapste, konnte mir die Laune verderben, als sie den Inhalt ihres halbvollen Weinglases auf den Ärmel meines Jacketts schüttete.

Schwieriger wurde es, als Kreissberg die Kontrolle über seine unendlich langen Arme mehr und mehr verlor und bei der Suche nach den letzten Resten Eßbarem immer skrupelloser agierte.

Es kam, wie es kommen mußte: Bei dem Versuch, dem stadtbekannten Filmemacher und seinem Anhängsel die letzten beiden Brötchen streitig zu machen, beugte sich Kreissberg über eine vor ihm stehende Frau in einem smaragdgrünen rückenfreien Seidenkleid. Als er die Brötchenhälften mit letzter Anstrengung zu fassen bekam und seine dicken Finger in der Mayonnaise versanken, verlor er für einen Moment das Gleichgewicht und stolperte nach vorn. Ein Stück Tomate, das von einem Fetzen Petersilie gekrönt wurde, rutschte vom Brötchen und platschte auf den makellosen Rücken. Da sich die Frau in diesem Moment gerade leicht nach vorn beugte, blieb die Tomate dort liegen, wo sie hingefallen war. Kreissberg fand zu seinem Gleichgewicht zurück und grabschte nach dem verlorengegangenen Gemüse. Das gleiche versuchte sein unschuldiges Opfer. Beide Hände waren gleichermaßen ungeschickt und zermatschten das Tomatenstückchen. Der Saft floß träge, aber zielstrebig an der Wirbelsäule entlang unter den dünnen, teuren Seidenstoff. Erst jetzt, als sie die Feuchtigkeit und die große Hand auf ihrem Rücken spürte, merkte die Frau, was passiert war. Sie drehte sich ruckartig um, starrte Kreissberg aus ihren dunkelbraunen Augen böse an, kniff zornig die rubinroten Lippen zusammen und schüttete ihm wortlos den Inhalt ihres Glases ins Gesicht. Dann drehte sie sich um und rauschte davon.

Ich starrte ihr fasziniert nach.

«Hast du ein Taschentuch dabei?» fragte Kreissberg.

Ich sah ihn an und mußte lachen. Von seinem Gesicht tropfte der Wein. Aber das war nicht alles: Vor Schreck waren ihm beide Brötchen aus der Hand gefallen, und die Hälfte des Krabbensalats klebte auf seinem Trenchcoat. Ich gab ihm ein Taschentuch:

«Gut, daß du einen Mantel anhast.»

Kreissberg fuhr sich mit dem Taschentuch übers Gesicht: «Dieser reizende Zwischenfall ist Gold wert», murmelte er.

«Wie das?»

«Die Göttliche hat mich mit Wein begossen. Daraus können wir eine mehrzeilige Enthüllungsstory machen. Wir müssen nur das Opfer auswechseln. Statt meiner Wenigkeit müßte es schon der Fürst von Thurn und Taxis sein oder unser Aushilfs-Hitchcock.» Er deutete auf den Filmemacher, der inzwischen seine Hand unterhalb des Nabels seiner hartnäckigen Verehrerin plaziert hatte.

«Die Göttliche?»

«Aber Tolonen! Du wirst doch die Garbo der achtziger Jahre kennen? Das ist doch dein Beruf.»

«Das war die Garbo der achtziger Jahre?»

Kreissberg nickte heftig: «Jawohl, hab ich doch selbst geschrieben.»

«Aber sie sieht doch gar nicht aus wie die Garbo.»

«Nicht? Findest du? Naja, ihre Ohren sind zu klein. Aber ansonsten – du hast eben keinen Blick für so was, du solltest dich auf Operntenöre spezialisieren.»

«Die Garbo hatte kein so fülliges Haar. Und war viel dünner.»

«Nein? Hast du mit ihr geschlafen?» Kreissberg stopfte mein Taschentuch in seine Manteltasche.

«Du spinnst, Kreissberg. Die Garbo ist ein bißchen zu alt für mich.»

«Und mit ihr da?»

«Ich weiß nicht einmal, wie sie heißt.»

«Aber die großen Sprüche kloppen, was?»

«Bist du sauer auf mich, weil ich ihren Hintern dem der Garbo vorziehen würde?»

Kreissberg wollte nicht glauben, was er da hörte. Hätte ich nicht so viel getrunken gehabt, wäre dieser Satz auch niemals über meine Lippen gekommen. «Tolonen ist zum Macho geworden», höhnte er. «Ich kann's nicht fassen!»

Allmählich verdarb er mir die Laune.

«Hast du das mit der Tomate etwa absichtlich gemacht?»

«Unsinn. Hab ich gar nicht nötig.»

«Vergiß es.»

Aber aus irgendeinem Grund dachte Kreissberg, ich würde ihn nicht ernst nehmen.

«Du hältst mich für einen Trottel, was Frauen betrifft, was?» sagte er.

«Nein, überhaupt nicht.»

«Also gut, paß mal auf. Ich gehe jetzt rüber zu ihr. Ich wette eine Kiste Champagner, daß sie heute nacht in meinem Bett liegt.» Seine Aussprache war schon etwas undeutlich.

«Unsinn, du bist betrunken. Außerdem mag ich solche Wetten nicht.»

Aber Kreissberg war schon auf dem Weg: «Eine Kiste Champagner!» rief er noch einmal. Und für eine Zehntelsekunde übermannte mich ein Gefühl von Eifersucht.

Aber Kreissberg schaffte es noch nicht mal, mit ihr ins Gespräch zu kommen. Er war viel zu betrunken und ließ sich, nachdem er eine Weile wie ein schüchterner Schuljunge neben ihr gestanden hatte, willenlos von der Menge in eine Ecke abdrängen.

Von einem Kollegen erfuhr ich ihren Namen. Ich hätte ihn und ihr Gesicht tatsächlich kennen müssen. Sie hieß Hanna Marenka und war der neue Star am Hamburger Schauspielhaus. Sie spielte die Hauptrolle in einer spektakulären, ultramodernen Inszenierung der «Antigone» von Sophokles. Ansonsten war sie in einigen vielbeachteten Filmen aufgetreten, unter anderem in der letzten Produktion des Hamburger Möchtegern-Hitchcocks, der angeblich einmal mit ihr verlobt gewesen war – zumindest hatte er das irgendwann einem Boulevardblatt gegenüber erwähnt.

Persönlich hatte ich eigentlich nie viel mit Schauspielerinnen anfangen können, aber von Hanna Marenka war ich fasziniert. Ich schob mich vorsichtig durch die Menge auf die andere Seite des Saals und sah sie mir aus der Nähe an. Das volle, kastanienbraune Haar fiel ihr in üppigen Wellen auf die Schultern. Sie hatte sich ein schwarzgrün schillerndes Jäckchen, das gerade bis zur Taille reichte, übergezogen. Ihre Augenbrauen waren dunkler als ihre Haare, fast schwarz. Manchmal zeigte sich ein herber Zug um Nase und Mund. Ihre Nase war ein kleines bißchen zu lang, so daß sie einem auffiel. Sie lächelte ihrem Gesprächspartner zurückhaltend zu und sah sich des öfteren um. Vielleicht befürchtete sie, daß Kreissberg einen neuen Angriff auf sie plante. Sie mußte Anfang Dreißig sein. Ihre Hände kamen mir seltsam vertraut vor, ich wußte nicht, warum. Am rechten Zeigefinger trug sie einen altmodischen Silberring mit einem großen hellgelben Bernstein. Ihre Fingernägel waren genauso rot wie ihre Lippen.

Sie unterhielt sich gerade mit dem Kultursenator, der sie aus seinem Rattengesicht angrinste, als wolle er ihr verraten, wo er ein Stück Speck versteckt hatte. Als er sich endlich abwandte, ging ich zu ihr.

«Frau Marenka, es tut mir sehr leid, daß Sie auf so unangenehme Weise mit unserer Agentur Bekanntschaft gemacht haben. Darf ich mich für meinen Kollegen entschuldigen?»

Einen Augenblick fragte ich mich, ob sie es überhaupt gehört hatte. Dann blickte sie von den leeren Tabletts, die neben ihr auf dem Tisch standen, auf und sah mich an.

«Wie bitte?» fragte sie desinteressiert.

Während ich fasziniert auf ihre dunkelbraunen Augen blickte, schweifte ihr Blick bereits über meine Schulter durch den Raum.

«Herr Kreissberg hat offenbar so viel getrunken, daß er nicht mehr Herr seiner Sinne ist.»

«Was für ein Kreissberg?» fragte sie kalt und blickte auf ihr Weinglas. Sie sprach das R irgendwie komisch aus, fast guttural.

Ich deutete in die Ecke, in der Kreissberg sich inzwischen auf einen Stuhl gesetzt hatte.

«Ach, der Rüpel. Ein Kollege von Ihnen? Was für eine Agentur soll denn das sein?» Sie hatte also doch zugehört.

«*Interpublic/Globalnews.* Tut mir leid, daß das passiert ist.»

«*Globalnews*», sagte sie verächtlich und rümpfte die Nase, als sie Kreissberg mit einem Blick streifte. «So sieht der auch aus.» Dann sah sie mir zum erstenmal ins Gesicht: «Und Sie gehören auch zu der Schmiererbande?»

«Bitte?»

«Ihr Ruf eilt Ihnen voraus. Bemühen Sie sich nicht, von mir bekommen Sie kein Interview. Nicht einen Satz!» Sie wandte sich von mir ab, drehte sich aber dann noch einmal halb zurück: «Haben Sie eine Uhr?»

«Es ist halb zwölf.»

«Zeit für mich. Tschüß.»

Sie hatte nicht den Anflug eines Lächelns an mich verschwendet. Und wie sie nun auf ihren hochhackigen Pumps davonstolzierte, machte mich wütend. Kreissberg beugte sich über meine Schulter: «Da geht der Garbo aber der Arsch auf Grundeis, wenn sie das sieht», sagte er. Er stank nach Wein. «Du schuldest mir eine Kiste Champagner», sagte ich barsch und ließ ihn stehen.

«Immer hübsch dranbleiben, mein Junge!» rief er hinter mir her.

Die meisten Leute waren im Begriff zu gehen.

Ich sah den smaragdgrünen seidenen Stoff in der Nähe der Garderobe aufblitzen. Neben ihr torkelte der Aushilfs-Hitchcock. Er hatte sein Sternchen verloren und brauchte eine neue Stütze. Sie hielt ihn am Arm fest und zog ihn nach draußen.

Irgend jemand erzählte mir, daß sich alle auf einer Party in einer Schauspielerwohnung nahe des Schauspielhauses treffen würden. Ich nahm mir ein Taxi dorthin. Normalerweise haßte ich Parties, aber der Alkohol hatte meinen Realitätssinn getrübt.

Leider hatte ich mir die falsche Hausnummer gemerkt. Nach einer Weile sinnlosen Suchens in der schmutzigen, engen Straße gab ich es auf und stieg, von einem völlig überflüssigen Depressionsanfall übermannt, ein paar Stufen in eine Souterrainkneipe hinunter. Als ich mich an den schmierigen Tresen setzte, mitten zwischen eine Horde lautstarker, betrunkener Proleten, die ich genausowenig leiden konnte wie die Kulturschickeria, fiel mein Blick auf die Uhr, die über den Schnapsflaschen hing: Es war genau zwölf. Der 20. März hatte begonnen. Ich hatte soeben mein vierzigstes Lebensjahr beendet. Ich bestellte einen Whisky nach dem anderen.

Irgendwann später, als ich total benebelt war, passierte es. Die

Bruchstücke an Erinnerung ergaben später kein klares Bild mehr. Vielleicht hatte ich das alles auch nur geträumt.

Ich wußte noch, daß ich den Bürgersteig entlangstolperte und beinahe die Orientierung verloren hatte, obwohl ich nur wenige Straßen weiter wohnte. Als ich irgendwann neben einer Straßenlaterne anhielt, um zu verschnaufen, sah ich sie plötzlich: Sie bog um die Ecke und lief vor mir her. Sie mußte aus einem der Häuser gekommen sein. Trotz der Kälte trug sie ihren Mantel über dem Arm. Ich hatte sie vorher lange genug angestarrt, daß ich sie auch von hinten erkennen konnte.

Ich war froh, daß sie mich nicht bemerkte, und traute mich nicht weiter, aus Angst, sie könnte meine Schritte hören. Dann wurde mir übel. Mir wurde schwarz vor Augen, und ich mußte mich am Laternenpfahl festhalten.

Als ich wieder aufblickte, bemerkte ich, daß zwei schwarze Gestalten sie in ihre Mitte genommen hatten. Sie zerrten sie zu einem Wagen hin. Alle drei stiegen ein. Aber das Bild des fortfahrenden Wagens war aus meinem Gedächtnis verschwunden.

Im nachhinein konnte ich nicht mehr mit Sicherheit sagen, ob sie es wirklich war. Ich erinnerte mich auch nicht, wie die Männer ausgesehen hatten und welchen Wagen sie fuhren. Vor allem hatte ich keinen blassen Schimmer, wie ich von der Laterne weg nach Hause gekommen bin.

3

Nicht einmal Kreissberg hatte daran gedacht, mir zum Geburtstag zu gratulieren. Vielleicht hatte er Mitleid mit mir? Mit seinen fünfundvierzig Jahren war er bereits jenseits von Gut und Böse. Zum Geburtstag hatte er mir ohnehin noch nie gratuliert, er gehörte zu den Leuten, die nur ihr eigenes Geburtsdatum im Kopf behalten können.

Nachdem die beiden schrägen christlichen Vögel verschwunden waren, ging ich ins Badezimmer und versuchte, mich zu rasieren. Weiter als bis zum Schaumschlagen kam ich nicht.

Meine Hand zitterte dermaßen, daß ich den Mut verlor. Einen Moment lang starrte ich das aufgeklappte Rasiermesser an – ich hatte es vor sechs Jahren zum Geburtstag geschenkt bekommen. Von meiner Frau. Sie hätte bestimmt nichts dagegen, wenn ich mir damit aus Versehen die Kehle durchschneiden würde. Oder doch? Komischer Gedanke, wahrscheinlich würde sie am Grab weinen. Ich klappte das Messer zusammen. Heike würde auch bald vierzig sein. Ab diesem Zeitpunkt wollten wir uns allmählich aufs Altenteil zurückziehen. Inzwischen, wenn ich mein Einkommen betrachtete, hatte sich das Altenteil vor mir zurückgezogen. ‹Ein leichter Karriereknick nach unten fördert die Kreativität›, meinte Kreissberg, der Erfahrung damit hatte. Ich stellte mich noch etwas ungeschickt in solchen Dingen an, aber ich würde noch viel Zeit zum Üben haben.

Der elektrische Rasierapparat lag in der hintersten Ecke des Toilettenschranks. Das Stromkabel konnte ich nicht finden. Ich legte ihn wieder zurück. Leider war im Schrank kein Platz mehr, um die plötzlich in mir auftauchenden sentimentalen Gedanken zu verstauen. Ich verließ das Badezimmer, zog die Vorhänge im Schlafzimmer wieder vor, um mir den deprimierenden Blick auf die dreckige Backsteinmauer zu ersparen, und legte mich aufs Bett. Auf dem Nachtschränkchen stand noch ein volles Glas Wasser. Ich öffnete die Schublade und holte eine Handvoll Aspirin-Brausetabletten hervor und warf einige ins Glas. Dabei fiel mein Blick in die geächtete Ecke meines Zimmers. Dort stapelten sich eine Menge vergilbter Ausgaben der «größten deutschen Illustrierten». Ich hatte schon zweimal versucht, sie allesamt auf den Sperrmüll zu werfen, war aber jedesmal gescheitert. Eher würde ich das Haus anstecken, um die Dinger loszuwerden, als sie noch mal in die Hand nehmen, redete ich mir gerne ein. In Wirklichkeit griff ich manchmal eine der alten Nummern heraus und las die Überschriften zu den Artikeln, die ein gewisser Tolonen vor langer Zeit einmal verfaßt hatte – «politischer Weitblick und analytische Gesellschaftskritik zeichnen seine Artikel aus», wie ein Redner anläßlich der Verleihung eines Journalistenpreises einmal bemerkt hatte. Seit über vier

Jahren hatte ich keine einzige Ausgabe der Zeitschrift mehr gekauft. Die neue Chefredaktion hatte das einstige Niveau gnadenlos heruntergewirtschaftet ... Ich wollte mich nicht unnötig quälen. Es gibt nichts Schlimmeres als demagogischen Journalismus, wenn er zudem schlecht und auch noch aus anderen Zeitungen abgeschrieben ist.

Mit einer Ausnahme natürlich: Das Erbärmlichste, was einem passieren konnte, war ein Job bei *Globalnews.* Das kam einer geistigen Bankrotterklärung gleich. Auch wenn der größte Teil dessen, was sich heutzutage Journalismus nennt, im Grunde genommen nichts weiter ist als Leichenfledderei – unsere Agentur setzte all dem noch die Krone auf. Das lag keineswegs an den gescheiterten Existenzen wie Kreissberg und mir. Vielmehr war die Firmenleitung (Chefredaktion kann man diese Ansammlung von aufgeblasenen Schwachköpfen wirklich nicht nennen) der festen Überzeugung, daß «unser Publikum da draußen» noch vertrottelter sei als die werten Mitarbeiter – eine geradezu utopische Vorstellung. Man durfte sich keine Illusionen über den Wahrheitsgehalt der «exklusiv recherchierten Enthüllungsstories» machen, mit denen *Globalnews* die Medienwelt bereicherte. Erstaunlich war nur, daß viele Zeitschriften wie auch Radio- und Fernsehsender diese Machwerke kauften und in ihren Artikeln und Sendungen verbrieten. Vielleicht lag es daran, daß sich die Preise der Agentur unter der Anstandsgrenze bewegten. Oder an den «äußerst tiefgehenden Beziehungen zu den Kollegen im Print und Tiewie», wie unsere Chefin behauptete.

Die Beziehungen zu ihren Mitarbeitern waren nicht sehr tiefgehend. Vielleicht zu den jüngeren, die ihr sehr ergeben waren, aber die anderen verachtete sie. Denn sie verachtete jeden Menschen über vierzig, der es noch nötig hatte, arbeiten zu gehen. «Ein Bekannter von mir hat sich soeben zur Ruhe gesetzt», war einer ihrer Lieblingssätze. Auch redete sie pausenlos von ihren eigenen Ruhestandsplänen «im sonnigsten Kalifornien». Sie hatte noch etwas Zeit, sie war erst 37 – auch wenn sie wesentlich älter aussah. Die Agentur hatte sie von ihrem Vater geerbt, der andere Arbeitsmotive gehabt hatte. Mich konnte sie übrigens auch nicht leiden, seit dem Tag, an dem ich im zarten Alter von 36 in ihrem Büro aufkreuzte. Mir ist bis heute schleierhaft, warum sie mich eingestellt hat. Vielleicht hatte sie mir meinen geistigen Niedergang vom Gesicht abgelesen.

Zum Kollegen Kreissberg jedoch hatte sie ein ganz spezielles Verhältnis. Bei irgendeiner festlichen Gelegenheit hatte er sich, sturzbetrunken, in einer Ecke an sie herangemacht. Es wurde jedoch nichts aus der Liaison, obwohl ich Kreissberg, wenn es um Geld geht, einiges zutraue. «Die Alte hat einen Arsch, der ist hart wie ein Brett», erzählte er mir später, «ich hätte mich beinahe verletzt.» Er mußte sich anderweitig abreagieren. Obwohl ich Kreissbergs Macho-Allüren nicht ausstehen kann, hat mir der Gedanke daran, wie er die Alte in die Mangel nahm, gefallen.

Offenbar hat er sie aber so beeindruckt, daß er seitdem die angenehmeren Aufgaben übernehmen durfte, obwohl er die Interviews mit irgendwelchen ausländischen Stars dank seiner bescheidenen Sprachkenntnisse immer wieder verbockte. Warum ich neben ihm der einzige andere gelegentlich Privilegierte war, werde ich wohl nie erfahren. Es verging eigentlich keine Woche, in der ich mich nicht mir ihr anlegte. Vielleicht lag es an meiner niveauvollen Vergangenheit.

Nachdem ich das Aspirin geschluckt hatte, verschwanden meine Kopfschmerzen allmählich, und ich döste ein. Ich schwankte zwischen Wachsein und Schlafen und erlebte wirre Assoziationen und Träume. Ich träumte von Kreissberg, der eine Unmenge von Brötchen in sich hineinstopfte, und von einer fetten Blondine, die versuchte, mich abzuküssen. Anschließend machte mir eine unbekannte Brünette eine schreckliche Szene und fing an, mich zu schlagen. Währenddessen verwandelte sie sich in eine blonde Frau, die mir ein bißchen bekannter vorkam – als sie anfing, mich zu würgen, erkannte ich, daß es Heike war, und wachte auf.

Mir war kalt geworden, und ich zog mir die Bettdecke über den Kopf. Ich hatte lange nicht mehr von Heike geträumt und noch nie, daß sie mich würgte. Hätte sie damals so reagiert, wäre uns vielleicht einiges erspart geblieben. Statt dessen war sie hanseatisch kühl geblieben, selbst wenn sie mir mit verweinten Augen Vorhaltungen gemacht hatte. Weil auch ich nicht mit meinem Gefühlsleben hausieren gehe, war die Atmosphäre damals sehr frostig gewesen. Natürlich war ich der Hauptschuldige. Ich habe das nie geleugnet. Und im nachhinein betrachtet, bin ich der Meinung, daß ich einen wirklich bemerkenswert dummen Fehler begangen habe.

Wir waren seit sechs Jahren verheiratet und die ganze Zeit ein erfolgreiches Team auf dem Weg nach oben gewesen. Ich hatte Heike kennengelernt, als wir beide als Volontäre bei der *Illustrierten* angefangen hatten. Wir hatten uns auf Anhieb gut verstanden und die Ausbildung praktisch gemeinsam bewältigt. Dann trennten sich unsere beruflichen Wege, denn Heike bekam das Angebot, bei einer neugegründeten Frauenzeitschrift zu arbeiten. Kaum hatte uns das Berufsleben eine Woche auseinandergebracht, faßten wir den Entschluß zu heiraten. In einem gemeinsamen Haushalt würden wir uns wenigstens morgens und abends über den Weg laufen. Zwar verliefen die Arbeitszeiten unregelmäßig, aber wir lebten von der ersten Sekunde an in unserer frischbezogenen Vierzimmerwohnung in einem der nobleren Hamburger Stadtteile glücklich miteinander. Jeder machte an seinem Arbeitsplatz eine ansehnliche Karriere und arbeitete sich in der Hierarchie nach oben. Wir fuhren nicht gerade oft in Urlaub, aber wenn wir es schafften, waren wir das glücklichste Paar, das man sich vorstellen kann.

Mag sein, daß ich das mittlerweile in allzu rosigem Licht sah, aber in meiner momentanen Situation war das nur logisch. Nach fünf Jahren verließ Heike die Zeitschrift und begann als freie Journalistin zu arbeiten. Bei ihrem guten Ruf war das kein Problem. Zwar verdiente sie nicht mehr so viel wie vorher, hatte aber mehr Zeit, um ihre eigenen Pläne anzugehen. Sie wollte ein Buch mit Reportagen schreiben, die sich mit der sozialen und politischen Situation in einigen afrikanischen Ländern befaßten. Dazu würde sie reisen müssen, das wußten wir beide. Trotzdem hielten wir unsere Ehe für so gefestigt, daß wir uns keine Gedanken darüber machten. Ich würde in Hamburg bleiben und eventuell einige Wochen später zu ihr stoßen.

Kaum war sie fort, ging alles schief.

Wegen interner Schwierigkeiten bei der *Illustrierten* mußte ich meinen Urlaub auf unbestimmte Zeit verschieben. Die Post aus Afrika brauchte unglaublich lange, und ich begann wie ein Junggeselle zu leben. Ich kümmerte mich mehr um meine Kollegen, mit denen ich dann des öfteren in den einschlägigen Kneipen herumsaß. Ich bildete mir ein, in dieser Hinsicht einen Nachholbedarf zu haben. So ging es zwei Monate, und ich gewöhnte mir an, länger als nötig im Verlag zu arbeiten. Ich begann mich für Dinge zu interessieren, die mir normalerweise egal waren – zum Beispiel grafische Gestaltung und Layout.

Wahrscheinlich lag es daran, daß ich keine Lust hatte, in unserer großzügigen Wohnung am Abend zu vereinsamen. Dann kam ein Brief von Heike aus Burundi, in dem stand, daß sich ihre Arbeit verzögerte und sie ihren Aufenthalt verlängern müßte. Ich hätte mir gewünscht, daß sie wenigstens für kurze Zeit nach Hause kommen würde, und ärgerte mich. Hinzu kam, daß mir der Ton ihres Briefs mißfiel. Meiner Meinung nach klang er so kühl und sachlich, daß er geradezu unpersönlich wirkte. Offenbar war sie mit ihrer Arbeit derart beschäftigt, daß sie kaum noch Zeit fand, an mich zu denken. Aber es stand auch darin, daß sie einen jungen Afrikaner kennengelernt hatte, der ihr eine «fantastische Hilfe» sei. In diesem Moment ging mir auf, daß auch sie dort ganz alleine lebte. Und von da an spielte mein Gefühlsleben verrückt.

Meine Kollegen hatten mich mehrmals für vertrottelt erklärt, wenn ich ihnen erzählte, daß ich mich für einen absolut monogamen Menschen hielt. Für sie war das – jedenfalls vom Standpunkt des Mannes aus betrachtet – ein absurder Gedanke. Nur eine Frau im Leben, an die man für immer gekettet war? Darüber konnten sie sich totlachen. Ich hatte keine Lust, mich zu verteidigen, aber ich glaubte fest daran. Bis zu dem Zeitpunkt, als der Brief kam. In diesem Moment nahm ich mir vor, einem bestimmten Vorurteil meiner Kollegen endlich zu entsprechen.

Das Vorurteil hieß Roberta und war amerikanisch. Sie war Anfang Zwanzig und machte in der Grafikabteilung ein längeres Praktikum. Wir hatten ab und zu in der Kantine einen Kaffee zusammen getrunken, und das war der Anlaß für die Sticheleien. Als ich Roberta einmal im Auto nach Hause fuhr, weil es regnete, war ich im Gerede. Bei Roberta wäre jeder gerne gelandet. Sie war dunkelhaarig, ungeheuer hübsch und zu jedem sehr freundlich. Da sie keinen Freund hatte, standen die Verehrer bei ihr Schlange. Ich wunderte mich immer wieder, wie sie trotz der dick aufgetragenen Macho-Allüren der Kollegen so freundlich bleiben konnte. Als ich sie später danach fragte, erklärte sie mir, sie wundere sich eher über Männer, die nicht so seien.

Wir hatten eine merkwürdig sanfte und gleichzeitig heftige Affäre. Wir paßten nicht wirklich zusammen, weil wir aus zwei völlig verschiedenen Welten stammten. Sie war nicht gerade naiv, denn sie kam beispielsweise mit dem verlagsinternen Intrigen gut zurecht – ohne ihr attraktives Äußeres einzusetzen. Romantisch war sie eigentlich auch nicht. Und doch kam es mir manchmal so vor. Zynische Sprüche oder sarkastische Urteile, wie ich sie immer mit Heike ausgetauscht hatte, fehlten in unseren Gesprächen. Vielleicht lag es daran, daß sie immer das Gute im Menschen suchte – und auch fand, während ich es für eine Illusion hielt. Vielleicht aber war der Unterschied banaler: Ich schaltete lieber eine Glühbirne an, während sie Kerzen bevorzugte. Trotzdem war ich verliebt.

Und dann war ihr Praktikum zu Ende, und sie fuhr in die Staaten zurück. Sie wollte wieder zurückkommen, ich sollte ihr schreiben. Aus beidem wurde nichts, denn nach insgesamt sieben Monaten Abwesenheit stand Heike wieder vor der Tür. Wir begrüßten uns wie zwei Fremde, wir küßten uns wie zwei Fremde, und wir schliefen miteinander wie zwei Fremde. Es war das Ende vom Lied. Irgendein Schwätzer erzählte ihr dann prompt von meiner «amerikanischen Liebschaft» (wie sie es von da an spöttisch nannte), und ich versuchte vergeblich, ihr ein afrikanisches Pendant anzudichten. Wir führten ständig überflüssige und absurde Streitgespräche. Das Problem war nicht, daß sie zu lange fortgewesen war, sondern daß wir eine unsichtbare und irrationale Barriere zwischen uns errichtet hatten. Als ich mit Roberta zusammen war, hatte ich immer an Heike gedacht, nun war ich mit Heike zusammen und dachte an Roberta. Der einstmalige Zauber der Zweisamkeit war unwiderruflich zerstört. Der Stolz eines jeden tat sein übriges dazu, die Situation war ausweglos. Der kalte Krieg begann und ist bis heute noch im Gang.

Roberta schickte mir drei Jahre später ein Foto von ihrem Baby. –

Über diesen deprimierenden Gedanken schlief ich ein. Das elektronische Wimmern des Telefons riß mich aus dem Schlaf. Im Zimmer war es stockdunkel, und ich hatte Mühe, den Hörer zu finden.

Es war der unsägliche Kreissberg.

«Tolonen, du schlapper Hund!» rief er. «Du liegst ja immer noch im Bett.»

«Kreissberg, du bist eine Nervensäge, es ist mitten in der Nacht.»

«Es ist genau elf Uhr dreißig, und du wolltest gerade losgehen und dir eine Zeitung kaufen.»

«Es ist viel zu dunkel zum Zeitunglesen.»

«Steck deinen Geburtstagskuchen in Brand, dann siehst du, wo es langgeht.»

«Woher weißt du denn, daß ich Geburtstag habe?»

«Angeborene Intuition.»

«Aber gratulieren willst du mir nicht?»

«Nein. Du eilst mit Riesenschritten auf dein Grab zu. Dazu brauche ich dich nicht zu beglückwünschen.»

«Aber aufwecken, um mir eine Zeitung aufzuschwatzen, die erst morgen früh erscheint.»

«Die Nachtausgabe der *Morgenpost*, du Trottel. Das ist kein Witz, es wird dich interessieren.»

«Erzähl's mir am Telefon.»

«Verdien dir deine Lorbeeren selbst, du Sack!» rief er und legte auf.

Manchmal würde ich ihm am liebsten eine reinhauen.

Da ich nun einmal wach war, konnte ich auch losgehen. Ich stiefelte das knarrende, schlechtbeleuchtete Treppenhaus hinunter und überquerte den fast idyllischen Innenhof – er war mit Rasen, Blumen, Sträuchern und einer hohen Fichte bewachsen, zwischen denen ein schmaler Kiesweg hindurchführte – und gelangte durch den hohen Torbogen auf die Straße. Ich rannte beinahe eine der vier letzten Prostituierten über den Haufen, die es in dieser Gegend noch gab. Man sollte sie eigentlich unter Denkmalschutz stellen – was war Hamburg-St. Georg ohne sie?

Die wenigen Meter zum Hauptbahnhof legte ich zügig zurück und stellte erleichtert fest, daß ich den Kater überwunden hatte. Einen Moment lang überlegte ich, ob ich mich noch auf ein Bier in die *Bodega* setzen sollte. Aber zum Glück hatte ich nur eine Mark mitgenommen. Ich drückte sie dem jungen Pakistani in die Hand, der im Bahnhofseingang stand, und nahm mir eine *Morgenpost-Nachtausgabe*.

Kreissberg hatte recht gehabt, die fetten Buchstaben auf der Titelseite zogen mich in ihren Bann: SENSATIONSSTÜCK GEPLATZT? – HANNA MARENKA SPURLOS VERSCHWUNDEN, *Alles über den neuen Hamburger Theaterskandal auf Seite 3*.

Ich schlug Seite drei auf.

Sie hatten ein hübsches Bild von ihr ausgesucht. Ich erkannte sie auf Anhieb wieder.

4

Am nächsten Morgen stand ich früh auf und saß schon um acht Uhr an meinem Schreibtisch in der Agentur.

Interpublic/Globalnews residierte in einem sechsstöckigen häßlichen Betonkomplex in der Innenstadt. Das Gebäude stammte aus den sechziger Jahren, als die Architekten noch nicht einmal ahnten, wie man das Wort «ästhetisch» ausspricht. Die Bauweise des Klotzes kann man aber auch kaum als «funktional» bezeichnen. Damals fragte man nicht nach Begründungen für eine Bauweise. Heute schon, was zur Folge hat, daß die Bauleiter die Hälfte ihrer Arbeitszeit in Rhetorikkursen verbringen.

Die Büros der Agentur lagen im obersten Stockwerk, was man von außen unschwer an den beiden eierförmigen Weltkugeln erkennen konnte, die zwischen den beiden Fensterfronten in der Mitte angebracht waren. Daß es sich dabei nicht um die Vorder- und Rückseite des Globus handelte, sondern nur um die vordere – Amerika, Australien und der pazifische Raum fehlten –, wirft ein bezeichnendes Licht auf den Weitblick der Firmenleitung. Besser, es sieht symmetrisch aus und man vergißt die Hälfte, den Rest kann man sich dazudenken – das war die heimliche Firmenpolitik. Was sich in den Artikeln auf frappierende Weise niederschlug. Natürlich gab es ein schwarzes Schaf, das von den ambitionierten Redakteuren für die Niveaulosigkeiten verantwortlich gemacht werden konnte: eine Art Schlußredakteur, der in einem von den übrigen Mitarbeitern abgeschirmten Büro direkt neben dem der Chefin saß und der nie persönlich zu sprechen war – er ließ alle Beschwerden von seiner Sekretärin abfangen. An seiner Tür befand sich noch nicht einmal eine Klinke, sie ließ sich nur mit einem Summer öffnen.

Die übrigen Mitarbeiter kamen nicht in den Luxus eines derartig privaten Büros, denn vor drei Jahren kam die Chefin auf die Idee, «zur Verbesserung des Betriebsklimas» die individualistischen Bürozellen, die es seit jeher gegeben hatte, durch zwei «schicke postmoderne» Großraumbüros zu ersetzen, die lediglich durch eine langgestreckte Glaswand voneinander getrennt wurden. Die nichttragenden Wände wurden weggerissen, das museumsreife Mobiliar rausgeworfen, und nun saßen wir alle an ultramodernen, verchromten Schreibtischen mit weißem Plastiküberzug (pflegeleicht und schick!), umgeben von Plastikgummibäumen und beleuchtet von so vielen Neonröhren (trotz der Fensterfront), daß man zur Arbeit am besten mit Sonnenbrille erschien. Unser Betriebsratsvorsitzender war von dieser Humanisierung des Arbeitsplatzes begeistert – er hatte nun endlich freien Blick auf den kurzen Rock der Volontärin.

Immerhin hatten wir jetzt alle eine herrliche Aussicht auf den Hamburger Hafen und auf das Gebäude von *Deutschlands größtem Nachrichtenmagazin*, hinter dessen Fassade sich der wunderbarste Luxus und unglaubliche Redakteursgehälter verbargen.

Ich trauerte meiner kleinen Zelle nach, die ich einmal besessen hatte, denn von nun an mußte ich jeden Morgen das zerklüftete, hohnverzerrte Gesicht des unverbesserlichen Kreissberg ertragen, dessen Schreibtisch genau gegenüber von meinem stand. Zum Glück war er der späteste Spätaufsteher der Firma, und ich hatte an manchen Tagen eine Gnadenfrist von ein oder zwei Stunden, bevor er hereinstolperte und eines seiner sogenannten Witzchen zum besten geben konnte. Die Variationsbreite hielt sich in Grenzen, sie waren immer von der gleichen billig-obszönen Machart. Ab drei Uhr nachmittags, wenn er es dann nicht mehr aushielt, tauchte er unter seinen Schreibtisch, und bald wehte mir eine süßliche Whiskyfahne entgegen, vermengt mit ekelhaftem Knoblauchduft – Kreissberg aß immer beim Griechen um die Ecke, dort waren die Portionen am größten. Kreissberg war auch der einzige, der konsequent daran arbeitete, seinen Arbeitsplatz individueller zu gestalten. Er hatte die Angewohnheit, seine Notizen mit einem dicken Filzstift zu machen – vielleicht, weil dann das frühmorgendliche Zittern seiner Hand nicht so auffiel. Manchmal, wenn ihm die Zettel ausgegangen waren, kritzelte er seine stets sehr unwichtigen Ideen auf die strahlend weiße Tischplatte – zum Verdruß der Putzfrau, die mir regelmäßig ihr Leid klagte, aber auf verlorenem Posten stand. Kreissberg die Filzstifte wegzunehmen, wäre einer Kriegserklärung gleichgekommen.

«Wer mir meinen kreativen Freiraum nimmt, kriegt eins auf die Nuß», hatte er mir erklärt.

Es ist mir unbegreiflich, daß er nicht längst geflogen ist. Ausgerechnet an diesem Morgen war sein monatlicher Frühaufstehtag, und er saß bereits um acht Uhr an seinem Platz. Das machte mich ziemlich mutlos.

An den anderen Schreibtischen unserer Abteilung (rechts der gläsernen Trennwand) waren unsere jungen aufstrebenden Kollegen schon fleißig an der Arbeit. Die jungen Kollegen, drei Milchbubis und zwei weibliche Pendants, alle mit akademischem Abschluß, was Kreissberg als persönliche Beleidigung auffaßte und sie auch spüren ließ, schnitten uns. Für sie war es klar, daß sie früher oder später ins Hochhaus gegenüber wechseln würden. Daß wir es in unserem Alter immer noch nicht geschafft hatten, war Grund genug, uns zu meiden. Aber Kreissberg machte in seiner Verachtung eine Ausnahme: bei Carmen. Carmen sah nicht so aus, wie ihr Name vermuten läßt. Sie hatte schmutzigblonde strähnige Haare und war groß und stämmig gebaut. Sie hatte ein breites, leicht ordinäres Gesicht, das sie mit dick aufgetragener greller Schminke zu verschandeln wußte. Sie war ziemlich unfähig. Aber Kreissberg mochte sie. Nicht weil er sie befingern wollte, sondern eher aus väterlicher Sorge. Was mich wunderte, denn er ließ eigentlich an niemandem ein gutes Haar. Sie legte ihm oftmals ihre Texte vor, und er pflegte bekümmert zu stöhnen: «Ach Mädel, nimm dir doch mal den Rechtschreibeduden vor.» Dann aber griff er nach einem dünnen roten Filzstift und korrigierte und glättete den Artikel. Auch wenn er kein Meisterschreiber war, hatte er in dieser Beziehung eine glückliche Hand. Carmen war ihm unendlich dankbar und sprach immer sehr ehrfürchtig von «Herrn Kreissberg», und alle anderen grinsten.

Als ich eintrat, stellte Carmen gerade eine Tasse Kaffee auf Kreissbergs Schreibtisch und schlich wieder davon, ohne mich zu begrüßen.

«Tolonen!» rief Kreissberg, als er mich sah. «Hast du dein Herzchen ausfindig gemacht?»

Die Menschheit schien die Worte «Guten Morgen» vergessen zu haben.

«Hallo», sagte ich, «was ist los?»

«Die knackige Tante vom Schauspielhaus – hast du ihren Arsch aufgespürt?»

«Kreissberg, was soll dieses Geschwätz?»

Er kicherte und malte mit dem roten Stift die Andeutung eines weiblichen Aktes auf die Tischplatte.

Ich ließ ihn malen und besorgte mir eine Tasse Kaffee und sämtliche Zeitungen, die ich finden konnte.

In den überregionalen Zeitungen stand nichts über Hanna Marenka. Die *Welt* hatte eine winzige Meldung im Hamburger Lokalteil daraus gemacht. Das *Abendblatt* eine etwas größere, die aber gleichermaßen nichtssagend war: *Die Schauspielerin und Wahlhamburgerin Hanna Marenka,* 32, *ist spurlos verschwunden. Zur geplanten Aufführung der vor einigen Tagen mit großem Erfolg angelaufenen «Antigone»-Inszenierung am Mittwoch erschien sie nicht. Die Film- und Theaterschauspielerin, die sich in Deutschland wie auch im Ausland einen Namen mit Charakterdarstellungen der unterschiedlichsten Art gemacht hat, wurde zuletzt am Dienstag abend auf dem Presseempfang zur Eröffnung des Filmfestivals gesehen. Gerüchten zufolge soll sie sich vor einigen Tagen mit dem Regisseur des Stücks, Kasimir Berg, zerstritten haben. Berg ließ jedoch durch die Presseabteilung des Schauspielhauses mitteilen, daß zwischen ihm und seiner Hauptdarstellerin kein ernster Konflikt bestanden habe. Hanna Marenka hatte bereits schon einmal auf spektakuläre Weise eine Inszenierung verlassen: vor drei Jahren, bei einer Aufführung von Werfels «Troerinnen», bei der ihr damaliger Lebensgefährte Peter Strauch Regie geführt hatte. Damals gaben persönliche Querelen den Ausschlag, Hanna Marenka wurde mit einer Vertragsstrafe belegt und die Aufführung des Stücks mit einer anderen Schauspielerin fortgesetzt. Nach wenigen Tagen tauchte die Verschwundene wieder auf und nahm alle Schuld auf sich.*

Die *BILD*-Zeitung zeigte sich mit ihrer Schlagzeile erstaunlich phantasielos: FILMSTAR ENTFÜHRT? – MILLIONEN-STÜCK GEPLATZT? – SKANDAL AM SCHAUSPIELHAUS! Zwei Fragezeichen in der Überschrift waren nicht gerade gewagt. Der fünfzeilige Text machte ihnen wiederum alle Ehre: *Die schöne Hanna Marenka ist spurlos verschwunden. Ein Freund, der ungenannt bleiben möchte, spricht von Depressionen, von Verzweiflung. Hat ihr Regisseur, mit dem sie sich schon geprügelt haben soll, sie in den Selbstmord getrieben? Kasimir Berg verweigert jede Auskunft. Oder ist die reiche Hanna entführt worden? Auf jeden Fall steht das Schauspielhaus vor dem Ruin! (Bericht Seite 4)*

Auf Seite vier war kein Bericht, da war wohl ein Redakteur zu eifrig gewesen. Das Bild auf der Titelseite zeigte Hanna Marenka auf einer Theaterbühne mit einem Messer in der Hand. Es hatte durchaus seinen dramatischen Wert. Die *Morgenpost* versuchte sich in einer Kombination beider Artikelarten und wollte nicht auf kritische Töne verzichten: *Sollte sich herausstellen, daß Frau Marenka die Inszenierung aus privaten Gründen verlassen hat, ohne sich um die Belange des Theaters und der Stadt zu kümmern, wäre dies ein verheerender Skandal und könnte das Ende einer vielbeachteten und glänzenden Karriere bedeuten. Wollen wir hoffen, daß lediglich ein Mißverständnis und nicht gar ein krimineller Hintergrund die Ursache ihres Verhaltens ist.* Das klang nicht sehr schmeichelhaft für die Betroffene. Ich fragte mich, woher die Autorin ihre Sicherheit im Beurteilen des Sachverhalts nahm.

Die Lektüre beunruhigte mich. Ich starrte einige Minuten auf das Bild der Verschwundenen und fragte mich, ob ich wirklich beobachtet hatte, wie sie von zwei Männern in ein Auto gezerrt wurde. Waren es womöglich die beiden angeblichen Mormonen gewesen? Warum sonst waren diese schrägen Vögel bei mir aufgetaucht und hatten sich so scheinheilig nach meiner Beziehung zu ihr erkundigt? Je mehr ich mich zu erinnern versuchte, um so unschärfer wurde das Bild und desto zorniger wurde ich auf mich. Warum hatte ich mich nur so sinnlos betrinken müssen? Aber hätte ich es nicht getan, wäre ich niemals zu diesem Zeitpunkt die Straße entlanggegangen. Trotzdem war ich als Zeuge ziemlich wertlos. Was konnte ich tun?

Kreissbergs brummige Stimme riß mich aus meinen Gedanken: «Nur Papier und Druckerschwärze», sagte er.

«Was?»

«Da, wo du die ganze Zeit hinstarrst. Nur Papier und Druckerschwärze, nichts Lebendiges. Irgendwann landet es auf dem Markt, und man wickelt ein paar tote Heringe darin ein.»

«Ich finde deine Bemerkungen nicht sehr interessant.»

«Ich weiß, was du interessant findest, den knackigen . . .»

«Halt die Schnauze!»

«War nur ein Scherz, beruhige dich. Nimm nicht immer alles so persönlich.»

«Ja, ja.»

Obwohl ich seine ewigen witzigen Bemerkungen nicht ausstehen kann, erzählte ich Kreissberg in groben Zügen, was sich an dem bewußten Abend ereignet hatte. Er lachte natürlich.

«Halluzinationen», sagte er dann, «Wunschbilder. In diesem Zustand kein Wunder. Ich kenn mich da aus.»

«Unsinn. Ich war doch nicht im Delirium.»

«Sagen alle.»

«Kreissberg, du bist mir keine Hilfe.»

«Doch, bin ich. Ich erzähl dir nämlich etwas, was du noch nicht weißt.» Er begann wieder, mit einem Stift auf der Tischplatte herumzumalen – einen Mann mit einer überdimensionalen Flasche in der Hand. Es ging schief, und er strich es durch.

«Mach's nicht so spannend!»

«Jemand hat Vermißtenanzeige erstattet.»

«Was für eine Vermißtenanzeige?»

«Eine Freundin hat Hanna Marenka als vermißt gemeldet. Sie ist offenbar die einzige, die ihr keinen bösen Willen in dieser Sache unterstellt.»

«Woher weißt du das?»

«Ich bin kein so schlechter Journalist wie du glaubst, Tolonen. Ich habe meine Verbindung zur Polizei. Ich brauche nur meinen Kumpel Menzel anzurufen und weiß Bescheid.»

«Was weiß dein Kumpel denn noch?»

«Nicht viel. Er weiß zum Beispiel nicht, was du weißt – falls es keine Halluzinationen sind. Also ruf ihn an, vielleicht könnt ihr euch gegenseitig helfen. Er freut sich über jeden Besuch. Sitzt da in einem dunklen Loch im Polizeihochhaus. Hier ist seine Nummer.»

Er reichte mir einen Zettel.

«Warum klemmst du dich nicht hinter die Story?»

Er wehrte ab: «Ich sehe doch, wie das Feuer in dir brennt. Mich interessiert die Alte nicht die Bohne.»

«Danke.»

Kreissbergs Schützling Carmen tauchte neben ihm auf und hielt ihm einen Zettel unter die Nase. Er nahm sich eine von seinen stinkenden filterlosen Zigaretten, ließ sich von ihr Feuer geben und sagte:

«Na, laß mal sehen, mein Kind.»

Sie wartete geduldig auf sein mildes Urteil.

Kreissberg war nie verheiratet gewesen. Vielleicht war das sein Fehler, er hätte sicher einen guten Vater abgegeben.

Ich griff zum Telefon und wählte die Nummer von Kreissbergs Kumpel Menzel. Ich erwischte ihn auf Anhieb. Ich erklärte ihm, daß ich ein Kollege von Kreissberg sei, und er war sofort zu einem Gespräch bereit. Also machte ich mich auf den Weg.

Nachdem ich die Sicherheitsprozeduren am Eingang des Polizeihochhauses hinter mich gebracht hatte, dauerte es eine Weile, bis ich Menzels Büro gefunden hatte.

Er schien erfreut zu sein, daß ihn mal jemand besuchte.

«Wissen Sie, wie einem zumute ist, wenn man Tag für Tag nur mit Vermißten zu tun hat? Immer nur mit Leuten, die nicht da sind, wo sie sein sollten?» sagte er mit einem verkniffenen Lächeln, während er mir die Hand schüttelte. «Man freut sich, wenn zur Abwechslung mal einer persönlich vorbeischaut.»

«Was ist mit den Angehörigen der Vermißten, suchen die Sie nicht auf?»

«Das macht mein Kollege.» Menzel deutete auf die Seitentür, hinter der Stimmen zu hören waren. «Ich erledige den Papierkram.»

Er setzte sich hinter seinen Schreibtisch, ein kleiner Mann mit einer großen eckigen Brille im großen eckigen Gesicht, das von einem wirren blonden Haarschopf gekrönt wurde. Wie es sich für einen echten Papiertiger gehört, hatte er das Jackett ausgezogen und die Ärmel seines weißen Hemdes hochgekrempelt. Aus einer weißen Thermoskanne mit roten Punkten schenkte er mir einen Kaffee ein: «Leider schon mit Milch und Zucker. Kann das Zeug aus dem Automaten nicht leiden.»

«Macht überhaupt nichts.»

Er prostete mir mit seinem Plastikbecher zu.

«Der alte Haudegen schickte Sie also zu mir.»

«Schicken wäre zuviel gesagt, ich arbeite auf eigene Faust.»

«'schuldigung.» Es gluckste in seiner Kehle. Er knipste seine Schreibtischlampe an, obwohl durch das Fenster, vor dem der Tisch im rechten Winkel stand, genug Licht hereinkam. Dann legte er penibel fünf verschiedene Papiere parallel nebeneinander und ließ seinen Blick darüber schweifen. Er deutete auf das mittlere Blatt, ließ die mächtige Brille kunstvoll auf die Nasenspitze rutschen und sah mich über ihre Ränder hinweg schmunzelnd an:

«Hanna Marenka, die Schauspielerin – richtig?»

Ich nickte. «Stimmt genau.»

Er griff nach links in eine Ablage, holte ein Bild hervor und hielt es in die Höhe, damit ich es sehen konnte. Es war das gleiche, das ich bereits aus der Morgenpost kannte.

Ich nickte wieder: «Das ist sie.»

Mit einer schwungvollen Handbewegung plazierte er das Bild neben die Blätter. Dann blickte er, wieder leicht amüsiert, über die Brille hinweg abwechselnd auf mich und die Papiere.

«Nun?» sagte er erwartungsvoll. Ich fragte mich, wo Kreissberg ihn wohl kennengelernt hatte. Die beiden paßten überhaupt nicht zusammen.

«Die Dame ist verschwunden», stellte ich fest.

«Richtig», sagte er und tippte einmal mit dem Zeigefinger auf die Tischplatte.

«In der Presse sind eine Menge Gerüchte im Umlauf. Das meiste ist widersprüchlich. Vor allem aber kann sich die Sache zu einem Skandal für das Theater ausweiten.»

«Gehen Sie ins Theater?» fragte er augenzwinkernd.

«Nein, nie.»

«Ich auch nicht. Da haben wir ja noch mal Glück gehabt,

was?» Ein Witzbold – vielleicht war es das, was ihn mit Kreissberg verband, die Vorliebe für überflüssige Scherze.

«Wie man's nimmt», sagte ich.

Er machte eine abwertende Handbewegung: «Meiner Meinung nach wird viel zuviel Wind um diesen sogenannten Kulturbetrieb gemacht. Ich meine, wenn die Müllabfuhr einen Tag nicht fährt, wäre das wesentlich bedauerlicher, nicht?» Das hätte tatsächlich von Kreissberg sein können, obwohl der sich natürlich radikaler ausgedrückt hätte. – ‹Den überbezahlten Mummenschanzler Kasimir Berg sollte man an der nächsten Laterne aufknüpfen!› – das etwa war Kreissbergs Niveau.

«Aber es geht ja nicht um Kultur», fuhr Menzel fort. «Eine Frau ist verschwunden, eine hübsche noch dazu, und das ist natürlich bedauerlich – daß sie verschwunden ist, meine ich.»

«Wer hat denn die Vermißtenanzeige aufgegeben?»

Menzel ließ seinen Blick über die Papiere gleiten.

«Eine etwas fahrige Person, die offenbar nicht gut auf die Polizei zu sprechen ist. Wie hieß sie doch gleich? – Hier, Jutta Weisherbst. Interessanter Name, nicht? Weis übrigens mit einfachem s. Auch so eine Schauspielerin.» Ich notierte mir den Namen.

«Und sie ist der Meinung, Frau Marenka sei entführt worden?» fragte ich.

«Wie kommen Sie denn darauf, nein, nein. Sie ist lediglich sehr beunruhigt. Solche Frauen sind das immer, vermuten hinter allen banalen Vorgängen politische Verschwörungen oder so was. Die Dame hat eine linksradikale Vergangenheit. Sie ist übrigens Jüdin, die Weisherbst. Dachte gar nicht, daß es noch welche gibt in Deutschland. Na ja, der Name sagt ja alles.»

Ich begann mich zu fragen, nach welchen Kriterien Kreissberg seine Freunde aussuchte.

«Es gibt also keine Hinweise auf ein Verbrechen?»

«Ach wo! Oder kennen Sie jemanden, der gesehen hat, wie die Marenka von irgendwelchen Verbrechern gekidnappt wurde?»

«Nein.»

«Ich auch nicht. Typisch jüdischer Verfolgungswahn, würde ich sagen.»

«Sie glauben eher an eine persönliche Geschichte?»

«Ich bin Beamter und glaube gar nichts», sagte er. «Eine bekannte Schauspielerin hat sich den Luxus erlaubt, sich von ihrer Truppe zu entfernen. Sie sieht gut aus und wurde gut bezahlt, also schreit alles gleich Skandal und so weiter. Beweise gibt es keine. Also können wir hier nur abwarten.»

«Sie nehmen Frau Weisherbsts Befürchtungen nicht ernst?»

«Oh, wir nehmen alles ernst. Deswegen sind wir alle so traurig hier . . .»

Er sah mich prüfend an. Ich tat so, als ob ich den Witz für gelungen hielt, und rang mir ein Grinsen ab.

«Spaß beiseite», fuhr er fort, «die Fakten sind folgende: Die Marenka verschwindet, ohne auf Wiedersehen zu sagen. Vorher hat sie sich mit ihrem Regisseur verkracht – es stand sogar in der Zeitung. Sie wissen, wie solche Stars sind, ein falsches Wort und sie gehen ein wie eine Mimose. Ist ja schon mal passiert –» wieder studierte er seine Papiere, «– in München. Genau die gleiche Geschichte. Später taucht sie reuevoll wieder auf und wird zu einer Strafe verdonnert. Macht ihr gar nichts aus, sie ist reich genug. So eine Sache bringt ihr viel Publizität, ihr Marktwert steigt, und sie hat noch Profit gemacht. So ist das. Da brauchen wir uns kein Bein auszureißen. Es sei denn –» er tippte wieder mit dem Zeigefinger auf die Tischplatte und deutete dann auf mich, «– es sei denn, Sie schaffen mir jemanden heran, der gesehen hat, wie die Dame von vermummten Gangstern in ein Auto gezerrt wurde. Das wäre was anderes! Aber dann müssen Sie mir erst mal beweisen, das es sich bei der Szene nicht um die Dreharbeiten zu ihrem neuesten Film handelte.»

Jetzt lachte er. Es sah aus, als müsse er einen Hustenanfall unterdrücken. Er blickte vor sich hin und wurde von seinem Lachanfall geschüttelt. Er nahm die Brille ab und fuhr sich mit den Händen durchs Gesicht, als wolle er die Tränen abwischen.

Ich brauchte nicht lange darüber nachzudenken, um zu dem Entschluß zu kommen, daß ich ihm mein abendliches Erlebnis nicht aufzutischen brauchte. Es wäre sinnlos gewesen. Außerdem vermutete ich, daß er einen seiner blöden Witze darüber reißen würde.

Nachdem er sich wieder erholt hatte, fragte ich: «Gibt es sonst noch Personen, die sich wegen ihres Verschwindens Sorgen machen?»

«Jede Menge, was denken Sie denn? Das ganze Theater steht kopf, die Schauspieler sind empört, die Intendanz in Katastrophenstimmung. Aber das geht vorbei. Ein Bekannter hat mir erklärt, daß man hier in Hamburg, nachdem schon mal so was in München passiert ist, für eine Ersatzfrau gesorgt hat, die mal den einen oder anderen Abend einspringen kann.»

«Wer ist das?»

«Keine Ahnung, das wird streng geheim gehalten. Offiziell existiert die Ersatzfrau auch gar nicht. Nicht mal der Kultursenator weiß Bescheid. Der ist wirklich am Zittern. Ich frage mich, wieso der sich über so was Sorgen macht. Der hat doch Besseres zu tun. Seine Sekretärin rief schon zweimal wegen der Sache an und fragte mir Löcher in den Bauch. Na ja, Berufsrisiko – das mit den Löchern, meine ich.» Es sollte wieder ein Witz sein.

«Sie werden also nichts Spektakuläres unternehmen?»

«Nicht daß ich wüßte. Ich werde mit Sicherheit nicht auf den jüdischen Verfolgungswahn von dieser Weisherbst reinfallen.»

Ich stand auf: «Falls wir irgend etwas herausfinden, werden wir Sie auf dem laufenden halten.»

«Das will ich hoffen», nickte Menzel, «deswegen sind Sie ja hergekommen.»

«Vielen Dank für das informative Gespräch.»

«Gern geschehen.» Er nickte jovial. «Grüßen Sie den alten Haudegen von mir, wenn Sie ihn sehen.»

«Mach ich gern. Woher kennen Sie ihn eigentlich?»

«Kampfgefährten. Wir waren zusammen beim Militär. Vor allem an der Bierfront. War 'ne tolle Zeit damals.»

Meine Achtung für Kreissberg sank ins Bodenlose. Ich war froh, Menzel verlassen zu können, und griff nach der Türklinke, als er rief: «Moment noch, nur zur Sicherheit: Dies war natürlich ein inoffizielles Gespräch, ganz privat. Kreissberg hat mir sein Wort gegeben, daß Sie mich weder direkt noch indirekt zitieren. Vergessen Sie mich einfach.»

Ich nickte. Dieser Aufforderung würde ich gerne nachkommen.

«Wiedersehen.»

«Auf bald!» sagte er.

Ich fuhr zurück zur Agentur und versuchte Jutta Weisherbst anzurufen. Es nahm niemand ab. Carmen teilte mir mit, Kreissberg würde bereits seit einer Stunde beim Griechen sitzen. Ich hatte Hunger und beschloß, ihm Gesellschaft zu leisten.

Als ich das Lokal betrat, sah ich ihn mit dem Wirt am Tresen stehen. Sie stießen mit Schnapsgläsern an.

Ich mag keinen Ouzo.

5

Ich erreichte Jutta Weisherbst am Nachmittag. Sie klang nicht gerade hilfsbereit am Telefon, willigte aber ein, mich am Abend zu treffen. So hatte ich Zeit, mich um einige Arbeiten für die Agentur zu kümmern: Die Abschrift des Interviews mit dem Maestro beispielsweise hätte schon längst fertig sein müssen. Das Interview war der größte Blödsinn, den ich seit Wochen verfaßt hatte. Was mich eigentlich nicht mehr erschüttern konnte. Die Arbeit in einer Agentur, die sich ausschließlich dem Heranschaffen von Informationen über «Persönlichkeiten, die den Charakter der Öffentlichkeit bestimmen» widmete (wie in dem vergilbten Statut zu lesen war, das irgendein Schwachsinniger einmal für teures Geld verfaßt hatte), lief immer auf die Förderung der Geschwätzigkeit aufgeblasener Künstler hinaus. Zum tausendsten Mal den Satz «Ich liebe mein Publikum» zu lesen, wenn man den geschätzten Meister schon des öfteren vor den hysterischen Glucken, die vor der Garderobe nach seinen Autogrammen gierten, über eine Hintertreppe flüchten sah, hatte seinen eigenen Reiz. Einen Reiz, der schnell verblaßt.

Immerhin konnte ich stolz darauf sein, den Meister zu der interessanten Äußerung verführt zu haben: «In der Pause lasse ich mir oftmals einen Teller Erbsensuppe in die Garderobe bringen.» Ein fetter Italiener, der sich mit einer derartig profanen Mahlzeit stärkte. Wer hatte ihm wohl eingeredet, diesen Unsinn von sich zu geben?

Ein Bekannter, der in einer Werbeagentur arbeitet, sagte einmal zu mir: «Du hast es gut, du hast mit dem wirklichen Leben zu tun.» Recht hat er.

Punkt acht Uhr betrat ich das kleine italienische Lokal, in dem ich mit Jutta Weisherbst verabredet war. Es war eines von diesen Restaurants, die sich großer Beliebtheit erfreuen, weil es dort sehr eng ist, die Anzahl der Tische und Stühle nie ausreicht und die Speisekarte ein halbes Hauptgericht und zehn verschiedene Vorspeisen anbietet. Kommuniziert wurde auf italienisch – was mir leichtfiel, denn beim Reingehen sagte ich «tschau», beim Rausgehen wieder, und dazwischen konzentrierte ich mich darauf, daß mein Schmatzen unter der Toleranzgrenze blieb.

Der Wirt begrüßte alle Gäste mit einer halben (bei Männern) bis doppelten Umarmung (bei Frauen, je nach Haarfarbe) und komplimentierte sie an ihren Tisch. Sie waren alle ungeheuer befreundet miteinander. Und die vielen Fremdworte auf der Speisekarte bereiteten ihnen überhaupt keine Schwierigkeiten.

Mir schon. Außerdem fühlte ich mich diskriminiert, weil mich der dicke Wirt in seiner fleckigen Schürze (sie sah so perfekt aus, die Flecken mußten darauf gemalt sein) nicht umarmt hatte. Als ich es endlich geschafft hatte, die klemmende und quietschende Tür zu schließen, tröpfelte nur ein eisiges unverständliches Murmeln von seinen Lippen.

Jutta Weisherbst, ich hatte mir ein Foto von ihr angesehen, um sie erkennen zu können, war noch nicht da. Ich ergatterte einen harten Gartenstuhl an einem Zweipersonentisch in einer Ecke. Der Kellner, der aussah wie der Werbeträger für den neuesten Männerduft, ignorierte mich, so lange er konnte, und brachte mir dann endlich ein Glas Rotwein, das er mit einer unmißverständlichen Geste schwungvoll vor mich stellte. *Trink und stirb!*

Bevor ich beinahe wirklich vor Langeweile gestorben wäre, quietschte die Tür, und Frau Weisherbst trat ein. Trotz ihrer blonden Haare bekam sie nur eine halbe Umarmung.

Sie wedelte ein kurzes «tschau» zu einem Bekannten hinüber und suchte den Raum ab. Ich winkte ihr zu, und sie trat mit einem Gewohnheitslächeln auf mich zu. Sie war ein wenig außer Atem.

«Herr Tolonen?» fragte sie, und als ich nickte: «Tut mir schrecklich leid, daß ich so spät komme, aber im letzten Moment kam ein wichtiger Anruf.» Ihrem Gesichtsausdruck nach zu schließen, hätte es ihr nichts ausgemacht, mich noch eine Stunde länger warten zu lassen.

Wir gaben uns die Hand. Jutta Weisherbst war ein bißchen dick und hatte ein sehr rundes Gesicht, zu dessen Seiten die dünnen glatten Haare herabfielen und auf Kinnhöhe gerade abgeschnitten waren. Auf dem Foto hatte ich sie mit längeren Haaren gesehen und fand, daß ihr das Zugeständnis an die momentane Mode nicht besonders gut tat. Sie trug eine Jeans und einen langen roten Wollpullover. Die Jeans waren ihr zweifellos auf den Leib geschneidert. An ihren Ohren baumelten goldene Pendel.

Ich hatte mich im Archiv über sie informiert. Ihre große Zeit war offensichtlich vorbei. Früher war sie an vielen Film- und Fernsehproduktionen beteiligt gewesen, aber jetzt, mit 46 Jahren, mußte sie sich mit Theaternebenrollen zufriedengeben. Von der schlanken, kühlen Blondine der sechziger Jahre war nicht mehr viel übriggeblieben.

«Haben Sie schon bestellt?» fragte sie.

Ich deutete auf die Karte: «Ich spreche nicht perfekt Italienisch und habe noch keinen Dolmetscher gefunden.»

«Heute gibt es Lammbraten. Der ist ganz gut.»

«Und was sonst noch?»

«Vorspeisen . . .»

«Ich nehme den Lammbraten.»

«Ja, ich auch. Und einen Salat. Sie auch?»

«Was ist das für ein Salat?»

«Tomaten, Zwiebeln, Oliven, Artischocken, Anchovis . . .»
«Nein danke.»
«Sie mögen keine Anchovis?»
«Heute nicht.»
Sie bestellte einen Salat für sich, und wir einigten uns auf eine Flasche Chianti.

Der riesige Salat, der bald vor ihr stand, hätte mich sicherlich beinahe umgebracht. Sie aß alles auf. Der Lammbraten bestand hauptsächlich aus einem Stück Knochen mit verbrannten Fleischfetzen. Ich versuchte mit dem Brot meinen Hunger zu bekämpfen.

Es dauerte eine Weile, bis wir unser Gespräch in Gang gebracht hatten.

«Sie sagten am Telefon, Sie würden für diese Agentur arbeiten?» fragte sie.

Ich nickte: «*Interpublic/Globalnews.*»

«Das ist keine Zeitung?»

«Nein, eine Presseagentur.»

Sie knabberte gedankenverloren an einer Olive: «*Globalnews* – ich glaube, die waren es, die einmal haarsträubende Schweinereien über einen Bekannten von mir verbreitet haben. Eine ganz üble Sache war das, vor sechs oder sieben Jahren.»

«Damals war ich noch nicht dabei . . .»

Sie spuckte den Olivenkern aus und sah mich kühl an: «Dachte ich mir.»

«Was ist aus Ihrem Bekannten geworden?»

«Er hat sich umgebracht.»

«Doch nicht wegen ein paar Lügengeschichten der Presse?»

«Nein.» Sie schüttelte den Kopf und griff mit den Fingern nach der nächsten Olive: «Wegen mir. Es war mein Mann.»

Offenbar war unser Archiv nicht auf dem aktuellen Stand.

«Tut mir leid.»

Sie knabberte wieder: «Mir nicht.»

Ich wußte nicht, was ich darauf antworten sollte. Sie sah mich nicht an und griff nach dem Glas. Sie trank ihren Wein doppelt so schnell wie ich.

«Hanna Marenka war nie verheiratet?» fragte ich, um das Gespräch endlich auf das eigentliche Thema zu bringen.

«Nein.»

«Sind Sie schon lange miteinander befreundet?»

«Freundschaft ist etwas Relatives.»

«Wie lange kennen Sie sich schon?»

«Seit sie in Deutschland ist. Wir waren auf der gleichen Schauspielschule in München.»

Wieder ein Loch im Archiv. Seit wann war Hanna Marenka in Deutschland? Wo war sie vorher gewesen?

«Seit sie in Deutschland ist?» fragte ich unverbindlich.

Sie griff wieder nach ihrem Glas und nahm einen großen Schluck. Dann lächelte sie höhnisch: «Sie haben Ihre Hausaufgaben nicht gemacht.»

Ich zuckte mit den Schultern, das war eine blöde Art, ein Gespräch zu führen.

Noch immer das Glas in der Hand, deutete sie mit dem Zeigefinger auf mich und sagte hämisch: «Sie wissen überhaupt nichts von ihr, stimmt's? Ihr Journalisten seid auch nicht mehr das, was ihr mal wart.»

Auf diese Bemerkung hatte ich mein Leben lang gewartet.

«Sie können mich gerne aufklären, wenn es Ihnen nicht zu viele Umstände macht.»

«Kann ich», sagte sie hochnäsig, leerte den Rest der Chianti-Flasche in ihr Glas und hielt mir die leere Flasche über den Tisch hinweg vor die Nase. Hätte ich nicht immerhin zwei Gläser davon abbekommen, wäre ich vielleicht aufgestanden und gegangen. Statt dessen bestellte ich eine weitere Flasche. Ein Informand darf sich alles erlauben. Wer professionell mit der Presse zu tun hat, weiß das und kann es schamlos ausnutzen. Mit Leuten, die Ehrfurcht vor Journalisten haben, kann man in der Tat nur Mitleid haben.

Trotzdem ging mir diese Säuferin auf die Nerven.

«Hanna kam 1974 mit achtzehn Jahren nach Deutschland. Haben Sie das gewußt?»

«Nein», gab ich zu.

«Dachte ich mir. Raten Sie mal, woher sie kam.»

«Ich bin nicht zum Raten hierhergekommen.»

«Dachte ich mir.»

«Also?»

«Aus Israel.»

«Sie ist Israelin?»

«Jüdin, jawohl, genau wie ich.»

«Sie sind auch aus Israel?»

«Nein, aber ich bin Jüdin.»

«Kann das etwas mit ihrem Verschwinden zu tun haben?»

Sie sah mich provozierend an: »Das ist doch gut möglich, oder?»

«Was meinen Sie damit?»

«Es war schon immer etwas Besonderes, ein Jude zu sein», sagte sie pathetisch.

«Ich sehe da keinen Zusammenhang. Man wird nicht entführt, bloß weil man jüdischer Abstammung ist – nicht mehr.»

«Was wissen Sie schon davon?»

«Ist sie in Israel geboren?»

«Haben Sie Tomaten auf den Augen?»

«Wie bitte?»

«Sie sind mir ein feiner Journalist! Sehen Sie sich doch nur einmal den Namen an. Fällt Ihnen da nichts auf?»

«Hanna Marenka?»

«Ja.»

«Klingt für meinen Geschmack nicht sehr jüdisch, aber das hat nichts zu bedeuten. Namen sind Zufallsprodukte.»

«Unsinn. Kein Zufall.» Sie stöhnte über meine Begriffsstutzigkeit. «Denken Sie mal nach!»

«Klingt eher polnisch.»

Sie schlug mit der Hand auf den Tisch: «Jetzt haben Sie's kapiert! Herzlichen Glückwunsch!» Sie prostete mir zu.

«Sie kommt aus Polen?»

«Kam. Sie kam aus Polen. Es muß lange her sein. Sie hat nie darüber geredet. Polen – Israel – Deutschland, das ist doch interessant, oder nicht?»

«Man verschwindet nicht einfach von der Bildfläche, bloß weil man eine interessante Vergangenheit hinter sich hat.»

«Warum denn sonst?» fragte sie ungeduldig.

«Ich dachte, das könnten Sie mir verraten.»

«Ich rede mir doch schon die ganze Zeit den Mund fusselig.»

«Wann haben Sie sie das letzte Mal gesehen?»

«Am 19. März. Das war der Tag, an dem der Presseempfang im Alsterpavillon stattfand. Waren Sie auch dort?»

Ich nickte.

«Wir sind danach mit einigen Leuten zusammen auf eine Party gegangen.»

«Wessen Party war das?»

«Die Geburtstagsfeier eines Kollegen vom Schauspielhaus. Er hatte am 20. Geburtstag und feierte hinein.»

«Komische Angewohnheit.»

Sie sah mich ungnädig an: «Wie feiern Sie denn Ihre Geburtstage?»

«Anders.»

«Hanna wirkte sehr zerstreut. Sie war an diesem Abend nicht recht bei der Sache.»

«Bei welcher Sache?»

Sie seufzte: «Sie gehen mir auf die Nerven mit Ihren komischen Fragen. Beim Feiern!»

«Warum?»

«Ja, warum, das ist die Frage. Ich habe mir nicht gerade viele Gedanken darüber gemacht. Sie ist ein paarmal zum Telefon gegangen, das ist alles, was ich weiß. Offenbar wollte sie jemanden erreichen, und es klappte nicht.»

«Wen?»

«Keine Ahnung. Vielleicht hat sie einen neuen Freund?»

«Hat sie?»

«Es ist Zeitverschwendung, eine Frage mit der gleichen Frage klären zu wollen, Herr Tolonen!»

«Wie gut kennen Sie sie denn?»

«Seit vier Jahren sind wir enger befreundet. Wir haben damals zusammen an einem Film gearbeitet und festgestellt, daß wir

Nachbarn sind. Seitdem treffen wir uns mehr oder weniger regelmäßig, je nachdem wie es der Beruf erlaubt. Sie hat ja viel zu tun in der letzten Zeit.»

«Sie nicht?»

«Was ich tue, geht Sie gar nichts an!» sagte sie giftig.

«Meinen Sie, daß etwas an den Gerüchten dran ist, die in den Zeitungen breitgetreten werden?»

«Hanna Marenka, die egozentrische Schauspielerin, die einen Regisseur nach dem anderen verschleißt?»

Ich nickte: «So hört sich das alles an.»

«Eine Schauspielerin in ihrer Position kann sich einige Extravaganzen leisten.»

«Aber sie übertreibt ein wenig?»

Sie winkte ab: «Kaum. Schauspieler haben alle ihre Macken.» Sie blickte düster in ihr Weinglas.

«Hat sie sich mit Kasimir Berg zerstritten?»

«Die beiden waren nicht immer einer Meinung, aber in Wirklichkeit hat sie seine Arbeit vergöttert. Sie würde die Aufführung nie aus einer Laune heraus platzen lassen.»

«Aber man hat vorsichtshalber eine Ersatzschauspielerin engagiert.»

«Das ist doch normal. Sie könnte ja krank werden. Dann kann man nicht einfach irgendeiner anderen einen halben Tag zur Einarbeitung geben. Das Stück hat Millionen gekostet, jede verlorene Aufführung wäre eine Katastrophe.»

«Wenn sie das Theater nicht im Zorn verlassen hat, warum ist sie dann verschwunden?»

«Ja eben, das ist die Frage. Deshalb bin ich so beunruhigt. Als einzige», sagte sie bitter.

«Von Depressionen war auch die Rede.»

«Unsinn, jeder hat mal Depressionen. Sie würde nicht einfach ihre Karriere wegwerfen.»

«Sie haben keine Ahnung, was dahinterstecken könnte? Wie gut kennen Sie sie?»

«Man weiß nie, wie gut man jemanden kennt.»

«Aber Sie sind befreundet.»

«Ja.»

«Und außerdem Nachbarn?»

«In Winterhude. Ihre Wohnung liegt nur zwei Häuser von meiner entfernt.»

«Haben Sie einen Schlüssel zu ihrer Wohnung?»

«Ja, ich kümmere mich um sie, wenn Hanna unterwegs ist.»

«Haben Sie dort nachgesehen?»

«Natürlich hab ich das. Das ist doch der erste Gedanke, wenn man jemanden vermißt, daß man ihn zu Hause sucht.»

«Und?»

«Nichts, gar nichts. Es sah alles aus wie immer.»

«Keine Kleinigkeiten, die fehlen?»

«Ja, mein Gott, so genau habe ich nicht nachgesehen. Schließlich ist es nicht meine Wohnung.»

«Fahren wir hin?» fragte ich.

Sie lächelte höhnisch: «Zu mir oder zu ihr?»

«Zu ihr, vielleicht finden wir doch etwas Wichtiges.»

Ihr Lächeln verschwand.

Ich winkte den Kellner heran. Die Rechnung hatte ein erstaunliches Niveau.

«Haben Sie einen Wagen dabei?» fragte Jutta Weishaupt, nachdem sie den letzten Tropfen aus ihrem Glas gelutscht hatte. «Ich glaube, ich sollte nicht mehr fahren.»

«Kein Problem», sagte ich und hielt ihr die quietschende Tür auf. Das Abschiedstschau des Wirts fiel sehr lau aus.

Als wir im Auto saßen, wurde die kräftige Frau von einem romantischen Gefühl erfaßt. Sie sah mich an, hielt mir die Hand hin und sagte: «Ich heiße Jutta, und du?»

«Tolonen ist in Ordnung – ich mag meinen Vornamen nicht.»

«Apropos Tolonen», fuhr sie mit schwerer Zunge fort. «Bist du Norweger oder so was?»

«Mein Vater war Finne.»

«Aus Helsinki?»

«Genau.»

«Aha.»

Ich fuhr los. Dank ihres Durstes hatte ich die Promillegrenze noch nicht erreicht. Eine Sekunde lang war ich ihr dafür dankbar.

Wir parkten vor einem fünfstöckigen imposanten Bürgerhaus in einer einsam gelegenen kleineren Straße in Winterhude unter einer der vielen Linden am Straßenrand.

«Hier ist ihre Wohnung», sagte Jutta und deutete auf das von einer hellen Lampe erleuchtete großzügige Portal. «Im ersten Stock, der rechte Balkon.»

«Da ist ja Licht.»

«Natürlich ist da Licht. Ich habe es angelassen. Alle Leute in dieser Gegend lassen irgendwo Licht brennen, wenn sie abends nicht zu Hause sind. Um die Einbrecher abzuschrekken.»

Ich fragte mich, ob die Einbrecher nicht inzwischen dahintergekommen waren.

«Aha.»

Wir stiegen aus und gingen durch den mit hohen Fichten bewachsenen Vorgarten auf den Eingang zu.

«Und du wohnst gleich nebenan?» fragte ich.

«Ja», sagte Jutta, «das Haus ist zwar nicht so imposant, aber auch ganz nett.»

«Teuer?»

«Diese hier schon.»

Es sah auch nicht so aus wie bei armen Leuten. Das Treppenhaus war sehr großzügig angelegt, breite marmorne Stufen, darüber ein mit Messingstangen befestigter dunkelroter Läufer, Art-Deco-Leuchter an der Wand. Selbst der Fahrstuhleingang war aus Marmor. Das Innere des Fahrstuhls sah aus wie ein Schmuckkästchen, mit viel Messing und rot-marmorierten Wänden – aus Plastik.

An der Klingel neben der Wohnungstür stand schlicht und handgeschrieben: *Marenka.*

«Wohnt sie hier allein?» fragte ich.

«Seit eineinhalb Jahren. Sie war ein paar Monate mit einem Fernsehregisseur zusammen. Beide waren beruflich immer getrennt unterwegs. Als sie es geschafft hatten, zusammen an einer

Serie zu arbeiten, sind sie sich schnell auf die Nerven gegangen. Jetzt hat sie die ganze Wohnung für sich allein.»

Jutta zog den Schlüssel aus ihrer engen Jeans und öffnete die Tür.

«Ziehn Sie sie aus!» sagte sie dann.

«Wie bitte?»

«Die Schuhe. Hanna besteht darauf, daß man nur in Strümpfen ihre Wohnung betritt.»

Im Flur neben der Tür standen bereits zig Paare durcheinander. Wir stellten unsere dazu, und Jutta machte Licht. Mißgelaunt erkannte ich, daß mein rechter Socken ein Loch hatte.

«Und was nun?»

«Wie viele Zimmer sind es denn?» fragte ich.

«Fünf Zimmer, drei nach vorne, zwei nach hinten, eine Küche, ein Badezimmer und eine Toilette. Ein Zimmer ist abgeschlossen.»

«Und kein Schlüssel da?»

«Nein, ich habe alles abgesucht, auch den Schlüsselkasten, der in der Küche hängt. Ich habe schon Angst gehabt, daß sie womöglich hinter dieser Tür liegt.»

«Und?»

«Nichts und. Hätte ich die Tür einschlagen sollen?»

«Und die Polizei?»

«Die haben mir sowieso kein Wort geglaubt. Sie hätten keine Handhabe oder so etwas . . .»

«Was ist das für ein Zimmer?»

«Ein sehr kleines, glaube ich. Es hat einen kleinen Balkon nach hinten zum Garten.»

«Was für ein Schloß?»

«Ein ganz normales.»

«Das ist leicht aufzubekommen.»

«Ihr Journalisten seid vielleicht Einbruchexperten – ich bin es nicht.»

«Wir sollten uns erst mal in den anderen Räumen umsehen.»

Wir knipsten alle Lampen an, die wir finden konnten, und sahen uns um. Zwei der vorderen Zimmer gingen, durch einen breiten Türbogen getrennt, ineinander über. Das eine war offenbar als Eßzimmer gedacht, es lag genau gegenüber der Küche, das andere war das Wohnzimmer und grenzte an den großen Balkon. Darin das übliche Interieur bürgerlicher Wohnkultur: ein großes Bücherregal mit Fernseher, Videogerät und Stereoanlage, eine Sitzecke mit einem Sofa aus weißem Wildleder und dazugehörigen Sesseln. Sie sahen nicht bequem aus, aber sehr extravagant. Auch alle anderen Einrichtungsgegenstände außer den technischen Geräten und dem Glastisch waren weiß, sogar der Teppich. An zwei Wänden hingen großflächige Gemälde von mir unbekannten zeitgenössischen Künstlern – der sorglosen Komposition nach zu urteilen wahrscheinlich «Neue Wilde».

Jutta ließ ihren schweren Körper mit einem lauten Seufzer in einen Sessel fallen. Es sah wider Erwarten sehr leger aus. Sie schnappte sich die Fernbedienung und stellte den Fernsehapparat an. Nach all dem Wein schien sich das Interesse am Schicksal ihrer Freundin ein wenig verflüchtigt zu haben. Ich sah mir das Zimmer an, das man vom Wohnzimmer durch eine Schiebetür hindurch erreichen konnte. Es war fast völlig kahl. Ein paar Stühle standen herum, und vor dem Fenster stand ein breiter einfacher Holztisch, auf dem sich Manuskripte stapelten. Offenbar war dies Hanna Marenkas Übungsraum. In einer Ecke stand ein Fernseher mit Videogerät, daneben lag ein Kopfhörer.

Ich ging die Papiere auf dem Tisch durch. Es waren Drehbücher und Theaterskripte. Darunter lagen Fotos von irgendwelchen Proben – und ein Brief. Er war an sie gerichtet, die Adresse mit einer elektronischen Schreibmaschine geschrieben, ohne Absender. Im Umschlag fand ich eine Ansichtskarte. Das Bild zeigte das Salzburger Schloß. Auf die Rückseite war in einer winzigen Schrift ein ganzer Roman geschrieben. Zuerst dachte ich, es sei absolut unleserlich, aber dann merkte ich, daß es in einer Sprache abgefaßt war, die ich nicht kannte.

Ich zeigte Jutta die Karte. Sie konnte damit nichts anfangen. Sie starrte gebannt auf den englischsprachigen Spielfilm, der im Fernsehen lief.

«Das Kabel ist eine feine Sache», sagte sie.

Ich sah mich in der Küche um. Es war alles da, vom Designerservice bis zu Geschirrspülmaschine und Mikrowellenherd, aber nichts Persönliches. Das Schlafzimmer dagegen war nicht so gut aufgeräumt. Das Bett war nicht gemacht, und die verschiedensten Kleidungsstücke lagen überall herum. Rechts und links des Betts waren verschiedene Zeitungen und Zeitschriften und ein paar Bücher verstreut. In dem großen Schrank, der sich die eine Wand entlangzog, hingen unzählige Kleider.

Aus dem hohen Fenster konnte man hinunter in den Garten sehen, der von niedrig stehenden Lampen erleuchtet wurde. Er grenzte direkt an einen Kanal. Die großen Nadelbäume warfen bizarre längliche Schatten auf den Rasen, die von einem leichten Wind bewegt wurden. Ein kompakter kleiner Schatten huschte durch das Halbdunkel. Zuerst dachte ich an einen Hund, aber dann merkte ich, daß es eine gebückte menschliche Gestalt war. Sie schlich an den Bäumen entlang zur linken Hausseite. Ich glaubte einen kurzen Pfiff zu hören, und dann war der Schatten verschwunden. Ich lief nach vorne, öffnete die Balkontür und wollte nachsehen, ob jemand um die Hausecke kam. Aber die Fichten verstellten mir den Blick.

Ich ging in die Küche und holte einen Fleischspieß aus einer Schublade. Mit Hilfe einer Gabel bog ich mir einen Dietrich zurecht. Die Gabel war danach nicht mehr zu gebrauchen.

Mit dem Dietrich war es kein Problem, die Tür zu dem verschlossenen kleinen Zimmer zu öffnen. Kaum hatte ich sie auf, stand Jutta hinter mir und starrte neugierig ins Dunkel. Die Luft im Zimmer war sehr kalt.

Die Deckenlampe war offensichtlich defekt, aber als meine Augen sich an die Dunkelheit gewöhnt hatten, sah ich eine Lampe auf dem Tisch stehen, der an der rechten Wand stand. Ich trat auf den Tisch zu und stolperte über eine kleine Kiste, die umkippte. Irgend etwas schepperte. Ich ertastete den Schalter der Tischlampe.

«O weh», sagte Jutta, «jetzt müssen wir aufräumen.»

Im Zimmer herrschte ein vollkommenes Durcheinander. Einige kleinere und größere Kartons waren auf dem Boden ausgeleert worden. Neben Werkzeugen und Papieren lagen ein paar Flaschen mit Haushaltsreinigern herum. Eine Dose mit Scheuerpulver war umgekippt und der Inhalt im ganzen Zimmer verteilt. Die Türen des Schranks an der linken Wand waren offen. Es war ein alter Bücherschrank mit Glastüren, der tatsächlich mit Büchern und Papieren gefüllt war. Eine Schublade war herausgerissen, die anderen drei geöffnet. Überall lagen Papiere herum, manche schon vergilbt. Bücher und Papiere waren in einer fremden Sprache verfaßt.

Ich hielt Jutta einen Zettel unter die Nase: «Kannst du das lesen?»

«Im Moment nicht, ich hab die Brille in meinem Auto gelassen.»

«Sah das hier immer so aus?»

«Woher soll ich das wissen?»

Auf dem Tisch stand eine alte elektrische Schreibmaschine und ein modernes Minidiktiergerät mit Ohrhörer.

«Ist das hier eine Rumpelkammer oder ein Arbeitszimmer?» fragte ich.

Jutta winkte ab: «Mir wird schlecht, wenn ich das sehe. Hanna ist nicht hier, oder? Na also, dann lassen wir's gut sein. Ich gehe.»

Die Tür zum Balkon war auf, die kalte Luft kam von draußen. Kein Mensch, der in dieser Gegend wohnte, würde die Balkontür auflassen, auch nicht im ersten Stock. Ich trat auf den Balkon und blickte hinunter. Wer hier hinaufkletterte, ohne bemerkt zu werden, mußte ein Profi sein. Ich ging zurück ins Zimmer. Mir war nicht so recht klar, was ich mit dem ganzen Papierkram anfangen sollte. Ich konnte weder alles mitnehmen, noch wußte ich überhaupt, was auf den Zetteln und Ordnern geschrieben stand.

Ich schloß die Balkontür und verließ das Zimmer, nachdem ich alles noch einmal nach etwas Verständlichem abgesucht hatte. Dann verschloß ich die Zimmertür und legte den Dietrich wieder zu den Fleischspießen in der Küche. Ich fand meinen Ordnungssinn phänomenal.

Inzwischen schien Jutta sich vor dem Fernseher zu langweilen. Mit der Fernbedienung schaltete sie von einem Programm zum anderen.

«Ich kann mir keinen Reim darauf machen», sagte ich, «es hat keinen Zweck, hier noch weiter herumzusuchen.»

«Na gut, gehen wir.»

Ich hätte beinahe vergessen, meine Schuhe beim Hinausgehen anzuziehen.

«Was willst du jetzt machen?» fragte Jutta, als wir durch den Vorgarten zur Straße gingen.

«Keine Ahnung. Es hat sich ja nichts Neues ergeben.»

«Vielleicht hat sie sich mit einem reichen Scheich davongemacht», murmelte sie.

«Würde sie so etwas tun?»

«Wohl kaum.»

«Was machst du jetzt mit deinem Wagen?»

«Oh, der kann bleiben wo er ist. Das ist nicht das erste Mal, daß er die Nacht ohne mich auskommen muß.»

«Wiedersehn.»

«Hast du nicht noch Lust auf ein Glas Wein?»

«Ich muß noch fahren.»

«Na, dann fahr.» Sie drehte sich um und ging.

Ich war erleichtert, sie losgeworden zu sein. Es war mir schwergefallen, diese Frau zu duzen.

Als ich im Auto saß, mußte ich kurz überlegen, auf welchem Weg ich am schnellsten nach Hause kam.

Kaum war ich losgefahren, bemerkte ich ein paar Scheinwerfer hinter mir, die mir folgten. Sie bogen in die gleiche größere Straße ein wie ich und hielten immer denselben Abstand, egal wie schnell ich fuhr. Auf der großen Straße, die Richtung Alster führte, kamen andere Wagen dazu. Einer überholte den Wagen hinter mir und hupte, als er abbremsen mußte, weil ich absichtlich langsam fuhr. Ich gab Gas und konnte bald die verschiedenen Lichter in meinem Rückspiegel nicht mehr unterscheiden. Auf der zweispurigen Geraden Richtung Hauptbahnhof überholten mich einige Wagen, und bald war niemand mehr hinter mir.

Ich beglückwünschte mich zu meinem Verfolgungswahn.

Ich war froh, daß ich um diese Zeit noch einen Parkplatz direkt vor dem Eingang zu meinem Haus fand.

Vorsichtig, um nicht in eine Pfütze zu treten, überquerte ich den dunklen Innenhof. Die einzige kleine Laterne, die hier brannte, war schon seit langem von einem hohen Busch in ihrer Funktion beeinträchtigt worden. Eine Katze huschte vor mir über den Kiesweg und verschwand unter einem Rhododendronstrauch in der Ecke neben der Treppe zur Haustür. Ich kramte meinen Schlüssel hervor.

Als ich gerade die erste Stufe hinaufsteigen wollte, blitzte ein grelles Licht auf und blendete mich – eine Taschenlampe. Ich hielt meine Hand vor die Augen und blieb stehen.

Eine Stimme begrüßte mich: «Kommen Sie hoch, Bruder Tolonen, und achten Sie auf die Stufen!»

Die Lampe ging aus.

Ich sah nach oben und erkannte sie nicht gleich.

«Gott zum Gruße!» sagte der andere.

«Halleluja», rief ich ihnen zu.

Das Licht flackerte kurz auf.

«Machen Sie keine Faxen, und kommen Sie rauf!» sagte die erste Stimme.

6

Ich öffnete die Haustür.

«Lassen Sie das Licht aus, wir haben eine Taschenlampe!» sagte Weiminger barsch.

Sein Kumpel ließ den Lichtkegel durch das Treppenhaus schweifen.

«Sie gehen vor!» sagte er zu mir.

«Wollen Sie mich zu einer spiritistischen Sitzung abholen, oder was soll das?»

«Wir gehen erst mal hinauf. Dann können wir uns unterhalten», sagte Weiminger. Es klang fast freundlich.

Beim Hinaufgehen in der Dunkelheit ärgerte ich mich über diese blödsinnige Geheimniskrämerei. Ich stolperte ein paar Mal und fluchte.

«Pst!» machte Weiminger.

«Das ist ja wie im Ferienlager. Wem wollen Sie denn Zahnpasta ins Gesicht schmieren?» höhnte ich mit gedämpfter Stimme.

«Darf ich denn hier wenigstens eine Lampe anschalten?» fragte ich, nachdem wir in meine Wohnung getreten waren.

«Ziehn Sie erst die Vorhänge vor.»

«Wovor haben Sie denn so eine Heidenangst? Sind Sie exkommuniziert worden?» Als ich die Pistole in der Hand des bleichen Samuel sah, gab ich es auf, den Spaßvogel zu spielen.

Nachdem ich die Vorhänge zugezogen hatte und sie sämtliche Zimmer inspiziert hatten, durfte ich die Lampen anknipsen. Im Vergleich zu unserer letzten Begegnung hatten die beiden ihr Äußeres sehr verändert: Sie trugen schwarze Jeans, schwarze Rollkragenpullover und schwarze Turnschuhe und Handschuhe. Sie sahen aus wie ein Sonderkommando des Bundesgrenzschutzes. Das einzige, was an die Mormonen erinnerte, war ihr amerikanischer Akzent.

Wir setzten uns in die Küche. Das war unbequemer. Sie hatten es nicht verdient, sich auf meiner Polstergarnitur breitzumachen.

«Haben Sie Bier da?» fragte der bleiche Samuel. Er hatte die Taschenlampe auf den Tisch gestellt und die Pistole gut sichtbar in den Hosenbund gesteckt.

«Nein», log ich. Wenn ich die beiden nicht schon einmal als Mormonen verkleidet kennengelernt hätte, wäre mir in diesem Augenblick sicherlich noch mulmiger zumute gewesen.

Weiminger, der sich mir gegenüber hingesetzt hatte, holte ein kleines schwarzes Notizbuch aus der Gesäßtasche, nahm einen kleinen Kugelschreiber heraus und schlug es auf. Er kritzelte etwas hinein, das aussah wie eine Kurzschrift, dann ein paar Zahlen. Schließlich sah er mich an:

«Tolonen, wie heißt die Frau, mit der Sie sich gerade getroffen haben?»

«Wie bitte?»

«Diese vollschlanke Blonde.»

«Ich verstehe Sie nicht recht.»

Mir war nicht ganz klar, wie ich reagieren sollte. Weiminger wollte anscheinend eine vielerprobte Überrumpelungstaktik anwenden.

«Sie werden sich doch wohl noch an die Frau erinnern, mit der Sie gerade ein Rendezvous hatten», sagte Weiminger mit ruhiger Stimme, als ob das alles nicht so wichtig wäre.

Der bleiche Samuel kicherte, schlug die Beine übereinander und ließ seine langen dünnen Arme über die Stuhllehne nach hinten baumeln.

«Wundert mich, daß Sie sie nicht kennen. Sie ist eine bekannte Schauspielerin.»

Weiminger kritzelte offenbar das Wort Schauspielerin in sein Büchlein.

«Ihr Name?» fragte er dann.

«Sonja», sagte ich, «Sonja Bleicher», und hoffte, daß es keine Schauspielerin dieses Namens gab.

Weiminger schrieb es auf. Sein Kollege dagegen schien den ruhigeren Job zu haben.

«War das ein berufliches oder ein privates Treffen?»

«Beruflich natürlich», sagte ich.

Samuel kicherte wieder.

«Um was ging es?»

«Das übliche Interview – Vergangenheit, Gegenwart, Zukunftspläne . . .»

«Wieso sind Sie dann nach Winterhude gefahren?»

«Wohin?»

«Sie haben sie in Ihrem Wagen mitgenommen, nach Winterhude.»

«Sie meinen die Gegend oberhalb der Außenalster?»

«Stellen Sie sich nicht so dumm an, Tolonen.»

«Winterhude, ja, sicher. Wir haben nach irgendeiner Cocktailbar gesucht, die da aufgemacht haben soll.»

«Und?»

«Pech gehabt. War noch geschlossen.»

«Was dann?»

«Ich hab sie nach Hause gefahren.»

«Wohin?» Er schrieb noch immer fleißig mit.

«Sierichstraße.»

«Hausnummer?»

«Weiß ich nicht, sie hat es mir gezeigt. Irgendwo in der Nähe der U-Bahn-Station.»

«Machen Sie das öfters?»

«Was?»

«Interviewpartnerinnen nach Hause fahren.»

«Sie war betrunken und mußte ihren Wagen stehenlassen.»

Weiminger riß alle vier Seiten, die er soeben bekritzelt hatte, aus seinem Notizbuch und knüllte sie zusammen. Er schmiß die Papierkugel vor sich auf den Tisch und sagte mit einem Seufzen:

«Na gut, fangen wir noch mal von vorne an.»

Ich war einigermaßen erstaunt: «Was ist denn los?»

«Nichts weiter», sagte er. «Außer, daß Sie uns einen Bären aufbinden wollen. – Also», fuhr er dann gelangweilt fort: «Die Blondine, wie hieß sie?»

«Sonja Bleicher.»

«Jutta Weisherbst», sagte er und schrieb wieder in sein Buch.

«Ist das ihr bürgerlicher Name?» fragte ich. «Ich wußte gar nicht, daß Bleicher ein Pseudonym ist.»

«Na kommen Sie, Tolonen! Sie halten mich wohl für einen ausgemachten Trottel, was? Lassen Sie diesen Bleicher-Quatsch!»

Ich sah ihn an – er wollte keine Märchen mehr hören, das war nun klar.

«Was wollen Sie denn von Frau Weisherbst?» fragte ich.

«Das gleiche, was Sie von ihr wollen.»

«Sind Sie sicher? Ich wußte nicht, daß ich einen Nebenbuhler habe.»

Samuel fand das lustig. Er lachte. Er lachte so sehr, daß er sich nach vorne beugen mußte. Ich hatte den Schlagring in seiner Hand überhaupt nicht bemerkt. Er knallte ihn mir mit voller

Wucht gegen das rechte Knie. Beinahe wäre ich vor Schmerz laut aufschreiend vom Stuhl gekippt. Es tat furchtbar weh, etwa so wie beim Zahnarzt, nur viel schlimmer und viel länger anhaltend. Ich dachte, er habe mir die Kniescheibe zerschmettert. Er lehnte sich wieder zurück und sah mich mit seinem grinsenden bleichen Gesicht triumphierend an.

Weiminger sah eher betrübt aus. Er schüttelte den Kopf.

Als ich nach einer Weile wieder gerade sitzen konnte und mich vergewissert hatte, daß meine Kniescheibe nicht zerschmettert war, fuhr er fort:

«Hat sie Ihnen gesagt, wo Hanna Marenka sich aufhält?»

«Sie weiß es nicht, sie sucht sie selbst.»

«Was haben Sie in ihrer Wohnung gemacht?»

«Welche?» fragte ich verbissen.

«In der Wohnung von Hanna Marenka.» Weimingers Ton sollte mir klarmachen, daß er sehr viel Geduld mit mir hatte.

«Wir wollten nachsehen, ob wir irgend etwas finden, das ihr Verschwinden erklären könnte.»

«Und?»

«Ohne Erfolg.»

«Sind Sie sicher?» Sein Blick schweifte zu Samuel.

«Ja, zum Teufel, da war gar nichts! Was haben *Sie* denn in ihrer Wohnung gesucht?»

Die beiden sahen sich an.

«Schlaues Kerlchen», sagte Samuel.

«Er ist ein ganz Schlauer», stimmte ihm Weiminger zu.

«Was glauben Sie denn, was wir gesucht haben?» fragte er dann, an mich gewandt.

«Ich habe keine Ahnung.»

«Sie haben mehr als eine Ahnung, Tolonen!»

«Erklären Sie mir, was Sie meinen, vielleicht verstehe ich dann, was Sie von mir wollen.»

«Er stellt sich ganz schön dumm», sagte Samuel und blickte gelangweilt zur Decke.

«Das ist sehr betrüblich», nickte Weiminger. Das Wort «betrüblich» klang in seinem amerikanischen Tonfall sehr komisch. «Ich werde Ihnen Nachhilfeunterricht geben.»

«Ich bin ganz Ohr», sagte ich.

«Vorsicht!» sagte Samuel mit erhobenem Zeigefinger. «Keine dummen Bemerkungen!»

«Ihre Organisation ist auf der Suche nach einem Objekt. Unsere Organisation ist auf der Suche nach dem gleichen Objekt. Da wir es nicht beide besitzen können, wäre es vernünftig, wenn wir uns absprechen würden. Richtig?»

«Hört sich interessant an, aber ich verstehe kein Wort. Falls das Objekt, das Sie meinen, Hanna Marenka heißt, sind Sie bei mir an der falschen Adresse. Ich bin auf der Suche nach ihr, das stimmt, aber ich weiß nicht, wo sie ist.»

«Geben Sie das Versteckspiel auf, Tolonen, Ihre Tarnung ist längst aufgeflogen.»

«Was?»

«Zuerst haben wir auch gedacht, es sei Zufall gewesen, daß Sie vorgestern den ganzen Abend lang hinter der Marenka hergelaufen sind. Zumal Sie dann zu später Stunde Ihren Auftrag nicht mehr sehr ernst nahmen und uns am nächsten Tag die Komödie des Unwissenden vorgespielt haben. Ganz gut übrigens, aber doch nicht voll überzeugend.»

«Sie haben mich diesen ganzen idiotischen Abend lang beschattet?» fragte ich mißmutig.

«Ja. Wenn Sie nicht wollen, daß wir die Wahrheit über Sie in der ganzen Welt ausposaunen, sollten Sie den Mund ein bißchen weiter aufmachen.»

«Was wollen Sie denn der Welt von mir erzählen, was sie noch nicht weiß?»

«Zum Beispiel, daß Ihr Posten bei *Interpublic/Globalnews* nur Tarnung ist.»

«Nur Tarnung?» Ich war erstaunt. «Da fällt mir aber ein Stein vom Herzen – und ich dachte schon, ich müßte den Rest meines Lebens dort verbringen.» Samuel hob drohend den Schlagring.

«Wer immer sich das ausgedacht hat», fuhr Weiminger fort, «muß ein Dilettant gewesen sein. Daß ein ausgebuffter Journalist einer der größten deutschen Illustrierten von einem Tag auf den anderen in einer heruntergekommenen Agentur für Klatschnachrichten landet, ist so unglaubwürdig, daß man es kaum glauben kann. Wer hat diese Geschichte erfunden? Sie selbst?» Er lächelte mitleidig.

«Ich verstehe nur Bahnhof», sagte ich.

«Sie werden doch sicherlich gut bezahlt. Wo geht das Geld hin? In die Schweiz?»

«Ich bin damals gefeuert worden, weil ich ein paar nicht wiedergutzumachende Fehler begangen habe. Es hat die Zeitschrift ein Schweinegeld gekostet, Prozeßkosten dazu, nur weil ich im Suff ein paar Dokumente verbummelt habe. Meine Frau hat mich verlassen, ich habe Dummheiten begangen und dafür bitter bezahlen müssen. Wenn da eine Verschwörung dahintersteckte, dann die des Schicksals oder des Zufalls oder der Dummheit . . .» Ich hatte keine Lust, den Kerlen meine Lebensgeschichte zu beichten. «Was geht Sie das eigentlich an?»

«Es war gut eingefädelt, das muß man Ihnen lassen. Ihren privaten Umbruch mit einem beruflichen zu kombinieren – nicht schlecht. Aber einen solchen Abstieg! Sie haben übertrieben.»

«Und ich dachte immer, ich würde an Verfolgungswahn leiden», murmelte ich. Mehr fiel mir nicht mehr ein.

«Tolonen, wir wollen Ihnen ein Angebot machen . . .» fuhr Weiminger fort.

«Wer zum Teufel ist denn nun wir?»

«Das muß Sie gar nicht weiter interessieren . . .»

Das schrille Scheppern der Klingel im Flur unterbrach ihn. Weiminger sah mich entgeistert an. Er war ebenso erschrocken wie ich.

Er blickte mich scharf an: «Sitzen bleiben!»

Ich hatte mich nicht einen Millimeter gerührt.

«Erwarten Sie jemanden?»

«Sieht ganz so aus», sagte ich.

«Wer ist das?» fragte Weiminger.

«Sein Liebchen», höhnte Samuel.

«Wohl kaum», sagte ich.

«Also wer?»

Mir wurde klar, das Weiminger diese Ungewißheit nicht ertragen konnte, deshalb zögerte ich.

Die Klingel schepperte wieder. Diesmal klang es noch lauter.

«Niemand zu Hause», sagte Samuel.

«Wer ist das?» fragte Weiminger.

«Es wird mein Kumpel Kreissberg sein», sagte ich. «Mein Kollege, mit dem ich zusammenarbeite. Wir arbeiten manchmal abends an einem Artikel. Wahrscheinlich hat er Probleme und will mich um Rat fragen. Wenn ich nicht aufmache, benutzt er vielleicht seinen Schlüssel und kommt hoch.»

«Quatsch», sagte Samuel.

«Er hat einen Schlüssel?» fragte Weiminger.

Ich nickte.

«Warum klingelt er dann?»

«Er will mich nicht stören, ohne sich anzukündigen. Er ist ein rücksichtsvoller Mensch.»

«Tatsächlich.»

In diesem Moment hörten wir seine Stimme. Das Wohnzimmerfenster war gekippt, und in dem kleinen Innenhof hallte es stark.

«Tolonen!» gröhlte Kreissberg, «Ich weiß, daß du da bist!»

Er mußte einiges getrunken haben – eine solche Situation hatte ich schon mal erlebt. Damals war ich ebenfalls nicht allein gewesen – allerdings in angenehmerer Gesellschaft.

«Tolonen!» schallte es erneut. «Du hast das Licht brennen gelassen. Ich weiß, daß du da bist! Mach auf!»

«Er hat also einen Schlüssel?» fragte Weiminger.

«Leider», sagte ich, «gleich steht er in der Tür.»

«Tolonen!»

«Der weckt das ganze Haus auf», erkannte Samuel.

«Verdammt!» fluchte Weiminger.

«Soll ich ihn reinlassen?»

«Bleiben Sie sitzen!»

«Tolonen!»

«Wenn er so weitermacht, wird die Polizei kommen», sagte ich. «Die alte Dame über mir ist sehr empfindlich.»

«Hauen wir ab», sagte Samuel.

Weiminger machte eine beschwichtigende Handbewegung.

«Das Polizeirevier ist nur ein paar hundert Meter von hier entfernt», erklärte ich ihm.

«Tolonen! Wenn du mich hier stehenläßt, brech ich die Tür ein.»

«Er ist sehr hartnäckig», sagte ich.

Endlich hatte sich Weiminger zu einem Entschluß durchgerungen:

«Wir gehen.»

Er stand auf.

Der bleiche Samuel stellte sich dicht vor mich und hielt mir seinen Schlagring unter die Nase. Er sah Weiminger an:

«Soll ich ...?»

«Laß das! Komm.» Weiminger war schon an der Tür zum Flur und deutete mit seiner Taschenlampe in Richtung Ausgang.

Samuels wachsweißes Gesicht verzerrte sich zu einem bedauernden häßlichen Grinsen. Er steckte den Schlagring in die Hosentasche und drehte sich um. «Wir sehen uns noch», rief Weiminger.

Sie schlossen noch nicht einmal die Tür. Ich hörte sie eilig das Treppenhaus hinuntertrampeln.

Ich merkte, daß ich zitterte.

Ich rannte durch den Flur. Im Wohnzimmer stürzte ich zum Fenster, fummelte hektisch daran herum, bekam es endlich auf und lehnte mich hinaus. Im Licht der Treppenhausbeleuchtung, die schwach durch die Haustür nach draußen drang, sah ich Kreissberg vor dem Hauseingang herumtaumeln.

Er bemerkte mich und winkte.

«Kreissberg!» schrie ich. «Paß auf! Sie sind bewaffnet!»

Kreissberg taumelte unbestimmt vor sich hin.

«Das sind Gangster! Geh vom Eingang weg!»

«Sie ist wieder da!» johlte er.

Die Haustür ging auf, und Weiminger eilte die Stufen herunter. Er sah Kreissberg nicht an. Samuel folgte ihm. Vor Kreissberg begann er wie ein Boxer zu tänzeln. Kreissberg sah ihn erstaunt an und hob die Fäuste. Aber Samuel tänzelte an ihm vorbei. Kreissberg sah ihm nach.

Dann taumelte er die Stufen hinauf.

Ich merkte, daß ich immer noch zitterte.

Ich ging in die Küche und goß mir einen dreifachen Wodka ein. Beinahe hätte ich die Hälfte verschüttet.

7

Während ich mit dem Wasserglas in der Hand in der Küche darauf wartete, daß Kreissberg die Treppenstufen bewältigte, überlegte ich, was die beiden wohl von mir gewollt hatten. Fast kam es mir lächerlich vor. Allzu erfreulich war es jedoch nicht gewesen. Ich war mir ziemlich sicher, daß der bleiche Samuel nicht gezögert hätte, mir mit seinem Schlagring noch eins überzuziehen. Was meine Tapferkeit betraf, so konnte ich mich nur eingeschränkt beglückwünschen – wäre Kreissberg nicht aufgetaucht, hätten die beiden mich ganz schön in die Enge getrieben. Aber warum? Was konnte ich ihnen schon erzählen, außer daß ich, mühsam an einen Laternenpfahl gestützt, Hanna Marenka mit zwei Männern in einem Auto hatte wegfahren sehen? Falls sie einen Zeugen beseitigen wollten, brauchten sie sich keine Mühe zu geben, ich war absolut unglaubwürdig. Aber wer waren die beiden eigentlich – und wer, glaubten sie, sei ich? Oder waren wir alle drei nur ein paar durchgedrehte Paranoiker?

Daß Weiminger und sein Kompagnon sich für meine Vergangenheit interessierten, paßte mir gar nicht. Man wird nicht gerne am absoluten Tiefpunkt seines Lebens an seine ehemalige Karriere erinnert. Ich hoffte, daß die meisten inzwischen vergessen hatten, wie ich damals betrunken und völlig verwahrlost durch die Redaktionsräume der *Illustrierten* gewankt war und einen Termin nach dem anderen versäumt hatte. Viele Journalisten trinken – das ist nichts Besonders. Sie benebeln sich soweit, daß sie ihre öden Artikel zusammenschustern können, ohne einen Ekelanfall zu bekommen – das klingt vermessen aus dem Mund eines Versagers, aber es lassen sich unzählige Beispiele finden, zumindest im Illustriertengeschäft. Ich hatte damals nicht wegen der Arbeit getrunken, sondern wegen meiner privaten Katastrophe. (Wie sich die Sekretärin meines Chefredakteurs auszudrücken pflegte: «Hast du eine private Katastrophe erlitten? Hu, ist das anregend!» Sie sagte immer anregend anstatt aufregend, vielleicht lag es daran, daß sie einmal in einer Werbeagentur beschäftigt war, die sich auf Kaffeewerbung spezialisiert hatte.) Ich hatte damals ein paar trottelige Lokalpolitiker durch meine Umfangsformen verärgert und war einer Unternehmersgattin zu nahe getreten (wie sie es nannte – ihr Mann war vierzig Jahre älter als sie selbst gewesen, und ich hatte versucht, sie darauf aufmerksam zu machen). Es hatte Abmahnungen gehagelt. Als dann die Artikel immer schlechter wurden und ich brisante Dokumente einer halbherzig recherchierten Enthüllungsgeschichte verbummelte, die sich zu meinem Pech zu einem Skandal ausweitete, legte man mir nahe, eine kreative Pause einzulegen, und wollte mir einen Urlaub spendieren. Ich reagierte stocksauer und verkündete lautstark meine fristlose Kündigung. Heute weiß ich es besser: Ich hätte darauf bestehen sollen, doppelt soviel Sonderurlaub zu bekommen – danach hätte die Welt ganz anders ausgesehen. Nun, sie sah auch so ganz anders aus, aber weniger angenehm.

Und jetzt war ich auf einmal wieder dick im Geschäft. Zwar hatte ich keinen blassen Schimmer, um was es eigentlich ging, aber mein Leben war wieder spannend geworden. Vielleicht war ich jetzt an der heißen Story dran, auf die ich schon so lange gewartet hatte.

Kreissberg hatte eine gewaltige Schlagseite. Er zog sich am Geländer hoch und schnaufte. Die Ledermütze saß schief auf seinem Kopf, der Gürtel seines Trenchcoats hing nur noch in einer Schlaufe, und die Schnalle schleifte über den Boden.

Er winkte mit der linken Hand einen Gruß:

«Er ist wieder da.»
«Wer?»
«Der Arsch der Marenka.»
«Komm erst mal rein.»
Er griff in die Manteltasche:
«Ich hab Verstärkung mitgebracht.» Er holte eine Flasche Ouzo hervor. Ich nahm sie ihm ab und stellte sie weg.
«Warum trinkst du soviel, Kreissberg?»
«Berufskrankheit», erklärte er. «Journalisten haben die geringste Lebenserwartung von allen Berufsgruppen. Darüber muß ich mich hinwegtrösten.»
«Auf diese Weise sinkt deine Lebenserwartung noch mehr.»
«Stimmt. Ich bin eben ein Held.»
Wir setzten uns in die Küche.
«Wie wär's mit einem Glas Wasser?» fragte ich.
«Als Kompromißlösung schlage ich Bier vor. Du hast doch Bier?»
«Na gut.»
Kreissberg zog umständlich seinen Mantel aus und warf seine Mütze auf den Tisch. Sein halbkahler Schädel war schweißnass.
«Wo ist denn dein Besuch hin?» fragte er schwerfällig und nahm die Bierflasche in Empfang.
«Deine Fahne hat sie in die Flucht geschlagen.»
«Red nur so großkotzig daher», brummte er. «Am Fenster hast du geklungen wie ein Schwein, das abgestochen werden soll.»
«Der eine hatte eine Pistole und einen Schlagring. Er hat mir damit gegen das Knie geschlagen – es tat höllisch weh.»
«Komische Freunde hast du», sagte Kreissberg. Er hatte seine Bierflasche schon geleert. «Erzähl mal der Reihe nach.»
Als ich fertig war, schüttelte er den Kopf: «Alle sind sie hinter dem Arsch von dieser Marenka her. Kaum zu glauben. Du hast eine Menge Nebenbuhler, mein armer Kleiner.»
«Ist das alles, was dir dazu einfällt?»
«Ich beneide dich. Ist doch eine spannende Sache. Vielleicht will die Alte dich scharfmachen.»
«Laß doch die dummen Sprüche.»

«Du grabschst nach ihrem Arsch, sie zieht eine Vorstellung ab und läßt sich von zwei Buhmännern in ein Auto schubsen. Anschließend macht sie dir Dampf, indem sie dir zwei weitere Buhmänner auf den Hals schickt. Und nun ist sie wieder aufgekreuzt. Wahrscheinlich liegt sie schon im warmen Bettchen und wartet darauf, daß du dazuspringst.»

«Kreissberg, was soll dieses Geschwätz? Kannst du nicht einmal vernünftigt nachdenken?»

«Frauen und Vernunft passen nicht zusammen ...» Die Worte kamen immer träger über seine Lippen. «Die wollen nur an deinen Hosenlatz. Hat schon der alte Hitch gewußt.»

«Wer?»

«Der alte Hitchcock, der Filmfritze, der echte, meine ich – jede aufgetakelte Blondine wartet nur darauf, dir im Taxi die Hand in ...»

«Laß den Quatsch. Deine Frauenverachtung hilft mir nicht weiter.»

«Genau», nickte er. «Ich verachte die Frauen. Ich seh sie mir am liebsten von hinten an. Hast du noch ein Bier?»

Ich holte ihm noch eins aus dem Kühlschrank.

«Woher weißt du das von der Marenka?»

«Daß sie wieder aufgekreuzt ist? Aus der Agentur. Hat sich schnell rumgesprochen. Ist doch klar. Auf die ist jeder scharf, der seinen Griffel noch gerade halten kann.»

«Wo ist sie jetzt?»

«Zu Hause im Bett, wie gesagt ...»

«Und vorher?»

«Was vorher? Vorher hat sie sich ausgezogen, nehme ich an.»

Meine Geduld mit ihm war fast am Ende.

«Wo sie gewesen ist!»

«Das weiß keiner. Sie hat bisher mit niemandem gesprochen. Sie ist ja auch erst vor ein paar Stunden wieder aufgetaucht. Ruf sie doch an.»

«Mitten in der Nacht?»

«Warum nicht?» murmelte er. Die Hand, in der er die Bierflasche hielt, sank langsam neben dem Stuhl hinab. Kreissberg fiel in sich zusammen: «Du rufst an, das Telefon klingelt, sie wirft ihre Bettdecke zurück, steht auf, das Licht der Nachttischlampe strahlt durch ihr filigranes Negligé ... Da müßte man ein Bildtelefon haben ... Frau Marenka, sagst du dann, würde es Ihnen was ausmachen, wenn Sie mir beim Telefonieren den Rücken zuwenden ...»

Die Bierflasche fiel zu Boden und begann auszulaufen. Kreissbergs Augen waren geschlossen, er schnaufte vor sich hin. Ich fragte mich, seit wann er das Wort «filigran» in seinen Wortschatz aufgenommen hatte.

Ich stellte die Flasche weg und wischte die Bierlache auf. Kreissberg sah mir unter schweren Lidern hervor dabei zu.

«Gib mir dein Sofa», murmelte er schwerfällig.

Ich führte ihn ins Wohnzimmer. Er warf sich aufs Bett, ohne die Schuhe auszuziehen, und begann leise zu schnarchen. Ich breitete eine Wolldecke über ihn. Dann knipste ich das Licht aus und ging ins Schlafzimmer.

Dort stellte ich den Wecker auf halb acht. Aber ich konnte kaum schlafen, ich war viel zu aufgeregt – oder angeregt, wie man's nimmt.

Am nächsten Morgen, kurz nach acht, ging ich aus dem Haus. Kreissberg ließ ich weiterschnarchen, der würde sowieso den halben Tag lang ungenießbar sein. Ich hatte mir mein Sonntagsjackett, ein weißes Hemd und – für den Fall, daß sie mich in ihre Wohnung lassen sollte – ein Paar Socken ohne Löcher angezogen.

Dank des morgendlichen Berufsverkehrs brauchte ich fast eine halbe Stunde, bis ich vor dem Haus, in dem Hanna Marenka wohnte, angekommen war. Es war noch nicht einmal neun Uhr, und als ich den Weg zur Haustür entlangging, fragte ich mich, ob es klug war, schon so früh hier aufzukreuzen. Aber besser, die Dame war schlecht gelaunt, und ich mußte mich nicht mit irgendwelchen Kollegen herumplagen, die ihr Treppenhaus belagerten. Das einzige wirkliche Problem, das überwunden werden mußte, war die Sprechanlage. Bevor ich den Klingelknopf drückte, überlegte ich, welche Ausrede für die morgendliche Störung wohl am wirkungsvollsten sein könnte. Mein kleines Repertoire reichte vom Postboten mit Eilsendung bis zum Heizungsklempner. Keine hatte jemals wirklich funktioniert. Die Leute reagieren immer sehr sauer auf solche Lügen.

Hanna Marenka benutzte nicht einmal ihre Sprechanlage. Es krachte nur im Lautsprecher, dann öffnete sich die Tür. Vielleicht war sie noch nicht richtig wach, wenn doch, erwartete sie mich an der Wohnungstür, um ihren neuesten Karatetrick auszuprobieren. Man muß auf alles gefaßt sein, auch wenn es im entscheidenden Augenblick meist nicht hilft. Ich ließ den Lift, wo er war, und stieg die breiten Stufen nach oben.

Sie stand in der Tür und blickte mich mißtrauisch an. Als ich die letzte Stufe genommen hatte und auf sie zutrat, schloß sie die Tür bis auf einen Spalt und rief:

«Bleiben Sie da stehen!»

Ich blieb stehen, und sie öffnete die Tür ein paar Zentimeter weiter. Sie trug einen silbergrauen seidenen Morgenmantel, mit einem dünnen Gürtel zugebunden. Über der Brust hielt sie ihn mit einer Hand zusammen. Sie war barfuß. Sie hatte weder Zeit gehabt, sich zu kämmen, noch sich zu schminken. Sie sah sehr bleich aus, nur ihre Lippen waren tiefrot.

«Wer sind Sie?»

«Mein Name ist Tolonen.»

«Und?» Sie trat ungeduldig von einem Fuß auf den anderen. Sie tat mir leid, ich hätte ihr einen angenehmeren Tagesbeginn gewünscht.

«Interpublic/Globalnews.»

«O Scheiße!» sagte sie und sah zur Decke. «Was wollen Sie denn?»

«Nur ein Gespräch.»

«Ich gebe keine Interviews.»

«Ich will kein Interview, ich will mit Ihnen reden.»

«Ich verstehe nicht, was Sie meinen. Rufen Sie meinen Agenten an, der kann Ihnen alles über mich erzählen.»

«Es geht nicht um berufliche Dinge, Frau Marenka.»

«Ich weiß nicht, was das soll, Sie stehlen mir meine Zeit. Ich kenne Sie nicht. Mir ist kalt. Auf Wiedersehen.» Sie wollte die Tür schließen.

«Wir kennen uns bereits», sagte ich hastig. «Vom Presseempfang, erinnern Sie sich?»

«Ich lerne eine Menge Leute kennen», sagte sie hochnäsig. «Aber keiner ist so frech, am frühen Morgen hier aufzukreuzen. Sie haben keine Manieren.»

«Meine Manieren sind immer noch besser als die von zwei Männern, die Sie in der Nacht vom 19. auf dem 20. März in einem Auto mitgenommen haben.»

Mit einem Mal war sie hellwach. Und wütend:

«Was ist das für ein Unsinn?»

«Ich habe gesehen, wie Sie entführt wurden.»

«Sie sind verrückt. Das ist Belästigung. Ich werde die Polizei rufen.»

«Sie kamen von einer Party, ich kann Ihnen die Straße nennen, wo es passiert ist. Soll ich daraus eine Nachricht basteln?»

«Verdammt!» rief sie. «Kommen Sie rein. Aber ziehen Sie die Schuhe aus!»

Sie riß die Tür auf, drehte sich um und ging hinein. Ich folgte ihr, nachdem ich mich mühsam meiner Schuhe entledigt hatte, und beglückwünschte mich, was die Wahl der Socken betraf, zu meiner Voraussicht. Ohne mich noch einmal anzusehen, deutete sie nach rechts ins Wohnzimmer:

«Setzen Sie sich rein, ich komme gleich.»

Ich setzte mich auf ihr weißes Wildledersofa und blickte durch die hohen Fenster nach draußen. Ein leichter Frühnebel hing noch in den Zweigen der Fichten im Vorgarten.

Sie klapperte in der Küche mit ein paar Kaffeetassen herum. Dann hörte ich das Blubbern der Kaffeemaschine. Vielleicht hätte ich ein paar Brötchen als Einstand mitbringen sollen.

Sie trat ein und stellte zwei Tassen vor mich auf den niedrigen Glastisch. Inzwischen hatte sie sich angezogen, Jeans, weiße Bluse, eine Strickjacke darüber. Das kastanienbraune Haar hatte sie hochgesteckt.

«Sehen Sie mich nicht so an», sagte sie unwirsch. «Sie hätten wenigstens Brötchen mitbringen können.»

«Ich kann ja noch ...»

«Unsinn! Bleiben Sie da sitzen.»

Sie ging wieder in die Küche und kam mit der Kaffeekanne zurück.

«Milch? Zucker?» fragte sie geschäftig, ohne mich anzusehen.

«Nur Milch bitte.»

Der Kaffee schmeckte ausgezeichnet. Ich lobte sie.

«Immer eine Messerspitze Salz mit in den Filter geben», sagte sie. «Das ist das Geheimnis.»

Ich nickte, glaubte es ihr aber nicht.

Sie nippte an ihrem Kaffee, stellte die Tasse ab und sagte: «Ende der Konversation. Sagen Sie mir jetzt, was Sie wollen, damit wir es hinter uns bringen. Aber sehen Sie sich vor», fügte sie eiskalt hinzu, «wenn das von vorhin gelogen war, rufe ich meinen Anwalt an, und Sie haben eine Klage am Hals – wegen Erpressung oder Nötigung oder ähnlichem.»

Das war ein bißchen dick aufgetragen. Aber sie hatte Mumm, und das imponierte mir. Außerdem gefiel mir, wie sie die widerspenstige Haarsträhne, die ihr immer wieder ins Gesicht fiel, vergeblich hinter das Ohr strich. «Ihre Ohren sind zu klein», hatte Kreissberg an jenem Abend gesagt. Meiner Meinung nach fehlte ihm der rechte Maßstab.

«Ich habe gesehen, wie Sie auf offener Straße von zwei Männern in die Mitte genommen und in einen wartenden Wagen gezerrt wurden. Ich war vielleicht vierzig oder fünfzig Meter von der Stelle entfernt, wo es passierte.»

«Mitten in der Nacht wollen Sie das beobachtet haben? In der Dunkelheit haben Sie mich erkannt? Obwohl wir uns überhaupt nicht kennen?»

«Ich habe Sie vorher auf dem Presseempfang gesehen.»

«Ich Sie aber nicht.»

«Doch. Wir haben sogar miteinander gesprochen.»

«Wir beide?» fragte sie ungläubig.

«Ja. Ich habe mich für das Benehmen meines Kollegen entschuldigt.»

«Dieses massige Monster, dieser schmierige Rüpel, das ist Ihr Kollege?»

«Ja.»

«Dieser stinkende Trunkenbold. Wie heißt er denn?»

«Kreissberg. Er ist ein wenig rücksichtslos, das ist wahr.»

«Er ist ein Schwein, meinen Sie. Sind alle Leute bei *Globalnews* so? Nach dem zu urteilen, was sie so publizieren, ist er wohl kaum eine Ausnahme.» Sie sah mich provozierend an.

«Er ist eine Ausnahme.»

«Hoffentlich», sagte sie böse. Auch für mich schien sie nicht die geringste Sympathie zu hegen.

«Sie haben also gesehen, wie ich in ein Auto eingestiegen bin», fuhr sie fort. «Und weil so was ein gefundenes Fressen für Sie ist, haben Sie Ihre Einbildungskraft genutzt und sich eine Entführung vorgestellt. Haben Sie sich denn wenigstens das Autokennzeichen gemerkt? Können Sie die Männer beschreiben?»

«Nein.»

«Nicht? Sind Sie kurzsichtig? Wie können Sie so sicher sein, daß ich es gewesen bin?»

«Ihr smaragdgrünes Kleid, das schwarzgrün schillernde Jäckchen und der Mantel, den Sie über den Arm gelegt hatten.»

«Wo standen Sie denn?»

«Etwa fünfzig Meter hinter Ihnen unter einer Laterne.»

«In St. Georg unter einer Laterne, das ist ja lustig», höhnte sie. «Und da haben Sie mich nur von hinten gesehen, aber eindeutig identifiziert? Vielleicht war es nur eine Frau, die das gleiche Kleid trug wie ich.»

Meine Zunge wurde immer trockener. «Ich habe Ihre Figur erkannt.»

Das fand sie ungeheuer lustig. «Er hat meine Figur erkannt! Das ist erstaunlich. Wie lange kennen wir uns wohl schon? Oder sind Sie ein Fachmann?»

Reden konnte sie, das mußte man ihr lassen.

«Lassen wir doch diese Streitereien. Sie wissen, daß ich recht habe. Geben Sie doch zu, daß Sie entführt wurden.»

«Sie wollen das Opfer zu einem Geständnis zwingen, was?»

Allmählich wurde ich wütend.

«Hören Sie», sagte ich betont sachlich, «ich bin nicht aus purer Neugier hierhergekommen. Auch nicht nur aus beruflichem Interesse. Ich habe gesehen, wie man Sie entführt hat. Gut, das hat sich erledigt, vielleicht war es ein Mißverständnis. Immerhin aber waren Sie zwei Tage verschwunden, und eine Freundin hat Sie bei der Polizei als vermißt gemeldet. Außerdem hätte es beinahe einen Theaterskandal gegeben. Wenn Sie Ihre Karriere nicht ruinieren wollen, sollten Sie sich eine gute Ausrede einfallen lassen, warum Sie die teure Millionenproduktion – aus Steuergeldern finanziert – in Gefahr gebracht haben. Ich kann Ihnen dabei helfen – aber das nur nebenbei.»

«Mit Schmierereien von Leuten Ihres Kalibers ist mir sicherlich nicht geholfen», warf sie giftig ein.

«Halten Sie mal den Mund! Wenigstens eine Minute lang!»

Jetzt war sie sauer. Sie griff nach der Kaffeekanne, und ich merkte, wie sie überlegte, ob sie mir den Inhalt ins Gesicht schütten sollte. Sie schenkte sich eine Tasse ein. Mir nicht.

«Einen Tag, nachdem Sie verschwunden waren, kreuzten bei mir zwei merkwürdige Figuren auf. Sie gaben sich als Mormonen aus, die auf ihrer üblichen Propagandatour für Gottes Reich unterwegs sind. Sie waren aber keine.»

«Das haben Sie gleich scharfsinnig erkannt, was?»

«Der eine trug eine Pistole. Gestern abend kreuzten sie wieder auf, diesmal ohne ihre idiotische Tarnung. Sie bedrohten mich. Wenn nicht im letzten Moment Kreissberg dazwischengekommen wäre, säße ich jetzt mit Sicherheit nicht hier.»

«Was hat das denn mit mir zu tun?» fragte sie, nun ohne einen Funken Ironie in der Stimme.

«Die beiden Kerle wollten von mir Ihren Aufenthaltsort erfahren. Außerdem faselten sie irgend etwas von einer Organisation, für die ich angeblich arbeiten würde. Der eine hätte mir beinahe die Kniescheibe zerschmettert, nur wegen Ihnen!»

Sie blickte in ihre Kaffeetasse und spielte nervös mit ihren Händen. Die Hände waren sehr weiß, auch ihr Gesicht war weiß – bis auf das Rot der Lippen und der Fingernägel.

«Verdammt!» sagte sie ruhig. Dann sah sie mich flüchtig an: «Tut mir leid, daß das passiert ist.» Sie machte eine hilflose Geste.

«Ich weiß nicht, was das für eine Geschichte ist, aber ich hänge leider mit drin», sagte ich.

Sie schenkte mir nun doch Kaffee nach.

«Wie kommen die denn darauf, eine Verbindung zwischen uns beiden herzustellen?»

«Ich habe gesehen, wie Sie entführt wurden. Wahrscheinlich haben sie Angst, ich könnte ein unbequemer Zeuge sein.»

«Um das eine klarzustellen», sagte sie und sah mir ins Gesicht. «Das war keine Entführung. Ich bin ja wieder hier. Und es ist nichts passiert.»

«Wie wollen Sie das der Öffentlichkeit erklären?»

«Gar nicht. Man ist Skandale um mich gewöhnt.»

«Das kann sich sehr nachteilig für Sie auswirken.»

«Darüber komme ich hinweg.»

«Aber wer sind die Männer, die Sie entführt haben und mich belästigen?»

«Können Sie das Wort Entführung nicht aus Ihrem Sprachschatz streichen?»

«Welche Worte man benutzt, ist egal.»

«Wie kommen die nur darauf, eine Verbindung zwischen uns zu sehen?» überlegte sie.

«Sie sind mir zum zweitenmal auf die Bude gerückt, nachdem ich mich mit Ihrer Freundin Jutta Weisherbst getroffen habe.»

«Mit Jutta? O Gott!»

«Sie hat sich Sorgen um Sie gemacht. Die Polizei wollte ihr nicht glauben, was sollte sie machen?»

Hanna Marenka schüttelte beunruhigt den Kopf. «Sie ist bei der Polizei gewesen?»

«Ja. Und sie hat mich hierhergeführt.»

«Hierher?» rief sie. «Diese geschwätzige Säuferin kann auch nichts für sich behalten!»

«Ich glaube, daß diese Kerle hier eingebrochen sind, kurz bevor wir gestern kamen. Dann sind sie mir von hier aus gefolgt.»

«Eingebrochen?»

«Im kleinen Zimmer mit dem Balkon.»

«Scheiße!» Sie stand auf und lief in den Flur.

Sie holte den Schlüssel aus dem Schlafzimmer und schloß die Tür zum kleinen Zimmer auf. Ich ging in den Flur und sah zu.

«So ein verfluchter Mist», zischte sie, als sie die Unordnung sah. Dann schloß sie die Tür wieder und blickte mich zornig an: «Waren Sie auch da drin?»

«Ja», sagte ich schuldbewußt, «Sie hätten ja dahinter liegen können.»

«Arschloch», flüsterte sie.

«Was wollen diese Leute denn von Ihnen?» fragte ich.

«Gar nichts. Es war alles nur ein Mißverständnis. Ich bin wieder zu Hause. Ich bin gesund, meine Depressionen sind vorbei – schreiben Sie das Ihren Lesern, Hörern oder wem auch immer. Hanna Marenka grüßt die Öffentlichkeit. – Und nun machen Sie, daß Sie rauskommen!» Sie deutete zur Tür.

In dem Moment fiel bei mir der Groschen.

«Es sind zwei verschiedene Gruppen, stimmt's?»

Sie verschränkte die Arme und sah mich mit einem Lächeln zwischen Arroganz und Wehmut an: «Sie sind ein ganz Schlauer, was?»

Ich lächelte: «Sieht so aus.»

«Und was haben Sie noch Schlaues kombiniert?»

«Nichts weiter, außer daß Sie in Schwierigkeiten sind.»

«Dann will ich Ihnen mal was sagen», erklärte sie, und ihr Zeigefinger deutete genau auf meine Brust: «Ein paar Freunde haben sich neulich abend einen kleinen Scherz mit mir erlaubt. Später ist bei mir eingebrochen worden. Beides ist nicht weiter tragisch. Sie sind von ein paar Rüpeln belästigt worden, aber Sie leben noch. Vergessen wir also den ganzen Quatsch. – Ich verspreche Ihnen ein ausführliches Interview in den nächsten Tagen, und Sie versprechen mir, Ihre Phantasie nicht zu sehr zu strapazieren. Ist das ein Angebot? Rufen Sie mich morgen oder übermorgen an!» Sie kramte in ihrer Hosentasche herum und holte eine kleine goldene Armbanduhr hervor: «So, nun haben wir genug geplaudert, ich muß mich umziehen. Bis bald – jetzt habe ich Ihren Namen wieder vergessen ...»

«Tolonen», sagte ich, während sie die Wohnungstür öffnete.

«Wiedersehn.»

Wir gaben uns nicht die Hand.

Als ich langsam das Treppenhaus hinunterging, war ich einigermaßen ratlos. Nur bei einem war ich mir ziemlich sicher: Sie hatte einen Schwanenhals. Und das würde mir auch Kreissberg nicht ausreden können.

8

Die Chefin war begeistert von der Reinschrift des Interviews mit dem Maestro. Als ich in die Agentur kam, fand ich eine diesbezügliche Notiz in lila Tinte auf meinem Schreibtisch vor. Lila benutzte sie nur, wenn sie Komplimente verteilte, was ungefähr drei- bis fünfmal im Jahr vorkam. Ich war ein Glückspilz. Natürlich hatte sie einige Änderungsvorschläge dazugeschrieben. Ich solle doch bitte die Aussagen des Meisters noch etwas redigieren, «so daß sein souveräner Charakter mehr unterstrichen wird». Ich überlegte, ob ich aus seinem Lieblingsgericht Erbsensuppe eine «vegetarische Erbsensuppe» machen sollte – aber würde man es dem Fettwanst abnehmen? Ich dachte ein Weilchen darüber nach. Dann fiel mir eine hübsche kleine Boshaftigkeit ein: Statt «Ich liebe mein Publikum» jubelte ich ihm den Satz «Ich liebe mein Publikum, vor allem das weibliche in reiferen Jahren» unter. Das würde dem Gros seiner Autogrammjägerinnen schmeicheln. Ich schönte noch ein bißchen in dieser Art im Text herum und war schließlich sehr zufrieden mit meinem Machwerk – und einmal mehr froh darüber, daß die

Texte der Agentur nie mit dem Namen des Verfassers gezeichnet wurden.

Als ich damit fertig war, konnte ich mich dem Fall Hanna Marenka widmen. Je länger ich darüber nachdachte, um so mehr war ich von dieser mysteriösen Geschichte fasziniert.

Gegen drei Uhr nachmittags tauchte Kreissberg auf. Er sah übel aus. Sein Gesicht war noch zerfurchter als sonst, bleich und fleckig, die Ringe unter den Augen hatten ein beängstigendes Ausmaß angenommen. Er schlurfte auf seinen Schreibtisch zu, ohne irgend jemanden eines Blickes zu würdigen. In der Hand hatte er einen Stapel Papiere. Wortlos setzte er sich mir gegenüber an seinen Platz. Dann schmiß er mir ein paar von den Blättern, die er mitgebracht hatte, herüber.

«Guten Morgen, Kreissberg», begrüßte ich ihn.

«Schnauze!»

Carmen eilte herbei und bot ihre Hilfe an: Ob er Aspirin benötige, ob er einen Kaffee trinken wolle. Kreissberg nickte zweimal kurz, und sie rannte los.

Ich sah mir die Papiere an. Es war eine Presseerklärung der Intendanz des Schauspielhauses zum Wechsel der Hauptrolle in «Antigone». In gegenseitigem Einvernehmen, wie es hieß, haben sich der Regisseur des Schauspielhauses Kasimir Berg und seine Hauptdarstellerin Hanna Marenka voneinander getrennt. Die Rolle würde ab sofort eine andere Schauspielerin übernehmen, die mit dem Stück und der Arbeit des Regisseurs «bestens vertraut» sei. Gründe für die Auflösung des Vertrages mit Hanna Marenka wurden nicht genannt. In der Hauptsache beschäftigte sich die Presseerklärung mit der Person der Ersatzfrau, die auf zwei Seiten vorgestellt wurde. Auf einer Seite wurde das Stück gelobt und die Inszenierung, «die trotz einiger Schwierigkeiten bei der Probenarbeit einen Höhepunkt im Schaffen Kasimir Bergs» darstelle. Für die ehemalige Hauptdarstellerin klang das alles weniger schmeichelhaft.

«Hast du mit ihr gesprochen?» fragte Kreissberg über den Tisch hinweg, ohne aufzusehen. Er malte mit einem Filzschreiber Unleserliches auf alle möglichen beschriebenen und unbeschriebenen Zettel.

«Ja, natürlich.»

«Hast du die Story schon fertig?»

«Es gibt keine Story, jedenfalls nicht über den Theaterskandal. Sie scheint in viel größeren Schwierigkeiten zu stecken.»

Kreissberg grunzte undefinierbar vor sich hin. Der Welt außerhalb seines Kopfes konnte er ganz offensichtlich keinerlei Achtung entgegenbringen. Carmen stellte ein großes Glas Wasser, eine Packung Aspirin und einen Riesenbecher Kaffee vor seine Nase und verschwand diskret, nachdem er ihr dankbar zugegrunzt hatte.

Ich hatte eine Idee, die mir eigentlich schon längst hätte kommen müssen. Mir fiel der Name eines Bekannten ein, der im Hochhaus gegenüber bei «Deutschlands größtem Nachrichtenmagazin» arbeitete, und zwar im Archiv. In früheren Jahren, als ich dazu noch imstande war, hatte ich ihm mal einen kleinen Gefallen getan. Dieser kleine Gefallen hatte ihm ermöglicht, bei der *Illustrierten* in der Dokumentation als Volontär anzufangen. Er ist dann bald zu dem Nachrichtenmagazin übergewechselt.

Ich rief ihn an. Zunächst konnte er sich angeblich nicht an mich erinnern, dann weigerte er sich, auch nur einen Finger für mich krumm zu machen. Schließlich aber ließ er sich breitschlagen und erklärte sich bereit, in einer freien Minute alles, was er über Hanna Marenka finden konnte, zusammenzusuchen und rüberzuschicken. Ich drängte ihn, daß er es sofort tun solle, und er jammerte, daß er so was ja eigentlich gar nicht dürfe. Endlich willigte er ein, so bald wie möglich einen Kurier mit Fotokopien herüberzuschicken – auf meine Rechnung natürlich. Es konnte trotzdem eine Weile dauern.

Da ich nichts Besseres zu tun hatte, ging ich los und sammelte Informationsmaterial aus meinem Fach, nahm mir einige Meldungen vor, die per Fernschreiber gekommen waren, und quälte mich mit Routinejobs herum. Nachdem ich auf diese Weise zwei langweilige Stunden herumgebracht hatte, klingelte mein Telefon, und Petra, unsere Telefonistin und Empfangsdame, teilte mir mit, ein Paket sei für mich gekommen.

Ich war überrascht. Daß es so schnell gehen würde, hätte ich nie geglaubt. Ich stand auf und stürmte zur Rezeption.

Der Mann, der dort auf mich wartete, sah nicht aus wie ein Kurier. Kurierdienste beschäftigen meistens Studenten – der Mann, der dort stand, war Mitte Fünfzig und trug einen blauen Kittel. Er hatte einen Karton unterm Arm. Auf seinen Kittel war ein Schildchen gestickt. Darauf stand in schnörkeligen Buchstaben der Name einer mir unbekannten Firma. Um die Buchstaben herum waren schnörkelige Weintrauben gemalt. Der Mann trug eine Nickelbrille und lächelte mich an, als er mir das Paket entgegenhielt.

Ich mußte eine Empfangsbestätigung unterschreiben, und der Mann verschwand mit einem höflichen «Beehren Sie uns bald wieder.»

«Haben Sie Geburtstag, Herr Tolonen?» fragte Petra, an ihrem Kuli kauend, unter dem Dauerwellenschopf hervor.

«Wieso?»

«Sie wollen doch einen ausgeben?» Sie deutete auf das Paket. Es wog bestimmt an die zehn Kilo.

«Nicht daß ich wüßte.» Ich sah mir das Päckchen an. An einer Seite stand tatsächlich das Wort *Champagner* geschrieben.

Ich ging zurück zu meinem Schreibtisch und stellte den Karton darauf.

«Du hast es aber eilig, deine Schulden zu begleichen», sagte ich zu Kreissberg.

Er murmelte etwas, das sich so ähnlich wie «Kann schon sein» anhörte, und sah nicht auf.

Im gleichen Moment klingelte das Telefon.

«Hier ist schon wieder Post für Sie», sagte Petra. Sie klang ganz aufgeregt. Ganz bestimmt lief ihr das Wasser im Mund zusammen.

Ich ging wieder nach draußen. Diesmal war es tatsächlich der Kurier. Ich ließ ihn von Petra bezahlen und riß den dünnen DIN-A 4-Umschlag auf. Dann wedelte ich mit dem Inhalt vor Petras Gesicht herum: «Nichts als Papier ...» sagte ich.

«Das ist aber schade. Ich kann ja trotzdem schon mal ein paar Pappbecher organisieren.» Im Pappbecherorganisieren war sie große Klasse.

«Nicht nötig», sagte ich, «ich trinke aus der Flasche.»

«Och», schmollte sie.

Ich ließ sie sitzen.

Das Material, das ich nun vor mir auf dem Schreibtisch ausbreitete, kam mir auf den ersten Blick sehr bekannt vor. Auch schien es nicht sehr üppig zu sein. Hanna Marenka, so las ich in verschiedenen kleineren und größeren fotokopierten Artikeln, war 1974 im Alter von 18 Jahren aus Israel nach Deutschland gekommen und hatte in München ihr Schauspielstudium begonnen. Nach dem Ende des Studiums hatte sie zunächst kleinere Rollen an Provinztheatern gespielt und sich allmählich hochgearbeitet, bis man auf sie aufmerksam geworden war. Von da an, ab Anfang der 80er Jahre, ging ihre Karriere steil bergauf, vor allem im Film- und Fernsehbereich. Auch im Ausland wurde sie bald zur begehrten Darstellerin.

Die Artikel, die sich mit ihrem Lebenslauf befaßten, hatten alle mehr oder weniger den gleichen Inhalt. Andere waren Kritiken zu den jeweiligen Stücken an den verschiedensten in- und ausländischen Bühnen sowie Filmrezensionen. Auffällig war, daß bis vor zwei Jahren alle Kommentare zu ihrer Person uneingeschränkt positiv klangen, während sich in der letzten Zeit kritische Stimmen häuften. Das mochte an dem üblichen Mechanismus liegen, nach dem der Journalismus funktioniert: Zuerst lobt man ein Talent in den Himmel, ist es dann da, wo man es haben wollte, nämlich ganz oben, hagelt es eine Weile Verrisse, bis man sich damit abgefunden hat, daß der betreffende Künstler «zur Spitze seines Berufszweiges» gehört. Wenn jemand ein Star geworden ist, genügt die Nennung des Namens, um Ehrfurcht zu erzeugen – die Journalisten wissen das und nutzen bequem den mit ihrer Hilfe entstandenen Mythos, um auf kritische Bemerkungen oder gar Analysen endlich ganz zu verzichten.

In Hanna Marenkas Lebenslauf hatte der Vorfall um ihren Münchener Regisseur und damaligen Lebensgefährten wie eine Bombe eingeschlagen. Seitdem hatte sie das Image einer unberechenbaren Exzentrikerin. Nach dem neuen Skandal in Hamburg dürfte ihr dieser Charakterzug auf ewig anhängen. Ich fragte mich, ob ihr bewußt war, daß sich dies nicht unbedingt zu ihrem Vorteil auswirken mußte.

Ein längeres Interview in einer angesehenen großen deutschen Tageszeitung zog meine Aufmerksamkeit auf sich – es war darin die Rede von ihrer Vergangenheit und Jugend.

Auf die Frage, warum sie denn von Israel ausgerechnet nach Deutschland gekommen sei, erklärte sie, sie habe Europa vermißt. Zum Judentum hätte sie nicht eine derartig tiefe Beziehung, daß ihr Israel als Betätigungsfeld genügt hätte. Es hätte sie eben schon immer interessiert, international zu arbeiten. Die Übersiedlung nach Deutschland habe persönliche Gründe. Der Reporter konnte nicht verstehen, daß eine Jüdin freiwillig in Deutschland leben will. Sie antwortete, Antisemitismus gebe es in allen Ländern Europas und sogar in den USA. Und sie sei es gewohnt, damit fertig zu werden, da sie in diesem Klima aufgewachsen sei. Das brachte das Gespräch auf ihre Jugend in Polen und den dortigen Antisemitismus, der sich vor allem in den antijüdischen Ausschreitungen von 1968 geäußert hatte. Damals mußten über 30 000 polnische Juden das Land verlassen. Ich hatte den Eindruck, daß der Interviewer lieber über den Antisemitismus der Polen sprach als den der Deutschen. Hanna Marenka hielt ihre Antworten zu diesem Thema sehr knapp. Mit Politik habe sie sich nie intensiv befaßt, auch nicht mit den damaligen Vorfällen, sie sei damals erst zwölf Jahre alt gewesen und habe vieles nicht verstanden. Sicherlich seien damals Ungerechtigkeiten geschehen, erklärte sie weiter, aber es sei nicht ihre Aufgabe, anzuklagen. Der Reporter schien mit dieser Antwort sehr unzufrieden gewesen zu sein. Aber auf weiteres Nachbohren erhielt er nur die Antwort, sie fühle sich nicht als Jüdin, sondern als Europäerin.

Auch die Fragen nach ihrer Familie beantwortete sie ausweichend. Ihre Eltern hatten sich scheiden lassen, bevor sie mit ihrem Vater zusammen aus Polen ausgereist sei. Über den Beruf ihres Vaters in Polen und seinen jetzigen Aufenthaltsort wollte sie überhaupt nichts sagen. «Meine Familie hat mit meinem Beruf nichts zu tun, ich möchte sie nicht gegen ihren Willen ans Licht der Öffentlichkeit zerren», beharrte sie. Die weiteren Fragen des Interviewers liefen ins Leere, und der Artikel endete mit einigen hilflosen Floskeln über das jüdische Erbe in der europäischen Schauspielkunst.

Ich fragte mich, ob Hanna Marenka etwas aus ihrer Vergangenheit zu verbergen hatte oder ob sie nur mit dem Geheimnisvollen ihrer Herkunft spielte. Die restlichen Fotokopien waren weniger interessant, einige Illustrierten-Interviews, mit dem üblichen Grad von Dummheit und dem Fehlen von wirklichen Informationen behaftet, sowie weitere Rezensionen von Filmen und Theateraufführungen.

Über das Studium dieser Papiere hatte ich gar nicht bemerkt, wie Kreissberg sich davongestohlen hatte. Als ich aufsah, war er verschwunden und nur noch die grenzenlose Unordnung auf seinem Tisch kündete davon, daß er überhaupt dagewesen war. Aller Wahrscheinlichkeit nach konnte man ihn beim Griechen finden. Das Telefon klingelte. Eine Sekunde lang kam mir der Gedanke, sie könne es sein.

«Tolonen.»

Es war ein Mann. Er hatte eine brüchige rauhe Stimme, und er redete zu schnell.

«Telegigant International», sagte die Stimme, »Hinrichsen, guten Tag, Herr Tolonen. Sie erinnern sich sicherlich noch an mich – der Presseempfang im Alsterpavillon und so weiter. Ich habe eine ganz heiße Story für Sie.»

Das sagen sie alle in der Branche. Die *Telegigant* war eine Filmproduktionsfirma, die durch die Fusion einiger deutscher und einer holländischen Gesellschaft zustande gekommen war. Sie hatte ein enormes Kapital und sich vorgenommen, den kommerziellen Filmmarkt in Deutschland zu revolutionieren – sprich sich eine große Scheibe vom Profitkuchen abzuschneiden.

«Tag, Herr Hinrichsen», sagte ich.

«Eine ganz heiße Sache, ein neues Projekt in Planung – exklusiv für Sie zur Vorabberichterstattung.»

«Bei Filmproduktionen bin ich nicht unbedingt der richtige Mann für Sie. Vielleicht sollten Sie sich an Herrn Kreissberg wenden . . .»

«Sie sind doch momentan an Frau Marenka interessiert, stimmt's? Wegen des Schauspielhausskandals und so weiter.»

«Das ist schon richtig.»

«Frau Marenka hat bei uns soeben einen Vertrag unterschrieben – internationale Großproduktion – Deutschland, Holland, Frankreich, Italien – ein Historienfilm neuer Dimension. Das muß Sie doch interessieren! Das ist brandaktuell!»

«Sicher», sagte ich. «Wer soll denn Regie führen?»

«Steht noch nicht fest, aber wir verhandeln mit den Größen des europäischen Films.»

«Und das Drehbuch?»

«Kommt noch. Einstweilen haben wir den Stoff aufgekauft. Aber das erzähle ich Ihnen gerne persönlich. Ich kann Ihnen schon jede Menge Material im voraus zukommen lassen . . .»

Schaden konnte es nichts, wenn ich in Bezug auf Hanna Marenka am Ball blieb. Auch wenn mir diese Public-Relations-Fritzen meistens ganz gewaltig auf die Nerven gingen.

«Wir können uns ja morgen auf ein Viertelstündchen zusammensetzen», sagte ich.

«Morgen bin ich schon wieder in Amsterdam», sprudelte die Stimme weiter. «Wäre es Ihnen nicht heute möglich?»

Ich seufzte. «Wann denn?»

«Gegen acht im *Hotel Reichshof* im Foyer. Fragen Sie an der Rezeption nach mir – Hinrichsen, Sie wissen schon.»

«Bis dann, Herr Hinrichsen.»

«Wiedersehen.»

Aus meinem erträumten geruhsamen Feierabend würde also mal wieder nichts werden.

Ich packte meinen Kram zusammen. Als ich auf dem Weg

nach draußen war, kam mir Kreissberg entgegen. Die roten Flecken in seinem Gesicht hatten sich vermehrt.

Ich fragte ihn nach Hinrichsen von *Telegigant.*

«Kenn ich nicht», knurrte er und schlurfte an mir vorbei. Normalerweise kannte er sämtliche PR-Fritzen der Stadt. Aber es war sinnlos, weiter nachzufragen.

Unter den neidischen Blicken der weiblichen Belegschaft trug ich die Kiste Champagner nach draußen und verstaute sie in meinem Wagen. Ich hatte noch genug Zeit, nach Hause zu fahren und eine Flasche kalt zu stellen. Ich war froh, daß mein Appetit auf Alkohol zurückgekehrt war.

Zu Hause zog ich mich um – genauer gesagt, ich tauschte das groß- gegen das kleinkarierte Hemd aus und das Cordjackett gegen das aus Tweed. Dazu band ich mir eine Strickkrawatte um und zog meine nagelneuen glänzenden englischen Halbschuhe an. Wenn ich schon eine Verabredung im *Reichshof* hatte, wollte ich auch einen angemessenen Eindruck machen. Man weiß nie, ob nicht eine Frau dabei ist.

Das Foyer des *Reichshofs* machte immer wieder Eindruck auf mich. Durch eine altertümliche Drehtür trat ich von der Straße her in die «Marmorlounge», die ihrem Namen alle Ehre macht. Dort standen, locker zwischen den Marmorsäulen verteilt, kleine olivfarbene Sofas und Sessel mit Marmortischchen, an denen man von livrierten Kellnern bedient wurde. Von der Lounge aus konnte ich in den großen Speisesaal sehen, an dessen Decke sich träge breite Ventilatoren drehten. Wenn man einem Geschäftsfreund auf nicht allzu großspurige Weise schmeicheln will, sollte man ihn hierher zum Essen einladen – für ein Rendezvous allerdings empfiehlt sich ein Ort mit etwas weniger feinherbem Zartbittergeschmack.

Hinrichsen meinte es offenbar gut mit mir – was die Wahl des Ortes betraf. Bei PR-Fritzen muß man jedoch vorsichtig sein, es war ja möglich, daß er zu diesem exklusiven Treffen fünfzig weitere auserwählte Vertreter meiner Branche geladen hatte.

Der freundliche graumelierte Herr hinter dem Rezeptionspult deutete auf einen Mann in der Sitzecke direkt neben dem

Eingang zu Bar und Speisesaal. Der Mann, der dort saß, hatte kurzgeschnittene feuerrote Haare, trug einen stinknormalen dunkelblauen Anzug, ein rosa Hemd und eine Krawatte, die ich mir noch nicht einmal umgebunden hätte, wenn es meine letzte gewesen wäre – sie war sehr breit und hatte ein ultrabuntes Paisley-Muster, das ein Blinder entworfen haben mußte. Er sah mich nicht, sondern blätterte, während ich langsam nähertrat, in der Weinkarte. Auf seiner Nase saß eine eckige randlose Lesebrille. Ich schätzte ihn auf Anfang Fünfzig.

«Herr Hinrichsen?» fragte ich, als ich vor ihm stand.

Er riß sich die Brille von der Nase, sprang auf und hielt mir die Hand hin. Die Hand wie auch das Gesicht waren so sehr von Sommersprossen übersät, daß man beinahe glauben konnte, er sei gerade braungebrannt aus dem Urlaub zurückgekommen. Er war sehr groß und dünn und beugte sich beim Stehen leicht nach vorn, als wolle er seine Größe kaschieren. Wie bei vielen Männern seiner Größe hing auch an ihm der Anzug unelegant über dem eckigen Knochenbau. «Herr Tolonen, nicht wahr? Freut mich, freut mich.» Sein Händedruck war äußerst schwammig. «Setzen Sie sich doch.» Er deutete auf das Sofa, auf dem er gesessen hatte. Ich nahm den Sessel ihm gegenüber.

Neben dem Sofa stand ein schmaler brauner Aktenkoffer. Er legte ihn neben sich auf das Polster, ließ die Schlösser aufschnappen, öffnete ihn jedoch noch nicht.

«Schön, daß Sie etwas Zeit erübrigen konnten, Herr Tolonen. Darf ich Ihnen etwas zu trinken bestellen?» Seine Augen suchten den Raum nach dem Kellner ab und blieben kurze Zeit an dem einzigen anderen Gast hängen, der etwas weiter entfernt mit dem Rücken zu uns saß – ein junger Mann, der Zeitung las. Hinrichsens Stimme klang dermaßen brüchig, daß man ständig in Versuchung geriet, sich selbst zu räuspern.

Als der Kellner kam, bestellte Hinrichsen ein Mineralwasser für sich und für mich einen Whisky – ich hatte mir vorgenommen, der Atmosphäre Rechnung zu tragen.

«Eine angenehme Umgebung hier», sagte Hinrichsen, «hanseatisch, nehme ich an?»

«Das Hotel hat Tradition», stimmte ich ihm zu.

«Ja, ja», sagte er gedankenverloren, «die Tradition des Großbürgertums, die spürt man in dieser Stadt überall.» Dann griff er nach seinem Glas: «Auf Ihr Wohl, Herr Tolonen.»

«Sie sind nicht aus Hamburg?» fragte ich dann.

«Nein, ich komme aus Köln, wissen Sie. Sie merken das sicher auch an meinem Tonfall.»

«Aber Ihre Firma hat ihren Sitz doch in Hamburg.»

«Nein. Die Firma, für die ich arbeite, hat ihren Sitz in Bonn.» Er sah mich mit einem zaghaften Lächeln an.

«In Bonn? *Telegigant* sitzt doch nicht in Bonn.» Ich konnte mir schon vorstellen, welche «Firma» in Bonn saß, aber das sollte er mir schon selbst erklären.

«Nein, *Telegigant Deutschland* hat seinen Sitz in Hamburg, da haben Sie recht. Ich muß mich, glaube ich, ein klein wenig bei Ihnen entschuldigen, denn ich habe Sie ein bißchen beschwindelt.» Er spielte nervös an seinem Glas herum.

Ich sah ihn interessiert an.

«Ich bin sozusagen im Staatsdienst», fuhr er fort.

«Aha», sagte ich, «in Bonn.»

«In Bonn», nickte er. «Genauer gesagt im Bundeskanzleramt.»

«Das ist aber interessant», sagte ich bewundernd, «im Bundeskanzleramt.»

«Ja», sagte er. «Das ist wirklich interessant.»

«Und nun sind Sie extra nach Hamburg gekommen, um mich zu fragen, ob ich der Regierung beitreten will?»

Das amüsierte ihn, er lachte: «Sie haben Humor, Herr Tolonen, das muß man Ihnen lassen.»

Ich sah ihn unschuldig an: «Als Regierungssprecher vielleicht? Der Dicke, den Sie da zur Zeit haben, hat ja nun wirklich kein Format.»

«Tja, darauf habe ich leider keinen Einfluß ... Ich bin eher in einem spezielleren Bereich tätig, wissen Sie.»

«Nicht in der Regierung?»

«Aber für die Regierung. Für Regierung, Staat und Volk.»

«Für alle drei zugleich?»

«Selbstverständlich», nickte er. «Meine Abteilung ist für Sicherheitsfragen zuständig.»

«Polizei?»

«Nein, nein», wehrte er ab. «So schlimm ist es nun wirklich nicht. Keine Angst.»

Ich hatte keine Angst vor ihm, warum auch. Er war Beamter, das sah man ihm an. Ein Beamter allein kann nur hinter dem Schreibtisch gefährlich werden. In freier Wildbahn werden sie nur aggressiv, wenn sie in einer Horde auftreten – wie die meisten Menschen. Was das Bundeskanzleramt betraf, hatte er ziemlich dick aufgetragen – die Zentrale des Bundesnachrichtendienstes befand sich in einem kleinen Ort namens Pullach in der Nähe von München. «Warum haben Sie das am Telefon nicht gleich gesagt?»

«Vielleicht wären Sie dann nicht gekommen. Mit unsereinem spricht man nicht gerne.»

«Ich bin Journalist, Herr Hinrichsen, ich muß mit jedem reden, egal, ob mir seine Nase paßt oder nicht.»

«Da geht es Ihnen wie mir.»

Wir lächelten beide scheinheilig.

Als sich der Kellner erkundigte, ob wir noch etwas benötigten, bestellte ich einen weiteren Whisky. Hinrichsen blieb bei seinem Wasser. Er nahm sich endlich seinen Aktenkoffer vor und wühlte darin herum. Schließlich hatte er ein paar Schwarzweißfotografien in der Hand, neun mal dreizehn Zentimeter groß. Er klappte den Kofferdeckel zu und legte sie darauf. Dann reichte er mir das Bild, das zuoberst lag:

«Diese Dame kennen Sie ja.»

Ich nickte. «Hanna Marenka, die Schauspielerin. Es gibt viele Leute, die sie identifizieren können. Sie ist sehr populär.» Es war kein besonders gutes Bild, irgendwo auf der Straße aufgenommen, offenbar ohne daß sie davon wußte. Sie hatte eine Einkaufstüte in der Hand und war leger gekleidet. Hinrichsen reichte mir ein weiteres Bild. Darauf war sie zu sehen, wie sie aus ihrem Hauseingang trat. Auf dem nächsten Foto war ich, wie ich in ihren Hauseingang hineinging.

«Wie gut kennen Sie die Dame?»

«Rein beruflich. Ich habe sie wegen eines Interviews aufgesucht.»

«Sie kannten sie aber schon vorher?»

«Nein. Nur vom Hörensagen.»

«Sie sind aber schon mit ihr in der Öffentlichkeit zusammen gesehen worden.»

«Unmöglich.»

«Auf einem Presseempfang im Alsterpavillon haben Sie sich sehr angeregt mit ihr unterhalten.»

«Ja, natürlich. Ich mußte mich für das Betragen eines Kollegen entschuldigen, der betrunken war und ihr etwas zu nahe getreten ist.»

Hinrichsen nickte: «Ich verstehe. Aber dann sind Sie ihr nachgelaufen, haben sogar eine Freundin von ihr zum Essen eingeladen.»

«Ich bin Journalist und muß immer Leuten hinterherrennen – so ist das nun mal.»

«Was hat Sie an Frau Marenka denn so fasziniert?»

«Es gab einen Riesenskandal, so was ist immer interessant.»

Er reichte mir ein weiteres Bild. Es zeigte meinen religiösen Freund Charlie Weiminger, wie er vor dem Hamburger Hauptbahnhof stand, genau gegenüber dem Schauspielhaus. In der Hand hielt er ein Fernglas.

«Wer ist denn das?» fragte ich.

«Sie kennen ihn, geben Sie's ruhig zu.»

«Ja, Sie haben recht», sagte ich. «Das ist der Mormone, der neulich vor meiner Tür stand. Er hatte einen Knaben bei sich.»

«Den hier.» Er gab mir ein Bild, auf dem der bleiche Samuel mit einer Bratwurst in der Hand an einer Straßenecke stand.

«Und ich dachte immer, Mormonen wären Vegetarier?»

«Nicht daß ich wüßte. Aber das hier sind gar keine echten Mormonen.»

«Nicht?»

«Nein. Sie geben sich als Mormonen aus.»

«Wie das?»

«Was wollten die beiden von Ihnen?»

«Mir eine Bibel verkaufen.»

«Und?»

«War mir zu teuer.»

«Ich meine, was wollten sie außerdem?»

«Nichts. Ich hatte einen höllischen Kater. Da sind sie wieder gegangen.»

«Eine geschlagene Stunde waren die beiden in Ihrer Wohnung, Herr Tolonen!» Auf einmal klang seine Stimme gar nicht mehr so brüchig.

«Sie wollten mir zum Geburtstag gratulieren. Ich hatte sie am Vorabend eingeladen – behaupteten sie jedenfalls, ich konnte mich ja an nichts erinnern.»

Hinrichsen seufzte und begann wieder in seinem Köfferchen rumzukramen. Zwischendurch blickte er kurz auf: «Und das zweite Mal?»

«Was?»

«Sie waren noch einmal bei Ihnen, stimmt's? Und zwar nachts.»

«Haben Sie mich beschatten lassen?»

Er schüttelte den Kopf: «Nicht Sie, die beiden beschatten wir.»

Ich schlug mit der Hand auf die Tischplatte: «Jetzt verstehe ich! Sie sind hinter dieser Sekte her, richtig? Wegen Jugendgefährdung und so weiter.»

Er sah mich streng an: «Werden Sie nicht albern, Herr Tolonen!»

Ich zuckte mit den Schultern: «Wieso albern?»

«Sie wissen genau, um was es geht. Also raus mit der Sprache: Wieviel Geld haben sie Ihnen geboten?»

«Geld? Gar keins.»

«Von uns können Sie das Doppelte bekommen.»

«Das doppelte von nichts ist nichts. Das hilft mir überhaupt nicht weiter.»

«Das doppelte von nichts …

...ist nichts. Das bringt mir nichts ein.» Da hat Tolonen natürlich recht. Dagegen kann schon etwas auf die Dauer viel bringen – nehmen Sie einen Pfandbrief mit den guten Zinsen über die Jahre!

Er holte ein anderes Foto hervor und warf es nachlässig vor mich auf den Tisch. Es zeigte einen vielleicht sechzigjährigen Mann mit glatten weißen dichten Haaren, einer Hakennase und hellen Augen unter weißen buschigen Augenbrauen. Er erinnerte mich spontan an einen römischen Tribun. Es war das Porträt eines intelligenten sportlichen Mannes, der trotz seines Alters noch voller Energie steckt. Er trug ein buntes Hawaiihemd, in dem er wie ein reicher Urlauber aussah.

«Den kenne ich nun wirklich nicht», sagte ich. «Ein Schauspieler oder ein Politiker, würde ich tippen.»

«Haben Sie schon einmal ein Foto von ihm gesehen?»

«Kann mich nicht erinnern. Wer ist es denn?»

«Das würden wir selbst gerne wissen», sagte Hinrichsen. Er wußte ganz genau, wer der Mann auf dem Bild war.

«Wenn er eine Persönlichkeit des öffentlichen Lebens ist, könnte ich ihn vielleicht im Archiv finden ...»

«Unsinn!» sagte Hinrichsen. «Das ist keine Persönlichkeit des öffentlichen Lebens.»

Der Kellner war so aufmerksam, sich nach unseren weiteren Wünschen zu erkundigen, und ich erklärte ihm, daß ich einem dritten Whisky nicht abgeneigt war.

«Sie sollten mir etwas mehr Vertrauen entgegenbringen, Herr Tolonen. Bei diesen sogenannten Mormonen handelt es sich um Staatsfeinde, die dingfest gemacht werden müssen. Jede Unterstützung oder Begünstigung von ihnen ist strafbar.»

«Ich kann Ihnen nicht mehr sagen, als ich weiß.»

«Diese beiden könnten Ihrer Schauspielerfreundin sehr gefährlich werden.»

«Weiß sie denn von ihnen?»

«Das entzieht sich meiner Kenntnis. Auf jeden Fall sollte sie ihnen besser aus dem Weg gehen. Mit uns dagegen muß sie sich so schnell wie möglich wieder in Verbindung setzen.»

«Schreiben Sie ihr doch einen Brief, oder rufen Sie an.»

Er schüttelte den Kopf. «Sie ist verschwunden.»

«Schon wieder?»

«Schon wieder, ja. Wenn Sie wissen, wo sie sich aufhält,

müssen Sie es mir sagen. Sie sind verpflichtet, den staatlichen Behörden Hilfe zu leisten.»

«In Grenzen», sagte ich. «Aber seien Sie beruhigt, ich weiß nicht, wo sie sich aufhält.»

Er packte die Fotos wieder in seinen Koffer: «Falls Sie es sich anders überlegen sollten, können Sie mir hier an der Rezeption eine Nachricht hinterlassen. Denken Sie nicht zu lange darüber nach. In dieser Sache geht es um mehr als nur sensationelle Nachrichten ... Und vergessen Sie nicht, daß wir Sie im Auge behalten.»

«Was soll ich denn auf den Brief schreiben, den ich hier abgebe? Hinrichsen, BND oder was?»

«Hinrichsen genügt völlig», antwortete er steif, während er aufstand und sich wie ein Vertreter mit einer leichten Verbeugung verabschiedete. Dann zögerte er, sah mich mit zusammengekniffenen Augen an und sagte: «Noch eins. Wir sind über ihre berufliche Karriere ausführlich informiert.» Er betonte das Wort Karriere in einer Art, die mir gar nicht gefiel. «Es gibt Möglichkeiten, Ihnen aus Ihrer momentanen Sackgasse herauszuhelfen. Wenn Sie Wert darauf legen sollten ...»

Der Mann, der in dem entfernteren Sessel gesessen hatte, faltete seine Zeitung zusammen und stand ebenfalls auf. Er verließ als erster das Foyer. Hinrichsen folgte ihm durch die Drehtür nach draußen, nachdem er beim Kellner die Rechnung beglichen hatte.

Ich trank mein Glas genüßlich leer. Voller Hochstimmung verließ ich den *Reichshof.* Endlich war mal wieder was los.

9

Zu Hause angekommen, versuchte ich Hanna Marenka zu erreichen. Sie ging nicht ans Telefon. Ich nahm mir sämtliche Unterlagen vor, die ich inzwischen gesammelt hatte und las sie noch einmal. Die Suche nach Informationen, die erklären konnten, warum mir diese merkwürdigen Figuren auf den Pelz gerückt waren, verlief ergebnislos. Was konnte zwei amerikanische Halbstarke und den Bundesnachrichtendienst an einer bekannten Schauspielerin polnisch-jüdischer Abstammung interessieren? Warum war sie für 48 Stunden spurlos verschwunden? Entführt? Vieles sprach dafür, aber warum hatte sie keine Anzeige erstattet? Zumal ihre Karriere wegen dieses Zwischenfalls auf dem Spiel stand. Wer hatte sie entführt? Was hatte sie zu verbergen? Ich machte mir eine Menge Notizen, fand aber auf all diese Fragen keine Antwort.

Zwischendurch versuchte ich noch einmal, sie telefonisch zu erreichen. Wieder erfolglos. Ich trank ein Bier, um müde zu werden, und legte mich ins Bett.

Ich schlief unruhig und wachte sehr früh auf. Das war eine willkommene Gelegenheit, mal wieder den Übereifrigen zu spielen und als einer der ersten in der Agentur aufzutauchen. Als ich an meinem Schreibtisch saß, überfiel mich endlich die bleierne Müdigkeit, die ich während der ganzen Nacht vermißt hatte. Mit Hilfe von zwei Bechern Kaffee kam ich langsam darüber hinweg.

Carmen erzählte mir, daß «Herr Kreissberg» sich krank gemeldet hätte. Das kam selten vor. Er tat mir ein bißchen leid. Andererseits war ich dann wenigstens für heute vor seinen Sprüchen sicher.

Ich wählte Hanna Marenkas Nummer. Es hob niemand ab. Vielleicht war die mysteriöse Geschichte bereits ohne mich zu Ende gegangen. Vielleicht war ihr etwas passiert. Genausogut konnte es sein, daß sie keine Lust hatte, an den Apparat zu gehen. Normalerweise hasse ich Telefonanrufbeantworter. Aber in diesem Fall wünschte ich mir, sie hätte einen gehabt.

Ich studierte sämtliche Zeitungen nach irgendeiner Nachricht, die etwas mit ihr zu tun haben könnte. Zu meiner Erleichterung ohne Erfolg. Das mußte allerdings gar nichts besagen. Zwischendurch wählte ich immer wieder ihre Nummer.

Dann stand ich vor einer schwierigen Entscheidung. In meinem Fach, in dem sich sämtliche unerledigten Nachrichten, Ankündigungen, Themenvorschläge und Bearbeitungswünsche sowie die direkten Aufträge von oben sammelten, hatten sich die bedruckten und bekritzelten Blätter, Fernschreiber-Ausdrucke und Presse-Infos inklusive Fotos gehäuft. Ich würde mindestens zwei Tage brauchen, um das alles zu sortieren und die dringendsten Aufträge zu erledigen.

Widerwillig nahm ich mir den Papierberg vor und ging ihm durch. All das ödete mich an: ein Kinostar war in der Stadt – ich schmiß die Ankündigung auf Kreissbergs Tisch, eine neue Ausstellung wurde eröffnet und drei international renommierte Künstler waren anwesend – ich ignorierte sie, ebenso die Meldungen zur nächsten Theatersaison, die Ankunft dreier Tennisstars in der Stadt, den Beginn der Dreharbeiten zu einem «postmodernen deutschen Lustspiel» – die Anstecknadel in den Bundesfarben warf ich in den Mülleimer, auf die Eröffnung der modernsten Kegelbahn in Deutschlands aufregendstem Freizeitpark hatte ich ebensowenig Lust wie auf das Journalistenfrühstück des Kultursenators, «das von nun an zur Institution werden» sollte. Am allerwenigsten aber interessierte mich, daß ein bekannter deutscher Schriftsteller sich unbedingt als Multitalent beweisen wollte und nun in der Kunsthalle «großformatige Aquarelle» ausstellte. Leider fand ich außerdem noch eine Notiz der Chefin, ich solle «ein menschliches Porträt der Sopranistin Hedwiga Harfner» entwerfen – der Interviewtermin stand schon fest: Ich hatte noch drei Stunden Zeit. Ich nahm das Bild der Sängerin, auf dem sie aussah wie die weibliche Ausgabe von Orson Welles, stand auf und ging Richtung Reißwolf. Die Volontärin namens Susi hatte gerade einen riesigen Stapel Blätter auf dem Arm. Außerdem trug sie heute ihren kürzesten Rock. Der Rock war rot, die Strümpfe schwarz, die Stöckelschuhe meterhoch. Hätte ich eine Videokamera dabei gehabt, hätten wir sofort mit den Dreharbeiten zum «Volontärinnenreport Teil 1» anfangen können.

Ich tippte ihr auf die Schulter.

«Oh», sagte sie und ließ ihre blonden Haare kunstvoll nach hinten fliegen.

«Wenn Sie damit fertig sind», sagte ich, «können Sie sich

bewähren. Hier auf dem Foto, das ist eine Opernsängerin.» Sie sah sich das Bild an und nickte. Soweit hatte sie verstanden. «Auf diesen Zetteln hier steht ihre Biographie, mit allem Drum und Dran.» Ich hielt die Zettel in die Höhe. «Wir haben einen Interviewtermin mit ihr vereinbart, um zwölf Uhr dreißig in ihrer Garderobe. Sie machen das Interview. Trauen Sie sich das zu?»

Sie nickte eifrig: «Hmm.»

«Lesen Sie sich vorher das Interview mit diesem Maestro durch, das ich neulich gemacht habe. Stellen Sie ihr einfach die gleichen Fragen, dann kann nichts schiefgehen. Später setzen wir uns dann zusammen und werten es aus. Alles klar?»

«Oh, ja, danke.»

Es war nicht nötig, mich dabei so vielversprechend anzusehen, das Versprechen würde sie nie erfüllen müssen.

«Gut», sagte ich, «bereiten Sie sich gut vor. Und vergessen Sie nicht: Am besten, Sie stellen zwei schmeichelhafte Fragen und lassen die Tante dann weiterplappern. Wenn sie einmal angefangen haben, wollen sie meist nicht mehr aufhören.»

Sie nickte, und ich legte die Papiere auf ihren Schreibtisch neben dem Reißwolf.

«Und immer schön knapp formulieren», sagte ich beim Weggehen. «Aber das können Sie ja.»

Sie hörte mir nicht mehr zu. Ihre Aufmerksamkeit hatte sie ihrem Bein zugewandt, wo sie eine Laufmasche entdeckt hatte.

Ich fuhr nach Winterhude und klingelte bei Hanna Marenka. Niemand öffnete. Ich sah mir die Fenster im ersten Stock an – sie waren verschlossen, im Wohnzimmer brannte die Deckenlampe. Ich ging ums Haus. Auch die anderen Fenster waren geschlossen, die Vorhänge im Schlafzimmer aufgezogen.

Ich klapperte die Häuser in der Nähe ab. Neben dem Eingang eines dreistöckigen Backsteinhauses fand ich das Namensschild von Jutta Weisherbst. Ich klingelte, und sie meldete sich über die Sprechanlage. Die Tür ging sofort auf. Ich stieg das knarrende düstere Treppenhaus hinauf. Sie wohnte unter dem Dach und erwartete mich in der Tür stehend. Ihr grauer Jogginganzug ließ sie sehr plump aussehen. Ihre Haare waren noch nicht gekämmt, und sie wirkte unausgeschlafen.

«Tolonen», sagte sie. «Wie nett, daß Sie mal vorbeischauen. Kommen Sie rein.»

Ich war erleichtert, daß sie zum «Sie» zurückgekehrt war.

Die Wohnung war komplett mit skandinavischen Kiefernmöbeln eingerichtet, und in jeder freien Ecke wucherte eine Grünpflanze. Die Zimmer waren zwar nicht klein, wirkten aber durch die vielen Möbel und Pflanzen äußerst eng. Wir gingen in die Küche, wo Holzregale und massive Schränke standen und in der Mitte ein breiter runder Tisch. Neben der Spüle standen eine Menge leerer Rotweinflaschen.

«Ich habe leider keinen Kaffee», sagte sie. «Nehmen Sie einen Tee?»

«Gerne.»

Sie hantierte mit diversen Teedosen herum und mischte «einen individuellen Blend», wie sie sich ausdrückte. Es dauerte eine ganze Weile, bis sie das Ritual des Teezubereitens hinter sich gebracht hatte. Das Ergebnis war wohlschmeckend.

«Na, wo drückt Sie der Schuh, Tolonen? Sie sind doch sicherlich nicht wegen mir hierhergekommen?» fragte sie mit einem bitteren Lächeln.

«Ihre Freundin Hanna ist schon wieder verschwunden.»

«Ha», sagte sie, «dachte ich's mir doch. Sie hat's Ihnen angetan, was?»

«Sie ist noch immer eine Persönlichkeit des öffentlichen Interesses.»

«Sicher, sicher. Des öffentlichen und des privaten Interesses, ist es nicht so?»

«Sie ist weg», wiederholte ich.

«Beruhigen Sie sich, sie hat sich abgemeldet. Bei mir.»

«Wo ist sie jetzt?»

«Sie sagte etwas von Ferien in Dänemark.»

«Wo?»

«Das wußte sie wohl selbst noch nicht so genau. In ein paar Tagen wird sie zurück sein.»

«Dann ist es vielleicht zu spät.»

«So eilig können Sie's doch nun wirklich nicht haben.»

«Ich nicht, aber andere vielleicht.»

Sie breitete entschuldigend die Arme aus: «Mehr kann ich Ihnen nicht sagen.»

Ich bedankte mich für den Tee und verließ sie.

Den gesamten Nachmittag verbrachte ich mit der Volontärin in der Agentur. Die Operndiva hatte sie versetzt und das Interview auf übermorgen verschoben. Wir nutzten die Gelegenheit, die Interviewfragen durchzusprechen. Die Kleine hatte sich was Anständiges einfallen lassen, was mich freute. Das Schwierigste war, den Blick von ihren Beinen wegzubekommen.

In regelmäßigen Abständen rief ich bei Hanna Marenka an, ohne Erfolg. Den ganzen nächsten Tag verbrachte ich mit der mehr oder weniger öden Agenturarbeit. Leider mußte ich auch Kreissbergs Arbeit mit übernehmen. Ich rief ihn an. Eine schlimme Grippe mit Fieber hatte ihn erwischt. Ich versprach ihm, eine Flasche Rum zu besorgen und am Abend vorbeizuschauen.

Wir sahen uns zusammen ein Fußballspiel an, nachdem ich den Fernseher in sein Schlafzimmer getragen hatte, und tranken einen Grog nach dem anderen – bis Kreissberg sich besser und ich mich schlechter fühlte.

Am nächsten Tag um die Mittagszeit kam ein Brief für mich per Kurier. Es war ein ganz normaler Briefumschlag, auf dem mein Name und die Adresse der Agentur in schwungvoller Schrift mit Kugelschreiber geschrieben war – ohne Absender. Solche Briefe wurden normalerweise mit der Post geschickt. Ich riß den Umschlag auf. Drinnen lag ein in der gleichen Handschrift engbeschriebenes DIN-A 4-Blatt. Hanna Marenka war der Absender.

Sehr geehrter Herr Tolonen, schrieb sie. *Bestimmte Vorkommnisse haben mich veranlaßt, einige Tage aus Hamburg zu verreisen. Zur Zeit befinde ich mich an einem sicheren Ort auf dem Lande, um mich zu erholen und Abstand zu einigen Vorfällen der letzten Zeit zu bekommen. In Bezug auf meine Karriere haben sich in diesen Tagen einige Neuigkeiten ergeben, die vielleicht auch für Sie und Ihre Agentur von Interesse sein könnten. Im Augenblick möchte ich nicht ins Detail gehen, kann Ihnen aber versichern, daß Sie überrascht sein werden, wenn Sie davon hören. Aus diesem Grund möchte ich Sie zu einem Gespräche (oder nennen wir es besser Interview) einladen. Da es mir zur Zeit jedoch nicht möglich ist, mich in Hamburg aufzuhalten, möchte ich Sie bitten, sich mit mir etwas außerhalb zu treffen. Ich schlage vor, daß wir uns am Sonnabend gegen sechzehn Uhr im Norden Hamburgs, in Duvenstedt im* Gasthaus zum Hirsch *treffen. Man kann dort wunderbar Kaffee trinken. Anschließend könnten wir das Interview in meinem momentanen Refugium machen. Ich hoffe, daß Sie Zeit haben und erwarte Sie am angegebenen Ort.*

Es grüßt Sie herzlich Ihre Hanna Marenka

PS: Bringen Sie Ihre Zahnbürste mit!

Sie wollte mit mir Kaffee trinken, und dann sollte ich ihr mit einer Zahnbürste bewaffnet in ihr «Refugium» folgen. Dazu grüßte sie mich neuerdings «herzlich». – Das alles hörte sich auf die eine oder andere Art gefährlich harmlos an.

Das Lokal, das sie meinte, kannte ich zufällig. Es lag in der Nähe eines Filmstudios in Ohlstedt, am Rande eines Waldes.

Für ein Interview mit Hanna Marenka wäre ich auch ein paar Kilometer weiter gefahren.

10

Der Gedanke an einen wochenendlichen Kaffeeklatsch mit Hanna Marenka in einem verlassenen Dorfgasthof am Rande Hamburgs amüsierte mich eine Weile. Ich hatte einen Tag Zeit, mich darauf vorzubereiten. Ich kaufte mir eine neue Zahnbürste und gab meine Cordhose samt Jackett in die Reinigung, bevor ich sie anzog, putzte meine Schuhe und bügelte ein paar Hemden. Die Agentur konnte einen Tag auf mich verzichten, und ich erst recht auf sie.

Langsam, aber sicher wurde mir dann doch etwas mulmig zumute. Sowohl Weiminger als auch Hinrichsen waren hinter

Hanna Marenka her. Sie brauchten mir nur zu folgen und würden sie auf dem Präsentierteller serviert bekommen.

Aber wo waren meine Verfolger? So sehr ich auch die Straßen absuchte, ich konnte weder die eine noch die andere Partei irgendwo entdecken. Das besagte natürlich gar nichts – sie waren die Profis, nicht ich. Trotzdem nahm ich mir vor, jederzeit mit ihnen zu rechnen und es ihnen nicht zu leicht zu machen.

Für die Fahrt nach Duvenstedt würde ich schätzungsweise eine dreiviertel Stunde brauchen, bei starkem Verkehr vielleicht eine Stunde. Also hätte ich mich um drei Uhr auf den Weg machen müssen. Statt dessen fuhr ich schon um ein Uhr von zu Hause weg, um genügend Zeit zu haben, ein paar Umwege zu fahren. Die meisten Leute aus dem Umland waren zum Wochenendeinkauf unterwegs, und dementsprechend herrschte starker Verkehr.

Ich fuhr an der Alster entlang und dann die Hamburger Straße Richtung Barmbek. Vor und hinter mir fuhren so viele Wagen, daß an die Identifizierung eines Verfolgers nicht zu denken war. Zumal ich ja keine Ahnung hatte, wie Leute wie Weiminger und Hinrichsen in solchen Fällen vorgehen und wie viele Wagen ihnen zur Verfügung standen. Möglicherweise nahm ich mich auch zu wichtig, wenn ich davon ausging, daß sie ohne mich nicht an Hanna Marenka herankamen.

In Barmbek bog ich nach links Richtung Stadtpark ein und fuhr einen großen sinnlosen Bogen, am Stadtpark vorbei. Auf den verlassenen Straßen der City Nord herrschte am Wochenende, wenn die Arbeitnehmer der Erdöl- und Elektronikkonzerne, deren futuristische Bürokomplexe hier nebeneinanderstehen, zu Hause sind, gähnende Leere. Ich fuhr den Kapstadtring ab, dann den Mexikoring, drehte in der Hongkongkehre um, als es nicht mehr weiter ging, bog vom Überseering bei dem an eine überdimensionale Science-fiction-Marsstation erinnernden Shell-Beton-Komplex in die Syndneystraße ein und verließ die City Nord Richtung Ohlsdorf. Das planlose Herumfahren kam mir lächerlich vor. Einen Verfolger hatte ich jedenfalls nicht ausfindig machen können.

Anschließend gondelte ich im Schrittempo durch den großen Ohlsdorfer Friedhof, gelangte auf die Bramfelder Chaussee und fuhr weiter Richtung Norden. Zu diesem Zeitpunkt war ich relativ sicher, daß mir niemand auf den Fersen war. Irgendwann bog ich auf eine kleinere Straße Richtung Ohlstedt ab und schließlich, nachdem ich am Straßenrand angehalten hatte, um auf dem Stadtplan nachzusehen, kurz vor Duvenstedt nach rechts auf eine einsame Straße, die schnurgerade durch einen Wald führte. Vor und hinter mir war kein Wagen zu sehen. Ich war ziemlich stolz auf mich. Die Straße mündete nach ungefähr einem Kilometer auf eine Lichtung, die als Trainingsplatz für Turnierpferde genutzt wurde. Auf der linken Seite der Straße lag ein kleiner Teich, die Straße führte nach rechts direkt auf den Gasthof zu.

Das *Gasthaus zum Hirsch* war ein klassisches Ausflugslokal am Stadtrand. Das Haus war typisch norddeutsch und verbreitete, inzwischen modernisiert, von außen und innen eine gleichermaßen kleinbürgerlich-ländliche Idylle. Auf der Speisekarte standen Schnitzel, Rumpsteak und Cordon bleu, und nachmittags lud man zu Kaffee, Kuchen und Torten ein. Da die Umgegend zum Spazierengehen und Wandern geeignet war, gingen die Geschäfte gut.

Nach meiner Irrfahrt hatte ich großen Hunger. Ich fand eine Ecke an einem großen Tisch, der von Urlaubern aus dem Ruhrgebiet in Beschlag genommen worden war. Sie waren begeistert von der Natur, von Hamburg, vom Lokal, vom Essen und vor allem von sich selbst. Ich konnte vermeiden, ins Gespräch gezogen zu werden und sah mir die Einrichtung an: rustikale Tische und Stühle, Bänke mit Bauernmalereien, an den Wänden hingen ein paar Geweihe, ein ausgestopfter Bussard und der Kopf eines Zwölfenders. Dazu einige uralte Flinten und zwei großformatige Landschaftsbilder.

Ich bestellte ein Rumpsteak und ein Bier und begann mich allmählich selbst wie ein Urlauber zu fühlen – obwohl ich einen anderen Ort bevorzugt hätte. Die Gäste aus dem Ruhrgebiet verschwanden, und das Lokal leerte sich allmählich.

Gerade als ich das zweite Bier in die Hand nehmen wollte, sah ich etwas, was mir schlagartig die Laune verdarb – Hinrichsen. Er stand an der Eingangstür und blickte sich um. Er paßte prima zur Einrichtung: Seinen Koffer hatte er zu Hause gelassen, ebenso seinen gediegenen Anzug. Diesmal trug er einen graugrünen Trachtenanzug mit Hirschhornknöpfen, darunter ein kleinkariertes bläuliches Hemd. Wie er dastand und den Raum absuchte, konnte man meinen, er habe seine Frau aus den Augen verloren.

Als er mich entdeckt hatte, nickte er befriedigt, trat in meine Ecke und setzte sich, ohne vorher zu fragen, an meinen Tisch.

«Tag, Herr Tolonen», sagte er.

«Na, das ist ein Zufall», sagte ich freundlich, obwohl ich stocksauer war.

«Machen Sie Urlaub hier?»

«Nicht mehr als Sie.»

Ich deutete mit dem Bierglas in der Hand in den Raum: «Nettes Ausflugslokal hier. Wo haben Sie übrigens Ihre Büchse gelassen?»

Er winkte ab: «Lassen wir das. Sie wissen, warum ich hier bin.»

«Weiß ich das?»

«Stellen Sie sich nicht dumm. Sie haben versucht, uns abzuhängen. Aber bei Ihren amateurhaften Methoden wurde natürlich nichts draus. Zu Ihrem Glück, denn wenn Sie so weitermachen – das kann ich Ihnen versichern –, werden Sie in böse Schwierigkeiten kommen.»

Die Kellnerin unterbrach ihn, und er bestellte ebenfalls ein Bier.

Hinrichsen sah auf seine Uhr: «Wir haben nicht viel Zeit, also ohne Umschweife: Was hat er Ihnen geboten?»

«Wer?»

«Lassen Sie diese naive Fragerei – ich finde das überhaupt nicht lustig. Mit was hat er Sie angelockt? Geld? Eine Exklusivstory? Oder haben Sie sich mit den anderen abgesprochen?»

«Vielleicht bin ich der Trottel», sagte ich. «Aber ich habe nicht die leiseste Ahnung, von wem Sie reden.»

Hinrichsen sah hektisch um sich. Die Kellnerin brachte sein Bier, was ihn aber nicht sonderlich zu interessieren schien.

Er senkte seine Stimme: «Ich weiß nicht, unter welchem Namen er an Sie herangetreten ist. Wir haben jetzt auch keine Zeit für größere Erklärungen. Ich möchte Ihnen nur noch eins sagen: Wenn Sie sich in etwas einmischen, das Sie nichts angeht, ist das Ihr persönliches Problem. Glauben Sie nicht, daß nachher jemand auf Sie hören wird, wenn Sie sich beschweren wollen. Wer sich wissentlich zwischen die Fronten begibt, trägt auch die Verantwortung für die Konsequenzen. Denken Sie daran, daß Sie keine Zeugen finden werden, die Ihnen aus etwaigen Schwierigkeiten heraushelfen – jedenfalls nicht, wenn Sie sich nicht sofort kooperativ zeigen. Falls Sie aber die Absicht haben sollten, über Ihre journalistischen Aufgaben hinaus tätig zu werden und dabei gegen die Interessen Ihres Landes handeln ...» Am Nebentisch nahm ein Rentnerehepaar Platz, und er senkte seine Stimme zu einem Flüstern: «... wenn Sie zum Verräter werden, tragen Sie die vollen Konsequenzen. Habe ich mich deutlich genug ausgedrückt?»

Ich schüttelte den Kopf: «Überhaupt nicht.»

Er blickte für eine Sekunde betrübt in sein Bier.

«Wenn Sie aus dem Lokal treten», sagte er dann, «und rechts um das Haus herumgehen, finden Sie einen dunkelblauen Ford Sierra. Sie haben ein paar Minuten zum Nachdenken – nutzen Sie sie.»

Er stand auf und ging nach draußen. Ich sah, daß er nagelneue Wanderstiefel trug – sein Sportsgeist imponierte mir.

Er hatte sein Bier nicht angerührt. Bezahlt auch nicht. Vielleicht wollte er mich ärgern.

Inzwischen war es 16 Uhr geworden, und ich begann unruhig zu werden. Sie verspätete sich, und ich fühlte mich dafür verantwortlich, daß dieser Idiot Hinrichsen da draußen herumstand. Andererseits hatte mich niemand darauf hingewiesen, auf Verfolger zu achten.

Um 16 Uhr und zwölf Minuten betrat sie das Lokal. Sie trug Jeans, ein rotes T-Shirt und darüber eine Sportjacke mit Adidas-Schriftzug. Außerdem hatte sie Joggingschuhe an. In meinen glänzenden braunen Stadtschuhen kam ich mir allmählich etwas behindert vor. Ihre Haare hatte sie zu einem Pferdeschwanz zusammengebunden und eine Stofftasche um die linke Schulter gehängt.

Ich wollte aufstehen und ihr die Hand geben, aber sie winkte ab: «Bleiben Sie sitzen. Haben Sie schon gezahlt? Nicht? Dann beeilen Sie sich, wir müssen gleich weiter.» Sie setzte sich.

«Ich dachte, Sie wollten mich zum Kaffeetrinken einladen?»

«Später vielleicht, es ist schon spät.»

Ich winkte der Kellnerin zu.

«Wohin soll die Reise denn gehen?» fragte ich dann.

«Lassen Sie sich überraschen.» Sie lächelte. Mit diesem Lächeln vor Augen wäre ich ihr überall hin gefolgt, ohne Fragen zu stellen. Vielleicht wußte sie das.

«Ich nehme nicht an, daß wir im Konvoi fahren werden?» fragte ich.

«Wie bitte?»

«Sie haben doch bestimmt einen Wagen. Ich habe auch einen. Und dann ist da noch mein ganz spezieller Freund vom BND, der darauf brennt, sich uns anzuschließen.»

«Ihren Wagen lassen wir hier.»

«Dann muß ich meine Zahnbürste noch holen», sagte ich.

Während ich zahlte, kaute sie auf ihrer Unterlippe herum.

«Wer ist das da draußen?» fragte sie, nachdem die Kellnerin wieder verschwunden war.

«Der BND-Fritze? Ich kenne ihn unter dem Namen Hinrichsen. Wahrscheinlich sind sie zu zweit. Die sind doch immer zu zweit.»

«Wie sieht er aus?»

«Lang und dünn, trägt labbrige schlechtsitzende Anzüge, rote kurze Haare, manchmal eine Lesebrille. Seine Stimme klingt so, als zerbröselten seine Stimmbänder jeden Moment. Heute trägt er Wanderstiefel und sieht aus wie ein Jägersmann.»

«Ich kenne ihn», nickte sie. «Den müssen wir loswerden.»

«Möglicherweise gammeln meine Freunde, die Mormonen, auch dort draußen herum.»

«Wenn wir einen los sind, sind wir auch die anderen los.»

«Ihr Wort in Gottes Ohr», sagte ich.

«Holen Sie jetzt Ihre Sachen aus dem Auto. Dann warten Sie vor dem Eingang auf mich. Ich komme mit dem Wagen – einem weißen Golf.»

«GTI?»

«Ja.»

Ich nickte anerkennend: «Der schafft knapp 200, wenn er gut eingefahren ist.»

«Eben», sagte sie und stand auf. Dann zögerte sie einen Moment und fragte: «Brauchen Sie eine Tasche für Ihre Sachen?»

«Nein, ich habe ein Köfferchen.»

«Ein Köfferchen!» murmelte sie, drehte sich um und ging nach draußen.

Ich ging zu meinem Wagen und holte meine Sachen heraus. Die Nachmittagssonne schien sehr hell, die Luft war klar und ich vom Essen und vom Bier leicht benommen.

Das änderte sich schlagartig, als der weiße GTI um die Ecke gebraust kam und direkt vor mir anhielt. Ich stieg ein, und wir schossen mit quietschenden Reifen davon.

Ich drehte mich um und sah, kurz bevor wir um eine Ecke bogen, den dunkelblauen Sierra, der uns folgte. Wir fuhren ein Stück zurück in den Wald und bogen dann nach rechts ab.

«Schnallen Sie sich lieber an!» sagte sie.

Ich merkte, daß ich noch immer mein Köfferchen auf dem Schoß liegen hatte. Ich warf es auf den Rücksitz und griff nach dem Gurt.

Wir bogen noch mal nach rechts und dann auf eine breite Straße ein, die Richtung Norden führte.

Sie fuhr verdammt gut, aber der Sierra blieb uns auf den Fersen.

Am Rückspiegel baumelte ein Maskottchen: ein albern grinsender rot-schwarz gestreifter Kater. Das Baumeln machte mich nervös.

Wir erreichten die Bundesstraße Richtung Bad Segeberg, und sie schaffte es mit einigen waghalsigen Überholmanövern, ein paar Autos zwischen uns und unseren Verfolger zu bekommen.

Als wir auf die A 21 Richtung Kiel einbogen, war der Sierra noch weiter zurückgefallen. Wie wir ihn loswerden sollten, war mir allerdings schleierhaft.

Nachdem ich mich zum hundertstenmal umgedreht hatte, lachte sie und sagte: «Wir schaffen das schon, Tolonen, keine Angst.»

«Wo soll's denn eigentlich hingehen?»

«Warten Sie's ab.»

Wir rauschten an einigen Lastwagen mit Anhängern vorbei, und sie mußte abbremsen, weil irgendein Fiat-Panda-Fahrer mal ausprobieren wollte, ob er die Tachonadel über die 130-Marke bringen konnte. Sie fuhr dicht auf und benutzte die Lichthupe. Der Fiat schlenkerte zur Seite, und der Fahrer zeigte uns einen Vogel.

«Neuerdings hat die Polizei zivile Einsatzwagen mit Video ausgestattet, um Raser und Rüpel auf der Autobahn dingfest zu machen», sagte ich.

Sie nickte: «Ich weiß.»

«Die fahren auch GTI», sagte ich.

Sie sah in den Rückspiegel: «Weit und breit keiner zu sehen.»

Wir rauschten weiter, und wenig später konnte ich sehen, wie der Sierra hinter dem Panda auflief, vor den sich gerade ein Lastwagen mit Anhänger schob. Das wilde Aufblenden würde ihm nichts nützen.

«Ist Lastwagen das Fahren an Wochenenden nicht untersagt?» fragte sie.

«Es gibt Sondergenehmigungen.»

«Wie schön.»

Nach einigen weiteren waghalsigen Überholmanövern bog sie im letzten Moment überraschend in eine Ausfahrt ein, und wir fuhren eine kleine Landstraße zwischen Wiesen und Feldern entlang. Wir kamen an Bauernhöfen vorbei und durch einige sehr kleine Ortschaften, bevor wir wieder eine größere Straße erblickten, die auf eine weitere Autobahnstrecke zuführte. Hinter uns war kein einziges Fahrzeug mehr zu sehen, wir hatten sie abgehängt.

«Gratuliere», sagte ich.

Sie nickte leicht: «Besten Dank. Die Tour habe ich genauestens ausgetüftelt.»

«Machen Sie so etwas öfters?»

«Nein. Ich habe gewissermaßen einen Schnellkurs belegt.»

«Bei wem?»

«Das erkläre ich Ihnen später, wenn es soweit ist. Aber seien Sie beruhigt, Sie bekommen Ihr Interview. Und einiges mehr.»

Wir fuhren wieder auf die Autobahn, diesmal aber in Richtung Hamburg. Rechts und links raste die graue, flache norddeutsche Landschaft vorbei, die darauf wartete, vom Frühling erweckt zu werden.

«Fahren wir wieder zurück?»

«Nur ein kleines Stück.»

«Und wo geht es genau hin?»

«Dann wieder Richtung Norden.»

Vom Westen her kamen graue Wolken auf und beschleunigten die Dämmerung. Die wenigen Autos, die vor und hinter uns zu sehen waren, schalteten ihre Scheinwerfer ein.

Ich kam mir als Beifahrer ziemlich nutzlos vor, zumal mir keine Fragen einfielen, mit der ich sie aus der Reserve locken konnte. Die Dinge würden sich ohnehin auch ohne Fragerei allmählich entwickeln.

Schließlich bogen wir auf die Autobahn Richtung Flensburg, die auch sehr wenig befahren war. Die Tachonadel pendelte zwischen 140 und 160.

«Wie wär's mit etwas Musik?» fragte sie und deutete auf das Radio.

Ich drückte auf den Einschaltknopf. Die gewaltigen Akkorde irgendeines Klavierkonzertes von Beethoven ertönten.

«Mögen Sie Klassik?» fragte sie.

«Manchmal.»

«Was hören Sie denn sonst? Popmusik?» Es hörte sich an, als wolle sie sich über mich lustig machen.

«Nein, eher Jazz.»

«Dachte ich mir.»

«Wieso?»

«Einer, der so blankgeputzte Schuhe trägt wie Sie, der trauert dem Jazz-Zeitalter nach.»

«Wieso das denn?»

«Seien Sie nicht so ernst, es war doch nur ein Scherz.»

«Welche Musik mögen Sie denn?»

«Mozart und Chopin, wenn ich gut gelaunt bin, ansonsten die frühen Sachen von Schönberg – Schostakowitsch, wenn ich zornig bin ...»

«Sind Sie oft zornig?»

«Dreimal die Woche – und ein viertes Mal, wenn mir ein Journalist dumme Fragen stellt.»

Sie hatte recht: Meine letzte Frage war eine dieser blödsinnigen Interviewfragen. Unser persönliches Gespräch war damit erst einmal beendet. Als wir kurz vor Flensburg von der Autobahn abbogen, lag die flache Landschaft im Dunkeln, nur im Osten war zwischen den Wolken noch ein heller gelber Streifen zu sehen.

Ich versuchte mir die Namen der Orte zu merken, durch die wir fuhren, aber sie klangen alle dermaßen komisch, daß ich es bald aufgab, zumal ich nicht mehr viel von der Gegend erkennen konnte.

«Geht's jetzt nach Dänemark?»

«Nahe zur dänischen Grenze», sagte sie.

«Und dann?»

«Nur Geduld.»

«Ich bin schon sehr geduldig.»

«Die Dramaturgie treibt unweigerlich auf einen Höhepunkt zu ...»

Irgendwann bremste sie unvermittelt ab und bog in einen mit hohen Hecken bewachsenen Feldweg ein. Zunächst war er noch asphaltiert, dann wurde er holprig und sie mußte abbremsen, um auf die Schlaglöcher zu achten. Wir bogen noch einmal nach rechts ab, auf einen grasbewachsenen Pfad, der durch ein schmales Kiefernwäldchen führte. Hinter dem Wäldchen führte er kurvig am Waldrand entlang, und schließlich erkannte ich im Scheinwerferlicht eine niedrige Mauer, die von einer Hecke fast völlig verdeckt wurde. Wir fuhren in einen Innenhof.

Vor uns lag ein niedriges strohgedecktes Backsteinhaus, an das sich zur rechten Seite eine kleine Scheune anschloß.

Sie hielt an, schaltete die Scheinwerfer aus und streckte sich erleichtert: «Da wären wir.»

«Was ist das?»

«Mein Refugium.»

Wir stiegen aus. Sie öffnete den Kofferraum und holte ihre Tasche heraus.

«Vergessen Sie nicht Ihr Köfferchen!» sagte sie, als sie zur Tür ging und den Schlüssel hervorholte.

Ich sah mich um: Das Haus lag in völliger Einsamkeit. Ringsum herrschte eine noch winterliche Stille. Das Gebäude machte auf mich keinen sehr vertrauensseligen Eindruck, es sah ziemlich verkommen aus. Ich war überrascht, als ich hinter ihr in die Diele eintrat. Das Innere war vollständig modernisiert. Sie ging voran und knipste sämtliche Lichter an, die sie finden konnte. Im ganzen Haus war der Fußboden mit Parkett verlegt. Das Erdgeschoß bestand im wesentlichen aus einem großen Raum mit Kamin, an den eine Küche angrenzte, die komplett mit einer rustikalen Einbauküche eingerichtet war. Im Wohnzimmer stand ein großer schwerer Eßtisch, eine Sitzecke mit zwei Ledersesseln und ein dazugehöriges Sofa in der Nähe des Kamins. Die steinernen Wände waren weiß getüncht. Es hingen keine Bilder an den Wänden, bis auf ein Jagdmotiv rechts neben dem Kamin, das keinen künstlerischen Wert besaß. Wahrscheinlich hätte es unserem Freund Hinrichsen gut gefallen. Auf der anderen Seite des Flurs befand sich, neben dem Bad, ein weiteres kleineres Zimmer, das an Vorratskammer und Holzschuppen grenzte. Darin stand nichts weiter als ein Tisch mit zerkratzter Platte, ein hoher Bauernschrank und eine Menge Kisten und zwei alte dunkelbraune Lederkoffer.

«Wir müssen ein bißchen Holz aus dem Schuppen zum Kamin tragen», sagte sie beiläufig. Dann deutete sie auf die schmale Holztreppe, die nach oben führte: «Oben sind zwei Zimmer. Dort können Sie Ihr Köfferchen deponieren.» Sie ging voran. Die beiden Zimmer waren kleine Kammern, die ähnlich eingerichtet waren: Rustikales Bett, ein kleiner Schrank, ein Nachtschränkchen, ein Stuhl. In meinem Zimmer stand außerdem ein schmaler Tisch. Ich legte mein Köfferchen darauf. Sie lief schon wieder die Treppe hinunter. Ich öffnete den Schrank und entdeckte männliche Kleidungsstücke: verschiedene Pullover und Hemden, einige davon noch in ihrer Originalverpackung, Socken, ein paar Jeans und andere Hosen, die mir zu weit sein würden, einen Tweedanzug, ein paar Halbschuhe, Wanderschuhe und eine Menge Taschentücher. Der Duft eines herben Männerparfüms schlug mir entgegen. Ich war enttäuscht. Zwischen den Taschentüchern lagen zwei Schachteln mit teuren, langen dünnen Zigarillos. Auch in der Schublade des Nachtschränkchens entdeckte ich, neben einem kleinen Parfümfläschchen, dem der herbe Duft entströmte, eine weitere Schachtel. Außerdem eine Sonnenbrille mit grünen Gläsern und goldenem Rand. Ich schlug das Bett auf. Darin lag ein sauber zusammengefalteter gestreifter Pyjama – frisch gebügelt. Auch das Bett schien frisch bezogen zu sein, was mich beruhigte. Im Fach unter der Schublade des Schränkchens fand ich einen batteriebetriebenen Rasierapparat, ein Paar wildlederne Autohandschuhe und eine ältere Ausgabe des *Esquire*, außerdem eine Mappe mit Briefpapier und zwei Mont-Blanc-Kugelschreibern. Es würde mir in dieser kurzen Zeit schwerfallen, dem Zimmer eine persönliche Note zu verleihen.

«Kommen Sie bitte mal nach unten?» rief Hanna Marenka aus dem Flur. Ich blätterte noch schnell das Briefpapier durch und entdeckte eine Fotografie von ihr. Sie lief einen Feldweg entlang, trug Jeans und Pullover, und ihre Haare flatterten im Wind. Sie lachte in die Kamera. Es war ein schönes Bild. Ich fragte mich, wer es aufgenommen hatte.

Ich stieg die steile Treppe nach unten, als sie gerade aus dem Schuppen kam, mit einigen Holzscheiten auf den Armen.

«Helfen Sie mir ein bißchen», stöhnte sie unter ihrer schweren Last.

Wir stapelten eine ganze Menge Holz neben dem Kamin. Als wir fertig waren, nickte sie zufrieden und sah mich an:

«Können Sie Feuer machen?»

«Die Pfadfindertage sind zwar lange vorbei, aber wenn Sie mir eine Zeitung besorgen, versuch ich's gern.»

Sie lief in die Küche und kam mit einer zerknüllten Zeitung zurück. Ein Blick darauf genügte, und ich wußte, daß es sich um die *Neue Zürcher Zeitung* handelte. Ich stellte einige Holzspäne zusammen, schob die Papierknäule dazwischen und zündete mit den langen Streichhölzern an, die ich in einer Nische des Kamins entdeckt hatte. Es brannte sofort.

Hanna Marenka kam aus der Küche zurück und nickte anerkennend, als sie die Flammen züngeln sah: «Schön», sagte sie.

«In meinem Zimmer scheint sich jemand schon häuslich eingerichtet zu haben», sagte ich.

«Oh, machen Sie sich keine Sorgen», lachte sie, «Sie müssen das Bett mit niemandem teilen.»

«Wem gehören denn die Sachen?»

«Das erkläre ich Ihnen später. Haben Sie keinen Hunger?»

«Na ja, das Rumpsteak . . .»

«Ich habe einen Riesenhunger», stöhnte sie. «Passen Sie auf das Feuer auf, ich kümmere mich um alles.»

Ich setzte mich auf den Sims vor dem Kamin und nahm mir den Rest der Zeitung vor, strich die Seiten glatt und sah nach dem Datum. Sie war vier Tage alt. Bei der *Zürcher* spielte das keine Rolle, für eine Tageszeitung war sie nicht aktuell genug, hinkte immer mindestens einen Tag hinter den anderen nach – dafür fand man Hintergrundberichte über politische und wirtschaftliche Zusammenhänge, die es sonst kaum zu lesen gab, zwar extrem konservativ, aber äußerst gründlich recherchiert. Ich stieß auf eine Überschrift, die mit einem roten Filzschreiber markiert worden war: KONGRESS ÜBER COMPUTERGE-

STEUERTE ZUKUNFTSTECHNOLOGIE ERÖFFNET. Es war ein trocken formulierter Artikel. Der Autor war eindeutig ein Fachmann, der wußte, wie man komplizierte Zusammenhänge auf komplizierte Weise darlegt. Ich wurde nicht schlau daraus, zumal die Hälfte des Artikels fehlte. Der Kongreß, soviel war klar, fand zur Zeit in Frankfurt statt und war nur für eine kleinere Elite internationaler Fachleute gedacht.

Während ich zu verstehen versuchte, was ich da las, lief meine Gastgeberin zwischen Eßtisch und Küche hin und her. Die Vorräte im Kühlschrank waren offenbar unerschöpflich. Schließlich stellte sie sich vor mich und hielt mir zwei Weinflaschen vor die Nase:

«Was trinken Sie lieber, rot oder weiß?»

Ein Bordeaux und ein Chardonnay – wer die Wahl hat, hat die Qual:

«Beides», sagte ich.

«Na gut», sagte sie zufrieden. «Wir fangen mit dem roten an, und später, wenn uns warm wird, köpfen wir den weißen. Machen Sie das hier mal auf!» Sie drängte mir die Rotweinflasche auf und gab mir einen Korkenzieher: «Passen Sie auf den Korkenzieher auf, der fällt leicht auseinander.»

Ich ging zum Tisch, nahm ein Messer und zweckentfremdete es als Schraubenzieher. Danach funktionierte der Korkenzieher reibungslos.

«Sie sind handwerklich begabt», sagte sie, als sie sich zu mir an den Tisch setzte.

«Wenn es um das Öffnen von Weinflaschen geht schon.»

«Und das Öffnen von Türen.»

«Wieso?»

«Ich habe einen verbogenen Fleischspieß in meiner Küche entdeckt.»

«Tut mir leid, ich hoffe, er war nicht aus Silber?» Ich schenkte ein.

«Nein, aus Platin, mein Freund, das wird Sie teuer zu stehen kommen!»

«Zum Wohl», sagte ich und hob das Glas.

«Sind Sie immer so bescheiden?» fragte sie, während sie das Glas ins Licht hielt.

«Was?»

«Weil Sie die Gläser nur halb vollgemacht haben. Sie müssen keine Angst haben, es sind noch mehr Flaschen davon da.»

«Ich werd's mir merken.»

Wir stießen an. Der Wein schmeckte genau so, wie man es von einem neun Jahre alten Bordeaux erwartete.

Sie hatte eine Menge Käse, Wurst und Schinken aufgefahren und langte ordentlich zu. Ich hatte leider überhaupt keinen Appetit, versuchte aber mitzuhalten, um nicht als magersüchtiger Softie abgestempelt zu werden. Sie hatte ihr Glas schnell leer, und ich schenkte ihr diesmal großzügiger ein. Bevor sie womöglich noch mehr in Stimmung kam, wollte ich endlich meine Fragen loswerden:

«Warum ist der BND hinter Ihnen her?» fragte ich.

«Er ist gar nicht direkt hinter mir her, sondern hinter jemandem, den ich kenne.»

«Der Mann, dessen Sachen dort oben herumliegen.»

«Genau.»

«Wohnt er hier, oder kommt er nur gelegentlich zu Besuch?»

«Nur ab und zu. Sehen Sie mich nicht so komisch an. Sie denken wohl, er ist mein Liebhaber?»

«Ich denke gar nichts.»

«Ich kann Sie beruhigen. Die Zeit, wo ich mit solchen Männern ins Bett gegangen bin, ist lange vorbei.» Sie kicherte. «Er ist viel zu alt für mich.» Sie sah mich gutgelaunt an. Ich konnte beim besten Willen nichts Lustiges an ihrer Aussage finden.

«Ein Spion?» fragte ich.

«Und ich bin Mata Hari? Nein, nein ... Ich mache Ihnen einen Vorschlag: Wir vertagen die Legendenbildung um den unsichtbaren Dritten, bis zu seinem Auftauchen. So lange werden Sie Ihre Ungeduld noch zügeln müssen. Seien Sie nicht böse, aber ich will Ihnen nichts Falsches erzählen. Das gäbe nur ein Durcheinander.»

«Von wem sind Sie entführt worden?»

Sie blickte in ihr Weinglas: «Die Frage ist leicht zu beantworten: Von Hinrichsen, wie er sich Ihnen gegenüber genannt hat, und seinen Kollegen.»

«BND.»

«Ja, das stimmt.»

«Und die wollten, daß Sie Ihren ominösen Freund», ich deutete nach oben, «verraten.»

«Richtig.»

«Und?»

«Ich habe ihnen eine spannende Geschichte erzählt. Die mußten sie erst mal überprüfen. Da sie mich währenddessen nicht einfach aus dem Verkehr ziehen konnten – die Presse war ja hinter mir her –, mußten sie mich wieder laufenlassen. Am nächsten Morgen.»

«Aber Sie waren viel länger verschwunden.»

«Ich war hier», sagte sie.

«Mit ihm.»

«Ja.»

«Und Freund Hinrichsen hat Sie nicht beschattet?»

«Hat er versucht, aber wie Sie gesehen haben, ist er nicht sehr begabt.»

«Wo haben Sie das gelernt?»

«Das Abhängen von unliebsamen Zeitgenossen? Vom unsichtbaren Dritten natürlich.»

Das ständige Gerede über diesen geheimnisvollen Wunderknaben ärgerte mich.

«Und wie passen die falschen Mormonen ins Bild?» fragte ich weiter.

«Tja, das frag ich mich auch. Ich habe keine Ahnung, wer sie sind. Ich weiß nur, daß wir uns vor ihnen hüten müssen. Aber das wird sich sicherlich auch bald aufklären, nehme ich an.»

«Wenn Ihr allgewaltiger 007 aufkreuzt.»

«Genau.» Sie prostete mir zu. «Eins müssen Sie mir aber noch verraten: Als Sie gesehen haben, wie ich entführt wurde, wieso haben Sie nicht sofort die Polizei alarmiert?»

«Das ging aus einem ganz bestimmten Grund nicht.»

«Und der wäre?»

Ich erzählte ihr die traurige Geschichte meines vierzigsten Geburtstages. Sie lachte ununterbrochen und verschüttete den Rest ihres Glases auf die blütenweiße Tischdecke.

«Das ist nicht wahr!» rief sie, nachdem sie wieder zu Luft gekommen war. «Das ist urkomisch. Das müssen wir Richard erzählen.» Sie sprach den Namen ähnlich wie im Französischen aus.

«Er heißt Richard?» Sie nickte. Jetzt, wo ich den Namen wußte, war der Mann mir noch unsympathischer.

Sie stand auf, ging zum Kamin und sah ins Feuer.

«Erzählen Sie mir, wie Sie zu diesem gräßlichen Beruf gekommen sind», sagte sie.

«Ich war einmal bei einer angesehenen Illustrierten beschäftigt. Da bin ich rausgeflogen, weil ich eine Zeitlang nicht ganz zurechnungsfähig war. Dann bin ich bei *Globalnews* gelandet – und an dem Tag, an dem ich dort wieder rauskomme, werde ich das größte Fest meines Lebens geben.»

«Laden Sie mich ein», sagte sie, während sie einen frischen Holzscheit auf die Glut legte. «Ich würde Ihnen ein bißchen Glück gönnen.»

Ich trat hinter sie und betrachtete über ihre Schulter hinweg das Flackern der Flammen. Sie drehte sich ruckartig um und sah mir ins Gesicht. Sie stand ganz dicht vor mir, ihre eine Gesichtshälfte wurde vom roten Feuerschein beleuchtet. Sie deutete mit dem Zeigefinger auf ihre Nase:

«Wie finden Sie meine Nase?»

Dazu fiel mir erst mal gar nichts ein.

«Hübsch», sagte ich dann, «sehr hübsch.»

«Sie ist zu lang», sagte sie, «eine Judennase, stimmt's?» Sie setzte mir den Finger auf die Brust.

«Unsinn», sagte ich. «Sie ist bestenfalls einen Millimeter zu lang. Aber keine Judennase – so etwas gibt es doch gar nicht.»

Sie trat einen Schritt zurück und reichte mir ihr Glas: «Holen Sie den Weißwein aus dem Kühlschrank, mir ist warm.»

Als ich aus der Küche zurückkam, hatte sie ihre Jacke ausgezogen und sich vor den Kamin gelegt. Die Jacke benutzte sie als Kopfkissen.

Ich schenkte den kühlen Wein ein und setzte mich mit den Gläsern in der Hand neben sie. Sie prostete mir schläfrig zu, nachdem sie das Glas beinah fallengelassen hatte, als ich es ihr reichte. Irgendwann hatte ich meine Hand auf ihrem Knie, wenig später unter ihrem T-Shirt.

«Wir müssen uns den klimatischen Verhältnissen anpassen», murmelte sie.

Ich hatte nichts dagegen.

11

Hanna bestand darauf, daß wir am nächsten Tag früh aufstanden, um einen Spaziergang zu unternehmen. Es war ein windstiller, kalter und klarer Morgen. Außer einigen zarten Knospen an den Sträuchern am Wegesrand deutete noch nichts auf den beginnenden Frühling hin. Sie hatte sich bei mir eingehakt, und wir gingen durch das lichte Kiefernwäldchen.

«Im Sommer ist es hier wunderbar, du mußt mich einmal im Sommer besuchen», sagte sie.

«Wie lange gehört dir dieses Refugium?»

«Ich besitze es erst seit ein paar Monaten. Vorher hat es ein Bekannter als Wochenendhäuschen benutzt. Ich war ab und zu als Gast hier.»

«Das Herrenzimmer – sind das die Überreste des vorherigen Besitzers?»

«Ja, er hat noch nicht alles mitgenommen. Er kommt manchmal noch vorbei, um mir guten Tag zu sagen.»

«Hoffentlich rechnet er damit, gelegentlich jemand anderen in seinem Bett zu finden.»

«Du hast doch gar nicht in seinem Bett geschlafen.»

«Aber beinahe.»

Sie schüttelte den Kopf: «Ich hatte nicht vor, dich dort versauern zu lassen.»

«Das ist sehr rücksichtsvoll.»
«Ich bin eben eine rücksichtsvolle Gastgeberin.»
«Dem unsichtbaren Dritten gegenüber.»
«Demjenigen, den ich mag.»
«Und den unsichtbaren Dritten magst du nicht mehr?»
«Doch, wieso denn nicht?» Sie sah mich erstaunt an.
Ich zuckte mit den Schultern.
«Es gibt keinen Grund zur Eifersucht, mein Lieber.»
«Nicht schon nach der ersten Nacht, das wäre übertrieben», pflichtete ich ihr bei.
«Es gibt überhaupt keinen Grund.»
Ich versuchte ihr zu glauben.
«Gründe gibt es genug», fuhr sie fort.
«Wieso?»
«Du hast mir noch immer nicht verraten, wie du mit Vornamen heißt. Nicht einmal betrunken im Bett hast du ihn ausgeplaudert – das nenne ich Standfestigkeit.»
«Ich behalte ihn lieber für mich – es ist zu peinlich.»
«Wenn du so dickköpfig bist, Herr Tolonen, wirst du doch noch ins Herrenzimmer umziehen müssen.»
«Erpressung?»
«Jawohl.»
«Na gut.» Ich flüsterte ihr meinen Vornamen ins Ohr. Sie lachte.
«Nein», sagte sie dann und kicherte, «das geht wirklich nicht. So kann ich dich nicht nennen.»
«Also bleiben wir bei Tolonen», brummte ich.
«Zum Glück ist der Name ja nicht allzu häufig. Es kann natürlich passieren, daß ein Spitzname daraus wird ... Tolli ...» Sie kicherte immer noch.
«Dann ziehe ich freiwillig ins Herrenzimmer.»
«Ich werde versuchen, mich zu beherrschen», versprach sie.
«Der unsichtbare Dritte», fragte ich, als wir in einen Feldweg einbogen, der vom Wald fort zwischen den kahlen Feldern hindurchführte, «hat er das abgeschlossene Zimmer in Hamburg benutzt?»

«Er hatte mal zwei Wochen in Hamburg zu tun, da habe ich ihm den Raum zur Verfügung gestellt.»

«Was hat er dort gemacht?»

«Diktiert, geschrieben und so weiter – er nahm an einem Kongreß teil.»

«Er ist Wissenschaftler – Computerelektronik?»

«Woher weißt du das?»

«Ich kombiniere nur ein bißchen. In welcher Sprache sind die Texte auf den Papieren abgefaßt?»

«Polnisch», sagte sie.

«Die gleiche Sprache, wie auf der Ansichtskarte aus Salzburg.»

«Du hast ja fleißig bei mir zu Hause herumgestöbert.»

«Sie ist mir nur aufgefallen. Der unsichtbare Dritte ist also ein Pole.»

«Stimmt.»

«Ein Pole, der mit Computertechnologie zu tun hat und sich verstecken muß – das kann nur ein Spion sein.»

«Damit wären wir wieder bei Mata Hari angelangt», sagte sie trocken.

«Wir drehen uns im Kreis.»

«Das ist doch auch mal ganz schön, Tolonen, sich im Kreis drehen. Du mußt nur ein bißchen Geduld haben.»

Ich schwieg. Wäre nicht die letzte Nacht gewesen, hätte ich spätestens jetzt mit einer systematischen Befragung begonnen. Aber das hätte womöglich alles zerstört. Und ich wollte dieses Wochenende in guter Erinnerung behalten. Möglicherweise hatte sie alles geplant – vielleicht war sie eine Mata Hari. Aber selbst dann mußte bald etwas passieren ...

«Wir müssen einmal im Sommer hier spazierengehen und den Lerchen zuhören», sagte sie mit einem Seufzen. Dann schüttelte sie den Kopf: «Ich hätte nie gedacht, daß ich einmal mit einem Journalisten per du sein würde.»

«Schlechte Erfahrungen?»

«Ich kenne niemanden, dem es nicht so gegangen ist. Journalisten sind die übelsten Schweine – sie gehen über Leichen und behaupten, daß ihr Publikum es von ihnen verlangt.»

«Tun das nicht alle anderen im öffentlichen Leben auch?»

«Dieser Fettwanst zum Beispiel ...»

«Kreissberg?»

«Die Inkarnation alles Schlechten seines Berufsstandes.»

«Das stimmt nicht. Er ist nur ein einsamer alter Hund, für den es immer schwerer wird, zu existieren. Er hat es nicht gerade leicht gehabt im Leben.»

«Pah, wer hat es schon leicht im Leben!»

«Er ist eigentlich ein netter Kerl.»

«Ist er etwa dein Freund?»

«Ich weiß nicht. Vielleicht ist er mein Alter ego.»

«Dann versteck es, dein Alter ego, damit ich es nicht zu fassen kriege.»

«Ich werde es läutern.»

Inzwischen waren wir im großen Bogen um das Haus hinter den hohen Hecken herum gelaufen und gingen von der anderen Seite durch die Toreinfahrt. Als wir auf den Innenhof traten, stand dort ein zweites Auto, ein langer, flacher weißer Citroën CS 25.

«Er ist da!» rief Hanna erfreut, und mir wurde mulmig zumute. Sie ließ meinen Arm los und lief ins Haus. Ich folgte ihr langsam.

Er hatte das Feuer im Kamin wiederbelebt und saß in einem der Ledersessel dicht davor, ein Bein über das andere geschlagen, und rauchte einen Zigarillo. Ich kannte den Mann, hatte sein Gesicht bereits einmal gesehen – Hinrichsen hatte mir sein Foto gezeigt: glatte weiße Haare, Hakennase, buschige Augenbrauen, etwa sechzig Jahre alt und kräftig. Er war sportlich gekleidet, trug einen grauen Rollkragenpulli, darüber eine teure, dezent gemusterte graugrüne Strickjacke mit Reißverschluß und eine schwarze maßgeschneiderte Hose aus festem Stoff – passend dazu schwarze Wanderschuhe. Sein Gesicht war ein bißchen breiter, als ich es in Erinnerung hatte. Trotzdem ähnelte er einem Römer, einem listigen Senator vielleicht, aber auch einem, der es gewohnt ist, im Luxus zu leben.

Hanna stand dicht neben ihm und hatte die eine Hand auf

seine Schulter gelegt. Eine solche Vertrautheit war mir in diesem Moment nicht gerade angenehm.

Sie lächelte mich an, sah dann zu dem Mann hin und sagte mit einer kleinen Geste. «Darf ich vorstellen: Tolonen – Richard Kasman.»

Kasman stand auf und reichte mir die Hand: «Sehr erfreut, Herr Tolonen.» Er hatte eine tiefklingende Stimme und sprach mit einem starken Akzent – wie ein Russe, dachte ich im ersten Augenblick.

«Er hat keinen Vornamen», sagte Hanna.

«Tolonen – ist das nicht ein finnischer Name?»

«Mein Vater stammte aus Helsinki.»

«Namen sind Schall und Rauch», sagte Kasman. «Wir haben schon eine ganze Reihe durchprobiert.» Er sah Hanna an. Sie nickte.

«Es wird Zeit, daß wir frühstücken», sagte sie dann und ging in die Küche.

«Setzen Sie sich doch», sagte Kasman und deutete auf den anderen Sessel.

Ich zog meine Jacke aus und setzte mich hin. Ich sah ihn erwartungsvoll an. Mir war noch nicht ganz klar, ob ich ihn sympathisch finden sollte.

«Meine Tochter hat mir einiges von Ihnen erzählt, Herr Tolonen», sagte er bedächtig. Er sprach sehr langsam, als würde er sich jedes Wort genau überlegen.

Das traf mich unvorbereitet: «Ihre Tochter?»

«Das hat sie Ihnen nicht erzählt?»

«Nein, nur von einem unsichtbaren Dritten.»

Er nickte leicht amüsiert: «Sie muß immer Theater spielen.»

«Wie kommt es, daß Sie beide verschiedene Namen haben?»

«Sie trägt den Namen ihrer Tante, und ich trage den Namen, den ich vor einigen Jahren angenommen habe, als ich hierhergekommen bin. Der Name gefällt mir. Hier in Deutschland buchstabiert man Kasman ohnehin meistens mit zwei S und zwei N. Es klingt wie Kassierer.»

«Ihr Schatten oder vielmehr die Schatten, die hinter Ihrem

Schatten her sind, verfolgen mich seit einigen Tagen. Einmal ist das recht unangenehm geworden.»

Kasman lächelte: «Sie sind gewissermaßen ein Opfer meiner Machenschaften. Nicht ganz unschuldig, nehme ich an – immerhin sind Sie Journalist.»

«Ich war zunächst nur an Ihrer Tochter interessiert und bin ihr gefolgt. Ich habe beobachtet, wie sie entführt wurde.»

Kasman nickte gedankenvoll: «Ja, das war eine etwas unbeholfene Aktion des Bundesnachrichtendienstes – die sind entweder zu früh oder zu spät dran, aber genau ins Schwarze treffen sie nie.»

«Ein gewisser Hinrichsen hat mir ein Bild von Ihnen gezeigt.»

«Der Mann läuft mir schon seit Wochen hinterher, kann sich aber zu nichts entschließen.»

«Vielleicht wartet er immer erst auf Weisung von oben.»

«Eure Geheimdienste sind komische Vereine. Zum einen agieren sie wie kriminelle Vereinigungen – so nennt man das doch im Juristenjargon? – zum anderen trauen sie sich überhaupt nichts zu. Im Osten ist das alles wesentlich eindeutiger. Vielleicht ist das auch Taktik – um den Gegner zu verwirren? Was meinen Sie?»

«In dieser Branche kenne ich mich nicht aus.»

«Es könnte sein, daß Sie in den nächsten Tagen ein wenig Erfahrung sammeln. Was halten Sie davon?»

«Ein reizvoller Gedanke. Ich hoffe nur, Sie erzählen mir genug über sich, daß ich weiß, worauf ich mich einlasse.»

«Deswegen sind Sie ja hier, Herr Tolonen. Ich brauche Sie in ihrer Funktion als Journalist.»

Ich deutete auf Hanna, die zwischen Küche und Eßtisch hin- und herrannte und nun mit einer Flasche Sekt in der Hand in der Tür stehenblieb: «Und sie war der Lockvogel, der den Journalisten in die Falle lockte?»

«Ich muß zugeben, daß das alles nicht sehr konsequent durchgeplant war, der Zufall hat wesentlich mitgespielt. Aber ich dachte mir, wenn Sie erst einmal hier sind, werden Sie mit sich reden lassen.»

«Wünschen die Herren Sekt zum Frühstück?» rief uns Hanna von der Tür her zu.

Kasman sah mich erwartungsvoll an.

Ich schüttelte den Kopf: «Nein danke, nicht schon wieder Alkohol.»

«In Ordnung.» Sie verschwand wieder in der Küche.

«Ich weiß nicht, in welcher Beziehung Sie zueinander stehen», sagte Kasman bedächtig. «Aber ich versichere Ihnen, daß Hanna ausschließlich aus familiären Motiven handelt. Sie ist keine Spionin.»

«Das ist ja beruhigend», sagte ich und stand auf, um mich an den Tisch zu setzen und den Kaffee auszuschenken.

Als er ebenfalls aufstand, um an den Tisch zu kommen, bemerkte ich, daß er auf dem rechten Fuß hinkte.

Wir einigten uns darauf, über «die Angelegenheiten», wie Hanna es nannte, erst nach dem Frühstück zu sprechen. Der Spion hatte frische Brötchen mitgebracht – solche Kleinigkeiten nimmt man dankbar zur Kenntnis.

Später saßen wir bei einer weiteren Tasse Kaffee vor dem Kamin, und ich brachte das Gespräch in Gang, indem ich Kasman erzählte, was mir von dem Abend an, als ich besoffen an der Laterne hing, passiert war. Die Ausgangssituation amüsierte ihn – wie konnte es anders sein –, und auch die Mormonengeschichte fand er spaßig. Ich begann mich daran zu gewöhnen, daß ich der Clown in dieser Geschichte war.

Hanna saß die ganze Zeit dabei, blätterte in einem Manuskript, das ein Drehbuch oder Theaterstück sein mußte, und hörte zu.

Ich fragte Kasman, was der BND von ihm wolle.

«Die Schlaumeier sind mir auf die Schliche gekommen – nach all den Jahren. Sie haben gemerkt, daß sie ihr Erfolgskonto in die schwarzen Zahlen bringen können, wenn sie mich festnageln. Sie wissen ja, wie die Erfolgsbilanz ihres Geheimdienstes aussieht. Alle Jahre wieder werden ein paar Sekretärinnen in Bonn verhaftet, denen ihr Romeo abhanden gekommen ist. Dann ein Geschäftsmann, der im Handel mit dem Osten etwas zu großzügig verfahren ist – er hat vergessen, daß die gute alte Cocom-Liste noch existiert ... Und schließlich findet man heraus, daß irgendein Angestellter in der Zentrale einer großen Partei Fotokopien gemacht hat, aus denen angeblich irgend etwas Weltbewegendes zu ersehen ist – die Sitzordnung bei Nato-Tagungen oder Ähnliches. Oder jugendliche Computerfreaks werden zu Hackern des KGB hochstilisiert. Die Bundesanwaltschaft sammelt solche Fälle und prescht damit einmal im Jahr an die Öffentlichkeit, um zu beweisen, daß ein weiteres, ihrer Ansicht nach großes Spionagenetz des KGB enttarnt worden sei. Anschließend werden die Spione sechs Monate auf Bewährung verurteilt, und alle sind zufrieden. Bis die Presse ausplaudert, was niemand hören soll – daß nämlich mal wieder nur die kleinen Fische ins Netz gegangen sind.»

«Was ist mit den großen Fischen?» fragte ich.

«Ja, wo sind die? Sie schwimmen in anderen, tieferen Gewässern – und gelegentlich ertappt man sogar einen fetten Hecht im Bundeskanzleramt oder gar beim BND.»

«Was nur alle Jubeljahre einmal vorkommt», ergänzte ich.

«Richtig», nickte Kasman und schlürfte genüßlich seinen Kaffee. «Und vor allem an der falschen Stelle. Normalerweise wäre es doch die Aufgabe der Spionageabwehr gewesen, zu verhindern, daß so jemand sich dort überhaupt festsetzen kann.»

«Niemand erwartet das ernsthaft von unserem Geheimdienst», sagte ich. «Man will ihn nicht überfordern.»

«Es ist einfach peinlich, was in Ihrem Staat so alles passiert.»

«Wo ist es denn besser?»

«Nun», erklärte Kasman, «die Franzosen arbeiten etwas effektiver, ebenso natürlich die CIA, wie Sie sich denken können.»

«Und Ihr Verein selbstverständlich.»

«In Maßen schon – aber ich will nicht zu sehr angeben.»

«Welcher Verein ist das – das KGB?»

«O nein! Für die Russen mache ich keinen Finger krumm.»

«Na, na, na ...» warf Hanna ein.

Kasman machte eine abwehrende Handbewegung: «Gut, gut, natürlich arbeiten wir immer den Russen in die Hände – bei uns zu Hause ist es sozusagen umgekehrt wie bei Ihnen.» Er schmunzelte. «Hier sitzt man auf den vier Buchstaben, dort sitzen die vier Buchstaben auf uns.»

Ich sah hilflos zu Hanna hinüber.

«Das ist sein Lieblingswitz – reichlich antiquiert übrigens. Die vier Buchstaben nannte man früher den NKWD – Stalins Geheimpolizei.»

«Seit 1945 saßen sie uns im Nacken», sagte Kasman.

«Uns?»

«Uns Polen, meine ich. Die vier Buchstaben haben praktisch den gesamten polnischen Polizeiapparat organisiert – vor allem auch den Geheimdienst.»

«Womit wir wieder beim Thema wären», sagte ich. «Zu welchem Verein gehören Sie?»

«Ich arbeite für Polen.»

«Und nun ist der BND hinter Ihnen her – warum?»

«Weil sie endlich mal einen dicken Fisch gesichtet haben, der nicht Ihre eigenen Gewässer verunreinigt. Den wollen sie sich angeln, um ihr Image aufzupolieren.

«Nebenbei tun sie auch noch ihre Pflicht, nicht wahr?»

«Sicher tun sie das, das will ich nicht bestreiten.»

«Wie ist es um deinen Patriotismus bestellt, Tolonen?» fragte Hanna spöttisch.

«Sehr schlecht», erwiderte ich. «Ich mag weder den Staat noch die Gesellschaft, weder die Herrschenden noch die Beherrschten. Ich weiß gar nicht, was ich mit diesem Ding namens Bundesrepublik anfangen soll.»

«Er ist staatsverdrossen», erklärte sie Kasman.

«Jeder vernünftige Mensch ist staatsverdrossen», sagte ich.

«Unsinn», sagte Kasman. «Der Staat ist ein ganz nützliches Instrument, wenn man damit umgehen kann – und wenn die Verfassung auf vernünftigen Grundlagen beruht.»

«Das ist der Jargon der Herrschenden.»

Er sah mich amüsiert an: «Wer sich freiwillig zu den Beherrschten zählt, ist selbst schuld.»

«Wir schweifen schon wieder ab.»

«Gut», sagte Kasman. «Sie wollen wissen, warum der BND mich ausschalten will –»

«– und wie ich in Ihr Spielchen hineinpasse.»

«Ja. – Hören Sie zu: Ich bin Wissenschaftler, eigentlich Physiker, aber seit langem im Elektronikbereich spezialisiert. Ich habe mich lange Zeit mit Kybernetik beschäftigt – früher wurde in Polen auf diesem Gebiet umfassend geforscht, nachdem man diesen Wissenschaftszweig nicht mehr als von bourgeoisen Ideologien infiziert abqualifiziert hat. Es waren nicht zuletzt wir Polen, die der Forschung in diesem Bereich wesentliche Impulse gegeben haben. Das ist allerdings lange her. Inzwischen hat der Westen einen derartigen technologischen Vorsprung, daß die polnischen Wissenschaftler beim Gedanken daran schon in kollektiven Katzenjammer ausbrechen. Dazu kommt, daß der Westen mit seiner Cocom-Verbotsliste für strategisch nützliche Geräte uns vor einige kleinere Schwierigkeiten stellt. Zwar ist es nicht unmöglich, an die Hochtechnologien heranzukommen – die asiatischen Länder nehmen es da nicht so genau, aber es ist etwas umständlich – und teuer. Und wie Sie wissen, gehört Polen nicht gerade zu den reichsten Ländern der Erde. Die einzige Alternative ist, ein paar zuverlässige und kompetente Leute in entscheidenen Positionen zu bitten, ein bißchen auszuhelfen, was das Informations- und Forschungsdefizit betrifft.»

«Sie reden über Spionage, als sei es ein Kavaliersdelikt.»

«Ist es auch, Herr Tolonen – alles nur staatliche Propaganda. Spionage ist, ähnlich wie der Journalismus, ein gesellschaftlich notwendiger und nützlicher Beruf.»

«Ich wäre mir da in beiden Fällen nicht so sicher», sagte ich. «Aber reden Sie weiter.»

«Sagt Ihnen der Name *Alphatron* etwas?»

«Irgendeine Elektronikfirma, die zu einem großen Konzern gehört?»

«Unpräzise, aber fast richtig: *Alphatron* wurde von mehreren europäischen Elektronikfirmen gegründet, als ein Forschungszentrum, das, unterstützt von den europäischen Forschungsministerien, die Entwicklung erweiterter Grundlagen zur Rationalisierung elektronischer Datenverarbeitung vorantreiben soll.»

«Hört sich kompliziert an.»

Kasman seufzte: «Sie kennen doch Computer?»

«Ich würde mir gerne einen kaufen, stehe aber etwas ratlos davor.»

«Der Fortschritt in der Computertechnologie ist noch rasender als die Zunahme der menschlichen Bevölkerung.»

«Eine Art wissenschaftlich-technisches Aids», sagte Hanna schnippisch. «Bald hat es uns alle erwischt.»

Kasman sah sie streng an: «Unsinn. Elektronische Datenverarbeitung ist keine Krankheit – sie hat etwas mit Erkenntnisfortschritt zu tun.»

Hanna sah gelangweilt zur Decke: «Er ist ein Atheist, aber ein Prediger.»

«Und Sie sind der Maulwurf des Ostens, der den Europäern die mühsamen Fortschritte gegenüber den Amerikanern abluchst?»

«Wir im Osten gehören auch zu Europa, Herr Tolonen. Vielleicht mehr als ihr im Westen, die ihr von den Amerikanern verseucht seid. – Aber Sie haben recht. Ich war der Spion, der die Geheimnisse von *Alphatron* an den Osten verriet. Wenn Sie so wollen, habe ich auf diese Weise bei der Verkabelung des gemeinsamen europäischen Hauses mitgeholfen, von dem unser Genosse Gorbatschow so gerne spricht.»

«Sie waren?»

«Nun, es ist vorbei. Man hat mich enttarnt. Früher oder später mußte es so kommen, das ist klar.»

«Und nun frohlocken BND und BKA, weil sie einmal einen Maulwurf aufgetrieben haben, der nicht an ihrem eigenen Schreibtisch sitzt», sagte ich.

«Genau. Sie haben mir ganz schön zugesetzt. Und beinahe hätten sie mich auf dem Weg hierher geschnappt.»

«Also ist unser BND doch kein Dilettantenverein?»

«Das BKA hat ihm Schützenhilfe geleistet.»

«Die haben doch in dieser Hinsicht kaum Kompetenzen.»

«Keine direkten, aber Mittel und Wege, einem Verräter die Hölle heiß zu machen.»

«Davon hast du mir nichts erzählt!» Hanna sah ihren Vater streng an.

«Du weißt doch, daß ich untertauchen mußte.»

«Aber du hast mir nicht erzählt, daß sie dich umbringen wollten.»

«Wollten sie gar nicht – ich habe nur bildlich gesprochen.»

«Ich glaube dir nicht», sagte sie.

«Sie brauchen mich für einen Schauprozeß, um ihr Image aufzupolieren. Ein toter Wissenschaftler würde nur einen weiteren Skandal bedeuten.»

«Sind Sie sich da sicher?» fragte ich.

«Nicht ganz. Bis jetzt ist aber noch nichts passiert.»

«Bis auf die Tatsache, daß Hanna entführt wurde, und ich von zwei Männern mit Revolvern bedroht!»

«Es war keine Entführung – sie wurde von Beamten des BND vernommen. Es bestand keinerlei Gefahr. Mit den Revolvermännern, die Sie mir beschrieben haben, ist es etwas anderes – die sind gefährlicher. Vor allem sind sie schwerer einzuordnen.»

«Wer sind sie? Amerikaner?»

«Ich vermute etwas ganz anderes . . .»

«CIA?»

«Fast so schlimm», sagte er. «Gangster.»

«Gangster?»

«Das ist vielleicht der falsche Ausdruck – ich nehme an, es sind Söldner. Die Nationalität spielt keine Rolle.»

«Was denn für Söldner?»

«Bezahlte Killer, die im Auftrag morden.»

«Diese beiden Mormonen? Der Bengel und der Wichtigtuer?»

«Die Masche mit den Mormonen haben sie meines Wissens schon des öfteren abgezogen.»

«Sie kennen die beiden also?»

«Ich habe nie mit ihnen gesprochen. Ich wußte nur ab einem bestimmten Zeitpunkt, daß sie auf mich angesetzt wurden.»

«Von wem – vom BND?»

«O nein, wir sind hier nicht in Frankreich – die würden so was vielleicht machen. Die Deutschen haben etwas mehr Respekt vor der öffentlichen Meinung. Die Söldner wurden von einer Firma angeheuert, die an *Alphatron* beteiligt ist – eine deutsche Firma, ATX Elektronik, sie existiert seit den fünfziger Jahren. ATX hat hauptsächlich in der Forschung ihr Geld verdient und ist im Laufe der siebziger Jahre ins Hintertreffen geraten. Sie konnten mit den Amerikanern und Japanern nicht Schritt halten. Sie hatten Glück, daß sie, als Alphatron gegründet wurde, dort eintreten konnten. Es war selbstverständlich nur dank guter Beziehungen zu einflußreichen Kreisen in Politik und Wirtschaft möglich und hat sie vor der Pleite gerettet. Das war in den Achtzigern – *Alphatron* wurde 1981 gegründet. ATX hielt sich in den siebziger Jahren auf andere Weise über Wasser – mit Geheimnisverrat. Die gesamten Forschungsergebnisse, die von ihnen erarbeitet oder unter Auflagen verwendet wurden, wurden an den polnischen Geheimdienst verraten. Und der hat damit gute Geschäfte gemacht. Wieso ausgerechnet an die Polen, werden Sie jetzt fragen – weil in ihrem Betrieb ein kompetenter Verbindungsmann saß, der über die besten Kontakte zu den Außenstellen des polnischen Dienstes verfügte.»

«Und das waren Sie?»

«Richtig. Während die CIA hinter dem KGB herjagte, konnten wir uns in aller Ruhe mit ATX befassen. Es war klar, daß der BND unendlich lange brauchen würde, bis er dahinterkam.»

«Und die Polen konnten damit Geld verdienen?»

«Es gab viele Interessenten in aller Welt, die damals zu begreifen begannen, daß man sich den neuen technologischen Entwicklungen nicht verschließen darf.»

«Warum besitzt Polen dann nicht längst eine innovative Computerindustrie?»

«Ja», nickte Kasman betrübt. «Das hat andere Gründe. In Polen nutzt man alle Möglichkeiten immer vom falschen Ende her. Unsere Behörden sind nicht gerade für ihre Flexibilität bekannt.»

«Wann ist Ihnen der BND auf die Schliche gekommen?»

«Das muß einige Monate her sein. Gemerkt habe ich es am 15. März, als ich auf einem Kongreß in Salzburg war. Irgend so ein Trottel hat mich so auffällig beschattet, daß ich gleich wußte, was los war. Ich habe sofort meine Sachen gepackt, bin zurückgefahren und habe meine lange geplante Flucht in die Tat umgesetzt.»

«Vorher haben Sie noch eine Karte aus Salzburg an Hanna geschickt.»

Er sah mich überrascht an: «Woher wissen Sie das?»

«Ich habe die Karte gefunden. Kurz nachdem Hanna sie bekommen hat, ist sie entführt, beziehungsweise vernommen worden. Und dann, kaum waren Sie von der Bildfläche verschwunden, tauchten die beiden Mormonen bei mir auf, weil sie mitbekommen hatten, daß ich mit Hanna gesprochen und die Entführung mehr oder weniger beobachtet hatte. Sie suchten Hanna, um an Sie ranzukommen. Und so kam ich mit ins Spiel. Und nun sind wir alle drei mehr oder weniger gefährdet, nehme ich an?»

«In Grenzen», sagte Kasman. «Ich glaube, mehr als eine verirrte Kugel brauchen Sie nicht zu fürchten.»

«Das beruhigt mich sehr.»

«Du machst ihm angst, Richard», sagte Hanna.

«Das will ich ja.»

«Wenn wir nun also soweit sind», sagte ich. «Welche Rolle soll ich denn Ihrer Ansicht nach in diesem Spiel spielen?»

«Die des Journalisten. Sie sind meine Trumpfkarte, wenn irgend etwas schiefgeht. Außerdem gibt es kein schöneres Mittel, den BND zu lähmen und ihn so zu blamieren.»

«Ich soll Gerüchte in die Welt setzen?»

Kasman schüttelte den Kopf: «Ich will Ihre Karriere nicht ruinieren. Sie sollen nur über das berichten, was geschieht. Eventuell könnte es schon ausreichen, dem BND zuvorzukommen und den Spionagefall bei ATX aufzudecken. Wie ich sie kenne, wird sie das ins Wanken bringen.»

«Was habe ich davon?»

«Sie wollen doch eine heiße Story, oder nicht? Ich kann Sie Ihnen liefern. Dazu ein Interview mit dem polnischen Meisterspion und so weiter ...»

«Dabei kann es natürlich passieren, daß ich die Bekanntschaft mit einer verirrten Kugel mache.»

«Mit einer verirrten Kugel hast du bereits Bekanntschaft geschlossen», warf Hanna ein und deutete auf sich selbst.

«Sie können außerdem mit einer großzügigen finanziellen Entschädigung rechnen, Herr Tolonen.»

«Sie sind wohlhabend?»

Er zuckte mit den Schultern.

«Richard hat immer noch ein zweites und ein drittes Eisen im Feuer», erklärte Hanna.

«Zur Sicherheit», murmelte Kasman.

«Ich glaube nicht, daß mich meine Agentur vermissen wird, wenn ich ein paar Tage recherchiere», sagte ich und sah Hanna dabei an. Sie lächelte.

Kasman nickte zufrieden: «Ich brauche Sie außerdem als Kurier. Ich kann mich momentan nicht aus diesem Haus wagen.»

«Meinen Sie nicht, daß es leicht sein wird, Sie als Mieter oder Besitzer dieses Landhauses ausfindig zu machen?»

Er schüttelte den Kopf: «Das Haus wurde von jemand anderem gekauft.»

«Das Auto ist sehr auffällig.»

«Auch der Wagen gehört mir nicht. Außerdem hat er neue Nummernschilder bekommen.»

«Vielleicht haben wir unsere Verfolger noch nicht abwimmeln können ...»

«Die haben wir verdammt weit hinter uns gelassen!» sagte Hanna.

«Zu wem wollen Sie mich als Kurier schicken?» fragte ich Kasman.

«Der Kontakt zu meinen Leuten ist abgebrochen», sagte er. «Aber heute wird ohnehin nichts mehr draus – ich muß erst mal alles rekapitulieren. Außerdem brauche ich etwas Schlaf, ich bin die ganze Nacht hindurch gefahren. Wenn Sie nichts dagegen haben, ziehe ich mich für ein paar Stunden zurück.» Er erhob sich aus seinem Sessel.

«Das Bett in deinem Zimmer ist nicht benutzt worden», sagte Hanna.

«Hab ich schon bemerkt», sagte er.

Auch ich stand auf, um ihm meinen Sessel aus dem Weg zu schieben. Als er neben mir stand, merkte ich, daß er etwas größer war als ich. Und auch kräftiger. Der Meisterspion war eine stattliche Erscheinung.

Er hinkte nach draußen in den Flur.

Wir hörten seine langsamen Schritte die Holztreppe hinaufgehen. Als sie verklungen waren, sah Hanna mich erwartungsvoll an:

«Na, wie findest du ihn?»

«Für einen Verräter macht er einen recht anständigen Eindruck.»

Sie verzog ihr Gesicht: «Er ist kein Verräter. Er hat immer für seine Ideale gekämpft. Er ist ein Soldat.»

«Welche Ideale?»

«Polen und der Kommunismus.»

«Das sind nicht gerade die neuesten Ideen, für die man kämpfen könnte.»

«Mach dich nicht über meinen Vater lustig, Tolonen! Er weiß ganz genau, was er tut und warum er es tut.»

«Wenn das stimmt, hat er dem größten Teil der Menschheit einiges voraus.»

«Hat er auch», sagte sie bestimmt, «sein ganzes Leben lang.»

«Erzähl mir davon», sagte ich.

12

In Kasmans Landhaus war kein Telefon, und so mußte ich ins nahegelegene Dorf fahren, um Kreissberg anzurufen. Er hatte seine Grippe überwunden und saß wieder an seinem Arbeitsplatz in der Agentur.

«Tolonen, altes Haus!» schrie er ins Telefon. «Wo treibst du dich rum?»

«Ich bin hinter einer absolut heißen Geschichte her.»

«Ich bin hinter einer absolut heißen Geschichte her», äffte er mich nach. «Ich hab auch schon bessere Ausreden gehört.»

«Ein politischer Skandal, Kreissberg . . .»

«Ein Skandal ist es, wie dein Schreibtisch aussieht. Es schwappt schon zu mir rüber – außerdem läuft hier noch ein quicklebendiger Skandal herum.»

«Was soll das heißen?»

«Deine Freundin weint sich die Augen aus dem Kopf.»

«Welche Freundin?»

«Na, der Kurzrock . . .»

«Ich weiß nicht, wen du meinst.»

«Die Reißwölfin, Mensch, die sich immer so weit nach vorne beugt, daß man . . .»

«Schon gut, ich weiß, wen du meinst. Was ist mit ihr?»

«Was mit ihr ist, du Idiot? Du hast sie zu dieser Sängerin geschickt, und die hat sie beinahe vergewaltigt.»

«Du spinnst, Kreissberg!»

«Unser Minirock hat erzählt, daß sie sich wie eine Furie gebärdet hat. Sie hätte sie beinahe erdrückt.»

«Mußt du dir immer solche schwachsinnigen Geschichten ausdenken?»

«Ich denke mir gar nichts aus», sagte Kreissberg. «Ich hab gar keine Phantasie.»

«Was ist mit dem Interview?»

«Ja, eben, darum geht es ja – sie hat es abgetippt. Es ist eine einzige verbale Müllhalde. Und nun sitzt sie mit roten Augen neben dem Reißwolf und wartet darauf, daß du dich ihrer annimmst.»

«Ich habe keine Zeit, mach du das.»

«Ich? Ich soll das Gelalle der Opernsängerin zurechtsägen? Du willst mich wohl verarschen!»

«Ich werde mich revanchieren . . .»

«Das haut nicht hin», sagte er. «Kurzrock mag mich nicht.»

«Wenn du deine Hände ruhig hältst, wird es schon klappen.»
«Mit meinen Händen hab ich noch niemanden belästigt.»
«Lad sie auf meine Kosten zum Essen ein.»
«Dann stehe ich morgen wegen Vergewaltigung vor Gericht. Du weißt doch, wie die Mädels sind heutzutage – militante Feministinnen.»
«Wenn's schiefgeht, wird dich dein Freund Menzel schon wieder raushauen.»
«Du weißt heute wohl auf alles eine Antwort?»
«Du hast es erfaßt.»
«Ich bin heute nicht in Form», murmelte er. «Aber sag mir wenigstens, wo du zur Zeit bist?»
«Kann ich nicht.»
«Ich glaube, deine heiße Story ist eine Bettgeschichte, Tolonen.»
«Ist es nicht, du Neidhammel.»
«Hör mal, mein Freund, ich wäre der letzte, der dir nicht mal einen knackigen Arsch im Bett wünschen würde ...»
«Tschüß, Kreissberg», sagte ich und legte auf.
Hanna hatte während des Gesprächs im Wagen gewartet.
«Mit wem hast du gesprochen?» fragte sie neugierig, als ich ins Auto stieg.
«Mit einem Kollegen.»
«Mit diesem ekelhaften Kreissberg?»
«Ja.»
«Pfui Teufel», sagte sie naserümpfend.
Wir fuhren zum Haus zurück und machten es uns in der Sitzecke bequem, nachdem ich zwei dicke Holzscheite auf das Feuer gelegt hatte.
«Wie lange werden diese Ferien dauern?» fragte ich.
«Nicht lange. Wir können froh sein, wenn wir heute noch unsere Ruhe haben.»
«Ist er in Schwierigkeiten?»
«Es ist ja sein Beruf, Schwierigkeiten zu haben, das ist nichts Besonderes.»
«Aber es ist das Ende seiner Karriere?»

«Das Ende einer doppelten Karriere – als Wissenschaftler und als Agent.»

»Hoffentlich kein unangenehmes Ende.»

«Hoffentlich», sagte sie leise. «Bisher ging es immer gut, wahrscheinlich liegt es daran, daß er seine Unternehmungen meistens allein geplant und durchgeführt hat. Immer geht das natürlich nicht – wie man sieht, hat er diesmal Hilfe nötig. Ohne uns säße er hier fest.»

«Was will er machen, wenn er diese Geschichte hinter sich gebracht hat?»

«Er träumt von einem Lebensabend in seiner Heimat.»

«In Polen?»

«Ja. Wenn man Geld hat, läßt es sich dort gut leben.»

«Als verdienter Kämpfer für den Sozialismus.»

«Ja.»

«Und du?»

«Ich bleibe hier. Polen ist für mich weit entfernt ...»

«Und der Sozialismus?»

«Genauso weit. Ideologien interessieren mich nicht. Wie ist das bei dir, Tolonen?»

«Je mehr ich über Politik nachdenke, um so weniger kann ich mich entscheiden.»

«Es ist alles sehr unübersichtlich geworden ...»

«Vielschichtig, nicht unübersichtlich. Es gibt keine einfachen Lösungen mehr.»

«Für Richard schon.»

«Er gehört einer aussterbenden Spezies an», sagte ich. «Patrioten und Idealisten gibt es nicht mehr viele.»

«Nur noch korrupte Egoisten», sagte sie, «so wie wir.»

«Wie ist er zum Agenten geworden, warum ist er in den Westen gekommen?»

«Als Juden haben wir es in Polen nicht leicht gehabt. Zwar hat lange Zeit die Parteispitze zum größten Teil aus Juden bestanden – Bierut, Berman und viele andere im Zentralkomitee. Aber das bedeutete nicht, daß man die Juden in Polen deshalb mehr geliebt hätte.» Sie lachte abfällig: «Das Gegenteil war wohl eher der Fall. Den Juden in der Staatsführung warf man vor, daß sie sich bedingungslos der Sowjetunion unterworfen hätten, daß sie keine Patrioten seien, sondern Kosmopoliten, die aus Polen am liebsten eine weitere Sowjetrepublik machen wollten. Vor dem Krieg waren immerhin drei Millionen polnische Bürger Juden gewesen, das muß man sich vorstellen! Es sind wenige davon übriggeblieben. Vor allem in der Kommunistischen Partei waren viele.»

«Und die sind nach dem Überfall der Deutschen nach Moskau ins Exil gegangen?»

«Genau – wie auch Richards Vater, mein Großvater. Richard war damals elf Jahre alt. Seine Mutter wurde von den Deutschen umgebracht. Er blieb bis zum Kriegsende in Moskau. Dabei hatte er Glück, denn die Russen haben viele Polen verschleppt – vor allem auch Kommunisten. Tausende sollen umgebracht worden sein – ich weiß nicht, wieso diese schrecklichen Dinge passiert sind, sie gehörten doch alle der gleichen Partei an ...»

«Stalin ...» warf ich ein.

«Ja, Stalin, er war auch ein Judenfeind. Ist das nicht seltsam? Man fragt sich doch, wo die ganzen Judenfeinde herkommen. Selbst viele von denen, die mit Juden zusammenarbeiten, sind Antisemiten ...»

Sie schwieg einen Moment.

«Wie dem auch sei», fuhr sie dann fort, «nach dem Krieg kehrte Richard mit seinem Vater nach Polen zurück – er war gerade siebzehn Jahre alt. Die Partei wurde neu gegründet – sie war übrigens nicht etwa von den Nazis verboten worden, sondern von Stalin, und zwar schon im Jahre 1938 – wußtest du das? Und trotzdem sind sie alle in die Sowjetunion ins Exil gegangen. Und viele kamen nicht mehr zurück. Es ist absurd.»

«Es ist noch absurder, trotzdem Kommunist zu bleiben.»

«Ja, Richard ist Kommunist geblieben – wie sein Vater. Großvater machte Karriere als Parteisekretär in Poznan, und Richard wurde Jugendfunktionär. Später, nach dem Studium, war er dann in verschiedenen staatlichen Wissenschaftsgremien tätig.»

«Bis 1968.»

Sie nickte: «Bis 1968 – dann brach das Unheil über uns herein. Ich habe damals nichts verstanden. Mir war ja lange Zeit nicht einmal bewußt gewesen, daß ich Jüdin bin, und daß ich deshalb anders sein sollte. Als Kommunisten hatten wir mit der Religion überhaupt nichts zu tun ...» Sie schüttelte den Kopf. «Plötzlich aber war ich eine Ausnahme in der Schule, wurde von manchen Lehrern schlecht behandelt, und viele Schulkameraden wollten nichts mehr mit mir zu tun haben – oder riefen mir Schimpfworte hinterher. Schimpfworte, die ich selber schon gebraucht hatte – auch das Wort Jude habe ich schon mal hinter einem hergerufen, es ist eben ein Schimpfwort in Polen. Jetzt wurde es mir hinterhergerufen – ich war auf einmal die Jüdin, die alle verachteten. Schließlich bin ich gar nicht mehr in die Schule gegangen. Vater – Richard hat mich zu einer Tante aufs Land geschickt. Meine Mutter starb ein halbes Jahr nach meiner Geburt, ich habe sie nicht gekannt, meine Tante hatte teilweise ihre Rolle übernommen. Ich verbrachte meine Ferien meistens bei ihr auf dem Dorf. Aber auch dort war es nicht einfach. Obwohl die Bauern immer sehr freundlich zu uns gewesen sind, haben sie einen deutlichen Trennungsstrich gezogen. Ich konnte es überhaupt nicht verstehen und habe immer wieder nach irgendwelchen körperlichen oder geistigen Mißbildungen gesucht ... und viele gefunden. Ich hatte eine enorme Phantasie. Und dann fingen die Demonstrationen gegen die sogenannten zionistischen Verräter an, und selbst im Fernsehen hat man mit Worten auf uns eingeprügelt. – Es war ein komisches Gefühl, mit der Tante vor dem Fernsehen zu sitzen und von den Sprechern beleidigt zu werden. Meine Tante fing an zu weinen, dann wieder wurde sie zornig und fluchte auf die Polen, die Nichtsnutze, die ohne die Juden nicht einmal einen eigenen Staat aufgebaut hätten – was natürlich Unsinn war. Dann schickte sie mich immer zu früh ins Bett. Da lag ich dann wach, und das Tageslicht drang durch die dünnen Vorhänge, und ich fragte mich, was ich getan hatte, daß alle so zornig auf mich waren, und warum ich keine Polin mehr sein durfte. Ich war immer sehr stolz auf Polen gewesen, weil mir die Geschichte des Landes mit seinen Königen und Adeligen und Freiheitshelden so gut gefallen hat ... Das ist jetzt alles vorbei, aber damals habe ich meine Nation verloren.»

Sie schwieg. Sie hatte die Augen geschlossen. Erst nach einigen Minuten fuhr sie fort:

«Nach einigen Monaten kam Vater zu uns aufs Land. Er nahm mich mit nach Warschau, wo wir gewohnt hatten. Die Wohnung war schon so gut wie leer – er hatte alle Möbel verkauft. Er erklärte mir nicht viel, nur, daß wir zu Freunden ins Ausland fahren würden. Ich war froh. Wenn wir zurückkommen würden, wäre der Spuk vorbei, die Welt würde wieder in Ordnung sein, dachte ich. Wir flogen nach Israel – mit vielen anderen Flüchtlingen. Wir mußten einige Male umsteigen. Es war eine anstrengende Reise. Aber die Erlösung war es nicht. Richard fand zwar Arbeit an einer Universität, aber sie gefiel ihm nicht. Außerdem verachtete er die israelische Gesellschaft. Er schimpfte ständig über den amerikanischen Imperialismus, der sich im Lande breitgemacht hätte, und sprach nur noch positiv von den Arabern. So blieb sein Freundeskreis klein, denn die meisten anderen Flüchtlinge sagten sich vom Kommunismus los – er blieb ihm treu, auch wenn er nach einem Jahr aufhörte, mit den wenigen Bekannten, die er hatte, darüber zu diskutieren. Schließlich zog er sich ganz aus politischen Kreisen zurück. Und dann, Anfang 1971, ging er nach Deutschland. Ich mußte wieder bei meiner Tante bleiben, die inzwischen auch nach Israel gekommen war. Unter falschem Namen flog er nach München. Ich nahm den Namen meiner Tante an – und so heiße ich heute noch. Als ich 18 Jahre alt war, folgte ich ihm nach Deutschland. Er arbeitete dort wieder als Wissenschaftler und hatte eine gutbezahlte Stellung – bei ATX. Wir haben jedoch nie mehr zusammengelebt und uns selten getroffen. Ich wurde dann Schauspielerin – und den Rest der Geschichte kennst du ja.»

«Das war ein langer Weg», sagte ich.

«Ja», sagte sie, «ich habe auch keine Lust, noch einen Schritt weiter zu gehen.»

«Ausgerechnet Deutschland», murmelte ich.

«Mir gefällt es hier. Ich habe Erfolg, ich habe Geld. Und

was den Antisemitismus betrifft – den gibt es überall auf der Welt.»

«Und er will wieder nach Polen zurück?»

«Ja.»

«Wie soll das funktionieren?»

«Da mußt du ihn selbst fragen, ich bin nur der Lockvogel gewesen, um dich mit hineinzuziehen.»

«Nett, wie uns das Schicksal zusammengebracht hat ...»

«Das wird sich noch herausstellen.»

«Wie kommt es, daß er hinkt?»

«Er ist angeschossen worden.»

«Wann?»

Sie lächelte: «Kein Grund zur Aufregung: Kurz nach dem Krieg, als in Polen dieser sinnlose Bürgerkrieg tobte – zwischen den Kommunisten und den Nationalisten. Es geschah bei irgendeinem Scharmützel im Wald zwischen Soldaten der Heimatarmee und Volksarmisten.»

«Er war natürlich bei der Volksarmee.»

«Als Kommunist – selbstverständlich.»

«Für einen Kommunisten scheint er einen ausgeprägten Hang zum Luxus und schnellen Autos zu haben.»

«Kommunisten sind auch Menschen.»

Am Abend hatte ich wieder Gelegenheit, mit dem noblen Kommunisten zu sprechen.

«Es wundert mich, daß Sie sich fragen, warum ich meiner Überzeugung treu geblieben bin», erklärte er. «Ich habe bis heute keine stichhaltigen Beweise dafür gefunden, daß ich mich auf dem Holzweg befinde.»

«Dem Kapitalismus geht es besser als je zuvor.»

«Unsinn! Sie sehen nur die Spitze des Eisbergs. Zum Kapitalismus gehören die Länder in der Dritten Welt – die im Elend leben, weil sie von den Industrieländern ausgebeutet werden. Das sind die zwei Gesichter des Kapitalismus – und nun erklären Sie mir mal, wie Sie die Verelendungstheorie von Marx widerlegen wollen.»

«Gerade Polen ist aber ein Beispiel für die Verelendung im Sozialismus.»

«Weil die Arbeiterklasse dort verweichlicht ist! Beten und nicht arbeiten ist ihre Devise. Und dann kommt dieser Bauerntölpel Leszek an und faselt von Ungerechtigkeit, dabei sind die Arbeiter im Verzug. Wer sein Plansoll nicht erfüllt, muß sich nicht beschweren, daß er nichts zu beißen hat.»

«Mir scheint eher, daß der Staatsapparat nicht funktioniert.»

«Es sollte einiges rationalisiert werden», räumte er ein. «Aber solche Maßnahmen werden boykottiert – von diesen Leuten, die sich Solidarität nennen. Was für ein alberner Name, wenn man bedenkt, daß sie den Kapitalismus wieder einführen wollen.»

«Aber Solidarność erkennt doch den Sozialismus und die führende Rolle der Partei an.»

«Das ist Taktik und Heuchelei. Sie wollen Polen dem Westen in die Hände spielen. Welche Konsequenzen das hätte, ist jedem klar: Von der einen Seite rücken die Ost-Deutschen ein, von der anderen die Russen – wir kennen das ja schon –, und schließlich ist Polen zum fünftenmal geteilt. Und dann für immer! Die einzigen, die das verhindern können, sind wir! Ohne die polnischen Kommunisten wäre unser Land längst so platt gewalzt worden wie ein Pfannkuchen.»

Und so ging es eineinhalb Stunden lang. Es war ein zweifelhaftes Vergnügen, mit einem polnischen Altkommunisten über Politik zu diskutieren. Er wußte auf alles eine Antwort und konnte sich aus jeder argumentativen Sackgasse herausmanövrieren. Ich war froh, als er endlich über sich redete.

«Der Kommunismus hat in unserer Familie Tradition», sagte er. «Schon mein Vater war in der Sozialdemokratischen Partei Polens und Litauens aktiv, zusammen mit Rosa Luxemburg übrigens. Später dann gehörte er der KPP an. Er war einer der Aktivisten der Räterepublik von Białystok im Jahre 1920. Er hat Lenin persönlich gekannt!»

«Was war er von Beruf?»

«Verschiedenes, hauptsächlich Lehrer, später Politiker.»

«Wie konnte er akzeptieren, daß Stalin die KPP 1938 auflöste und ihre Führung ermordete?»

«Es war nicht Stalin, es war die Komintern, die die Partei

auflöste. Es war ein tragisches Mißverständnis. So etwas kommt vor. Es waren unruhige Zeiten.»

«Und Sie sind in Moskau zur Schule gegangen?»

«Ich habe Glück gehabt. Viele sind ja in Sibirien gelandet – und später zurückgeholt worden, wohlgemerkt. Ich hatte es einfacher. Und so war ich auch von Anfang an dabei, als wir Polen befreiten und den Wiederaufbau einleiteten. Mein Vater ist mit der Roten Armee eingerückt, und so erlebte ich die letzten Tage des Sieges mit. Es waren die schönsten Tage meines Lebens. Wir haben das Land befreit und sofort damit begonnen, es aufzubauen.»

«Ohne freie Wahlen, wohlgemerkt.»

«Freie Wahlen!» sagte er abfällig. «Das Volk hatte gewählt – es wollte Polen aus den Trümmern neu und gerecht aufbauen. Die einzige Kraft, die das konnte, war der Kommunismus. Alle anderen Parteien wurden von feigen und zerstrittenen Schwächlingen geleitet, die sich noch nicht einmal ins Land trauten.»

«Die Londoner Exilregierung.»

«Pah, die haben sich in ihrem Selbstmitleid gesuhlt. Wir haben den Sozialismus aufgebaut! Und wir haben die nationale Unabhängigkeit gewahrt.»

«In Grenzen», sagte ich.

«Natürlich in Grenzen! Wir waren schließlich keine Träumer.»

«Hat es Sie nicht enttäuscht, was daraus geworden ist?»

«Nein, niemals.»

«Und nun wollen Sie in das zerrüttete Land zurück. Polen ist nicht nur finanziell bankrott.»

«Das ist eine vorübergehende Erscheinung, Herr Tolonen.»

«Vorläufig aber sitzen Sie selbst in der Klemme.»

«Mit Ihrer Hilfe», sagte Kasman, «komme ich lässig wieder raus.»

«Wenn es sich für mich lohnt, stehe ich Ihnen zur Verfügung.»

Er nickte befriedigt: «Gut, sehr schön. Sie bekommen ein Interview, mit dem Sie ein Buch füllen können. Über eine finanzielle Entschädigung läßt sich außerdem noch reden – das hängt vom Erfolg ab.»

«Sie wollen Profit machen?» fragte ich belustigt.

«Es hat mir schon immer Vergnügen bereitet, dem Klassenfeind das Geld aus der Tasche zu ziehen», sagte er mit einem boshaften Lächeln.

«Ich bin gespannt.»

«Ich habe darüber nachgedacht. Ich schicke Sie morgen nach Frankfurt. Vorher werde ich per Telegramm ein Treffen arrangieren. Sie dürfen nur eines nicht vergessen: ob Freund oder Feind – niemand darf meinen Aufenthaltsort kennen. Sonst wird es gefährlich – auch für Hanna.»

«Ist mir klar.»

«Gut. Ich erkläre Ihnen morgen früh, wie das Spiel gespielt wird.»

«Sind Sie sicher, daß Sie mir vertrauen können?» fragte ich.

«Ich habe Erkundigungen über Sie eingezogen – Sie haben eine heiße Story bitter nötig. Geld haben Sie wahrscheinlich genauso nötig. Und wenn Sie weiterhin das Bett mit meiner Tochter teilen wollen, müssen Sie sich ein wenig um ihre Familie kümmern.»

Den Rest des Abends verbrachten wir in trauter Familienrunde – beim Pokern. Wir spielten um Złoty – Kasman besaß einen ganzen Sack. Er gab mir ein Grundkapital und versprach, den eventuellen Gewinn in Dollar auszuzahlen. Das hätte sich gelohnt. Wenn ich gewonnen hätte. Statt dessen gewann Hanna. Sie tröstete mich darüber hinweg.

Der nächste Tag sollte weniger Gelegenheit zur Romantik bieten.

13

Mit meinem Köfferchen in der Hand trat ich aus dem Frankfurter Hauptbahnhof. Es war schon dunkel, regnete in Strömen, und die Welt sah unangenehm häßlich aus.

Ich hatte eine lange Reise hinter mir. Hanna hatte mich in einen kleinen Ort in der Nähe von Flensburg gefahren. Von dort aus hatte ich einen Überlandbus nach Flensburg genommen und anschließend einen Eilzug nach Hamburg. Während sich der Zug langsam der Stadtgrenze näherte, dachte ich wehmütig an meinen Wagen, der noch immer in Duvenstedt stand. Kasman hatte mir eingeschärft, ihn dort stehenzulassen, um keine Verfolger auf meine Spur zu locken. Aus dem gleichen Grund sollte ich in Hamburg mit der S-Bahn nach Harburg fahren, dann zunächst einen Zug nach München besteigen und in Hannover den Intercity Richtung Frankfurt nehmen. Die Fahrkarte dagegen sollte ich bis Basel lösen, um es niemandem zu einfach zu machen. Beim Umsteigen in Hamburg wäre ich am liebsten die wenigen Straßen nach Hause gegangen, um mir etwas anderes anzuziehen und ein paar frische Hemden mitzunehmen. Aber gerade Hamburg war der kritische Punkt, hier würde man am ehesten nach mir suchen. Also ließ ich mich von einer Menschentraube direkt in die S-Bahn schieben. Erst als sich die Türen schon geschlossen hatten, merkte ich, daß ich vergessen hatte, eine S-Bahn-Fahrkarte zu lösen. Zum Glück wurde ich nicht kontrolliert.

Nirgendwo auf der Strecke konnte ich ein bekanntes Gesicht oder eine verdächtige Gestalt ausfindig machen. Was nichts heißen mußte, ich war nun einmal ein Amateur auf diesem Gebiet. Zwischen Göttingen und Frankfurt schaffte ich es sogar, mich auf die Lektüre einiger Zeitungen und Zeitschriften zu konzentrieren, die ich mir in Hannover besorgt hatte.

Der Taxifahrer, der mich zum *Hotel Damaskus* fuhr, wollte mich zunächst gar nicht mitnehmen, da er der Meinung war, zu Fuß könne ich es schneller erreichen. Erst nachdem ich ihm klargemacht hatte, daß ich keinen Schirm dabeihatte, war er einverstanden.

An der ersten roten Ampel sah er mich skeptisch an und fragte, wieso ich ausgerechnet das *Damaskus* ausgewählt hätte. Ich erklärte ihm, daß ich dort einen arabischen Geschäftsfreund treffen wolle. Trotzdem versuchte er mich zu überreden – sollte ich länger bleiben –, ein «deutsches Haus» zu beehren. In einem ähnlichen Hotel wie dem *Damaskus* habe es erst vor kurzem eine Messerstecherei gegeben.

Nach diesen Erklärungen konnte mich der Anblick der drekkigen Hausfassade in einer engen Seitenstraße kaum noch erschüttern. Der Schriftzug *Hotel Damaskus*, der von einigen arabischen Zeichen ergänzt wurde, war in schwarzen Blockbuchstaben auf ein weißes Schild geschrieben, das von einer leicht flackernden Leuchtstoffröhre erhellt wurde.

«Die ganze Straße wird demnächst abgerissen, hier kommt ein neuer Hochhauskomplex hin», sagte der Taxifahrer zum Abschied. «Der ganze Müll kommt weg.»

Ich fragte mich, ob er mich mit dieser Bemerkung beruhigen oder beunruhigen wollte.

Durch eine uralte Tür ohne Klinke, die nur angelehnt war, gelangte ich in einen von einer grellen Deckenlampe erleuchteten Korridor, der auf eine Tür zuführte, die nachträglich mit Hilfe einiger Balken eingebaut worden war. An der Wand war eine Klingel angebracht. Ich drückte darauf und wartete eine halbe Minute, bis der Summer ertönte.

Hinter der Tür führte ein abgetretener farbloser Läufer in ein Treppenhaus. Das Hotel residierte im ersten Stock, wo sich zu beiden Seiten des Treppenhauses dunkle Gänge erstreckten. An der Wand hing ein Tourismus-Poster mit arabischer Aufschrift. Es zeigte einen orientalischen Basar. Ich fand die Vermutung, daß es sich wahrscheinlich um *Damaskus* handelte, durchaus plausibel. Auf einem an die Wand geklebten Zettel unter dem Poster stand unter einem arabischen Schriftzug: *Empfang*, darunter zeigte ein Pfeil nach links. Durch die geöffnete Tür des ersten Zimmers im linken Gang fiel ein Lichtschein.

Auf zwei Hockern saßen zwei Männer, ein älterer und ein etwa vierzigjähriger, beide mit grauen Schnauzbärten und grauen Haaren. Sie waren sehr nachlässig gekleidet – zu schmutzigen weiten Hosen trug der eine ein graues, der jüngere ein kariertes Hemd. Sie tranken Tee aus kleinen Schälchen, der alte Mann hielt ein krümeliges Gebäckstück in der Hand, der jüngere eine Zigarette. Sie sahen mich aufmerksam an, als ich im Türeingang stehen blieb.

«Ich möchte ein Zimmer», sagte ich.

Der Vierzigjährige nickte schwach und sah mich aus schwarzen Augen unter buschigen Augenbrauen ohne Gemütsbewegung an. Der Alte biß mit seinem zahnlosen Mund in das Gebäckstück.

«Es muß ein sehr ruhiges Zimmer sein», sagte ich.

«Ruhiges Zimmer ist sehr teuer», sagte der Jüngere müde mit holpriger Aussprache und schenkte sich aus der kleinen bunten Teekanne neben seiner Tasse frischen Tee ein.

«Ich kann ein teures Zimmer bezahlen.»

«Hundert Mark für die Nacht. Wie viele wollen Sie bleiben?»

«Das weiß ich noch nicht.»

«Dann zahlen Sie zwei Tage voraus.»

Ich nickte und zählte zweihundert Mark ab. Es war zum Glück nicht mein eigenes Geld.

Der Mann stand auf, steckte sich die Scheine in die Hosentasche und deutete auf den kleinen Koffer, der neben mir stand:

«Ist das Ihrer?»

«Ja, natürlich.»

Er nahm ihn und ging voraus in den dunklen Korridor. Nachdem er einen Lichtschalter betätigt hatte, leuchteten zwei nackte schwache Glühbirnen, die von der Decke hingen, auf. Ich zählte fünf Türen auf jeder Seite. Das Zimmer war etwa zwölf Quadratmeter groß. Ein kleines Fenster mit einer Lüftungsklappe ging zum Innenhof, aus dem ein gleichmäßiges Brummen zu hören war. Die Zimmereinrichtung bestand aus einem kleinen Tisch mit Stuhl, einem Bett mit dünner Matratze und zerschlissenem Bettzeug und einem Waschbecken. Der Spiegel über dem Waschbecken fehlte, statt dessen hing dort eine Art orientalisches Pin-up-girl – mit durchsichtigen Schleiern bekleidet.

Mein Gastgeber blies den Rauch seiner Zigarette ins Zimmer und frage: «Ruhig genug?»

«Ja.»

«Gut», sagte er und schlurfte nach draußen.

«Ich erwarte Besuch», sagte ich, und er drehte sich wieder um.

«Besuch kostet.»

«Der Besuch zahlt selbst», sagte ich.

Er schlurfte davon.

Ich schloß die Zimmertür und fragte mich, ob der Aufwand mit diesem geheimnisvollen Quartier nicht überflüssig war. Kasman hatte darauf bestanden, daß ich seine Instruktionen ohne Widerrede befolgte. Ich sollte in diesem Zimmer so lange warten, bis sich jemand bei mir melden würde. Ich war mir nicht sicher, ob ich es länger als ein paar Stunden in diesem schmuddeligen Gefängnis aushalten würde.

Ich versuchte herauszufinden, woher das Brummen kam, aber in dem dunklen Innenhof war nichts zu erkennen. Nur in zwei kleinen Fenstern war hinter zugezogenen Vorhängen Licht zu sehen.

Aus dem Nebenzimmer ertönten die weinerlichen Klänge arabischer Popmusik. Ich legte mich auf das Bett, öffnete eine Dose Cola, die ich am Bahnhof gekauft hatte, und nahm mir eine Zeitung vor.

Eine Stunde später döste ich ein. Die Reise war sehr anstrengend gewesen, und dieser kahle Alptraum von einem Zimmer drängte mich geradezu, die Augen zu schließen.

Ich erwachte von einem zaghaften Klopfen an der Tür. Es dauerte einige Sekunden, bis ich mich dazu entschließen konnte, aufzustehen und zu öffnen. Während ich in meine Schuhe schlüpfte, klopfte es noch einmal.

Ich rief: «Moment», stolperte zur Tür und drehte vorsichtig den Schlüssel um. Ich war auf eine unangenehme Überraschung gefaßt.

Ich öffnete die Tür einen Spalt breit. Draußen im Halbdunkel stand eine Frau. Das beruhigte mich, obwohl es keinen Grund dafür gab. Ich zog die Tür ganz auf und sah eine Pistole in ihrer Hand.

Ich sah auf die Pistole, sah auf die Frau und war ratlos. In dieser Umgebung machte das alles einen sehr unwirklichen

Eindruck. Unwillkürlich wollte ich mich umdrehen und nachsehen, ob ich noch auf dem Bett lag und träumte.

Sie hielt mir ihre Waffe unter die Nase und flüsterte:

«Los, rein!»

Das war kein Traum mehr. Ich stolperte zwei Schritte zurück. Sie trat ein und deutete mit der Pistole auf das Bett:

«Setzen Sie sich da rüber!»

Es war eine kleine, fast zierliche Waffe. Sie sah niedlich und ungefährlich aus.

«Lassen Sie Ihre Hände da, wo ich sie sehen kann!»

Die Frau sah ebenfalls zierlich aus, wenn auch weniger niedlich. Sie mußte etwa Anfang Vierzig sein und erinnerte mich an eine Sachbearbeiterin im Finanzamt. Sie trug eine große Brille und Dauerwellen und hatte das Hausfrauengesicht jenes Typs, der schon mit zwanzig aussieht wie fünfzig. In ihrem Mund entdeckte ich einen Goldzahn. Es war das einzige, was an ihr glänzte. Sie trug einen dunkelblauen altmodischen Regenmantel, der alles andere als elegant geschnitten war, darunter einen Pulli und eine Hose in beige-grün. Die klumpigen amerikanischen Turnschuhe, die sie trug, imponierten mir dagegen – sie mußte sich zweifellos etwas dabei gedacht haben, sie heute zu tragen. Ich konnte mir nicht vorstellen, daß sie sie freiwillig auch tagsüber trug.

«Sind Sie sicher, daß Sie sich nicht in der Tür getäuscht haben?» fragte ich müde, nachdem sie sich den Stuhl so zurechtgestellt hatte, daß sie mich und die Tür zugleich im Auge behalten konnte.

«Wer sind Sie?» fragte sie mit schnarrender Stimme. Auch sie war nervös.

«Mein Name ist Tolonen.»

Ihr Blick schweifte durchs Zimmer, auf der Suche nach etwas, das ihr erklären konnte, ob ich es wirklich bin.

«Tolonen? Und wie weiter?»

«Das ist mein Nachname.»

Sie wurde von Sekunde zu Sekunde unsicherer. Ihre linke Hand glitt in die Tasche ihres Mantels, die rechte mit der

Pistole lag in ihrem Schoß, der Lauf immer noch auf mich gerichtet.

«Was machen Sie hier?» fragte sie weiter.

Das war eine blöde Frage.

«Wenn Sie mir sagen, wen Sie suchen, kann ich Ihnen vielleicht weiterhelfen», sagte ich.

«Kasman», sagte sie leise, fast flüsternd.

«Ich bin Kasmans Laufbursche. Wer hat Sie geschickt?»

Sie sah mich prüfend an: «Können Sie das beweisen?»

«Beweisen kann ich gar nichts, solange Sie nicht zugeben, daß Sie vom polnischen Geheimdienst geschickt wurden, um von mir einige Dokumente in Empfang zu nehmen.»

«Welche Dokumente?»

«Sind Sie's nun oder sind Sie's nicht?»

Sie war fast eingeschnappt: «Ja natürlich!» sagte sie mit ihrer Reibeisenstimme.

«Sie sind aber keine Polin, oder?»

Eigentlich hätte sie mich ausfragen müssen. Es war leichtsinnig von ihr, mir die Initiative beim Reden zu überlassen. Sie schien es jetzt zu merken. «Haben Sie die Papiere dabei?» fragte sie drohend und hob ihre Pistole in die Höhe. Den Zeitpunkt, wo sie mir damit hätte angst machen können, hatte sie verpaßt.

«Wenn Sie mir endlich sagen, in wessen Auftrag Sie handeln, können wir zur Sache kommen.»

«Cybulski», sagte sie bitter. Es ärgerte sie, daß ich einen Beweis ihrer Glaubwürdigkeit forderte. Ihrer Unprofessionalität nach zu urteilen, mußte es das erste Mal sein, daß sie einen solchen Auftrag ausführte. Cybulski war der Name, den Kasman mir genannt hatte. Es schien alles in Ordnung zu sein.

«Dann sind wir uns ja einig», sagte ich. «Sie können Ihre Pistole ruhig wegstecken.»

Sie schüttelte den Kopf und behielt sie in der Hand.

«Wo sind die Papiere?» wiederholte sie eindringlich.

«Das gleiche muß ich leider auch Sie fragen», sagte ich. «Ware gegen Ware, ohne Fisimatenten.»

«In meinem Auto», sagte sie, und ich glaubte, allmählich entstehende Mordgelüste in ihrem langweiligen Gesicht ablesen zu können.

«Alles wie abgesprochen? Ausweise, Fluchtpläne?»

«Ja, selbstverständlich. Mit wem, glauben Sie denn, haben Sie es zu tun?»

«Mit einer Frau, die ihre Pistole noch immer auf mich richtet, obwohl wir Geschäftspartner sind.»

«Ich werde die Pistole so lange auf Sie richten, wie ich es für richtig halte.»

«Wie Sie meinen», sagte ich. «Es sieht unbequem aus.»

«Nicht Ihr Problem.»

«Tja ... dann können wir ja gehen.» Ich wollte aufstehen, aber kaum hatte ich mich bewegt, zeigte der Lauf der kleinen Pistole schon wieder auf meinen Kopf. Diese Hausfrau war ganz schön paranoid.

«Sitzen bleiben! Wohin?» schnarrte sie.

«Die Dokumente sind nicht hier, wir müssen sie erst holen.»

«Wieso denn das ? Das entspricht nicht der Abmachung.» Es dämmerte ihr, daß sie ihr Geld nicht in einer Viertelstunde verdienen konnte, und das war ihr verdammt unangenehm.

«Wir haben vereinbart, die Dokumente auszutauschen. Wo es sich abspielt, muß nach den jeweiligen Erfordernissen geregelt werden.»

Es fehlte nicht viel, und sie wäre aufgestanden und gegangen.

«Hören Sie», sagte ich. «Ich kann nichts dafür, wenn Ihre Leute Sie nicht ausreichend informieren.»

Sie fluchte leise vor sich hin.

«Wo müssen wir hin?» fragte sie schließlich.

Ich deutete auf mein Jackett, das hinter ihr über der Stuhllehne hing: «Die Adresse steht auf einem Zettel in meiner Brieftasche – Innentasche.»

Sie stand auf, wechselte die Pistole in die linke Hand und begann, hinter dem Stuhl stehend, in meiner Jacke herumzuwühlen, ohne mich dabei aus dem Auge zu verlieren.

Schließlich hatte sie den Zettel gefunden und faltete ihn auseinander.

«Ich weiß nicht, wo das ist. Kennen Sie sich in Frankfurt aus?»

«Ein Neubaugebiet am Stadtrand», sagte sie. »Wir brauchen mindestens eine halbe Stunde bis dorthin.»

«Reichen Sie mir die Jacke, und wir können sofort los!»

Bevor sie sie mir herüberwarf, durchsuchte sie akribisch sämtliche Taschen. Meine Beteuerungen, daß ich keine Waffe besaß, nutzten mir natürlich nichts.

«Stehen Sie auf und drehen Sie sich zur Wand.»

Während ich mit erhobenen Händen vor dem Bett stand und die dreckige vergilbte Wand anstarrte, grabschte sie mit ihren Händen in meinen Hosentaschen herum. Ich fand das nicht sehr lustig. Sie wohl ebenfalls nicht. Ich hörte sie hinter mir schnaufen. Sie war auch nicht mehr die Jüngste.

«Na gut», sagte sie endlich. «Gehen wir!»

Ich schloß unter ihrer Aufsicht die Tür des Zimmers ab und kam mir vor wie ein kleiner Junge, dem seine Mama die ersten Schritte ins Erwachsenenleben bescheren möchte, ohne zu ahnen, daß ihr Filius schon wesentlich weiter von zu Hause weg gewesen ist.

Wir gingen den düsteren Korridor entlang, ich immer voran. Als wir an dem Zimmer vorbeikamen, das als Rezeption diente, stellte ich mit Erleichterung fest, daß die Araber sich verzogen hatten. Zwar war die Tür weit geöffnet und es brannte noch Licht und das Radio dudelte leise vor sich hin, aber kein Mensch war zu sehen. Vielleicht hätten sie es ja lustig gefunden, daß ein deutscher Mann von einer deutschen Frau mitten in der Nacht mit vorgehaltener Pistole entführt wird.

Als wir auf die Straße traten, blickte ich unwillkürlich um mich, um nachzusehen, ob uns irgend jemand beobachtete. Die schmale, düstere Straße war jedoch vollkommen leer, bis auf die Autos, die teilweise rücksichtslos auf dem schmalen Bürgersteig geparkt waren. Es fiel ein leichter Nieselregen.

«Nach rechts!» kommandierte die Frau.

Beinahe wäre ich auf dem glitschigen, unebenen Pflaster ausgerutscht. Ich platschte mit dem linken Fuß in eine tiefe Pfütze und ärgerte mich über die Frau, die mit ihrer Pistole hinter mir herlief.

Sie fuhr einen alten Peugeot 404-Kombi, den sie sehr nachlässig an der nächsten Straßenecke geparkt hatte.

Sie schloß die Fahrertür auf und deutete mit der Pistole ins Wageninnere: «Sie fahren!»

Ich widerstand dem Versuch, ihr weiszumachen, ich hätte keinen Führerschein, und schob mich hinters Steuer. Sie setzte sich auf den Rücksitz und gab mir den Zündschlüssel.

Der Motor des Peugeot klang genauso altersschwach wie die knarrende Stimme seiner Besitzerin.

«Ich erkläre Ihnen, wo Sie langfahren müssen», sagte sie. «Also los! Und vergessen Sie nicht, daß meine Pistole die ganze Zeit auf Ihren Kopf gerichtet ist.»

Die letzte Bemerkung zeigte bei mir Wirkung. Ich stellte mir vor, wie sie aus Versehen den Abzug durchdrücken würde, wenn ich zu schnell durch ein tiefes Schlagloch fuhr.

«Fahren Sie schneller! Wir haben nicht die ganze Nacht Zeit.»

Ich gab Gas und bog auf eine breite Straße Richtung Osten ein.

Nachdem wir fünf Minuten lang geschwiegen hatten, fragte sie: «Wem gehört die Wohnung?»

«Kasman. Es ist eine Briefkastenadresse oder so ähnlich.»

«Und er hat die Dokumente an diese Adresse geschickt?»

«Ja.» Das war natürlich wieder gelogen, aber Kasman hatte mir eingeschärft, die Wahrheit nur schrittweise und nur gezwungenermaßen preiszugeben.

Sie kannte sich ganz gut aus in Frankfurt, wir verfuhren uns kein einziges Mal. Irgendwann, als an einer Ampel für einen Moment ein Streifenwagen neben uns stand, versteckte sie ihre Pistole und zischte: «Machen Sie keine Dummheiten! Ich werde nicht zögern, Sie zu erschießen.»

Die Polizisten sahen nur kurz und völlig desinteressiert zu uns herüber.

«Sie können Ihre Pistole ruhig wegstecken. Wir sind doch

beide daran interessiert, diese Geschichte friedlich zu Ende zu bringen.»

Sie reagierte nicht darauf.

«Wie kommt es, daß Sie beim polnischen Geheimdienst gelandet sind?» fragte ich sie. Der Journalist in mir konnte nicht die Klappe halten.

«Das ist nicht Ihr Bier», sagte sie.

«Es interessierte mich einfach. Ist es so lukrativ, daß es sich lohnt, ein solches Risiko einzugehen?»

«Lukrativ!» schnaubte sie verächtlich.

«Also nicht?»

Sie schwieg.

«Sind Sie hauptberuflich tätig?»

«Wollen Sie sich über mich lustig machen? Halten Sie endlich den Mund!»

«Hat man Sie dazu gezwungen?»

«Nächste Straße rechts – und dann langsam weiter.»

Wir waren am Rand einer Hochhaussiedlung angekommen. Nachdem wir einige Querstraßen passiert hatten, las ich den richtigen Straßennamen auf dem Schild und bog nach links ab.

Ich hielt vor einem Hochhauskomplex an, zu dessen Eingang ein mit Platten verlegter Weg durch eine langweilige Rasenfläche führte. Neben der Tür waren unzählige Briefkastenschlitze angebracht. Eine Lampe beleuchtete die häßliche, verschrammte Glastür.

Ich schloß die Tür auf.

Auf Kasmans Briefkasten sollte der Name Wilting stehen. Es dauerte zwei Minuten, bis ich unter der unendlichen Menge von Namensschildern das richtige herausgefunden hatte. Es war eine unsinnige Komödie, und mir war nicht ganz klar, warum ich sie mitspielte. Meine Begleiterin stand ungeduldig neben mir in der offenen Tür und blickte nervös mal nach draußen, mal das Treppenhaus hinauf.

Ich schloß den Briefkasten auf. Es war natürlich nichts drin. Außer dem Werbezettel einer Supermarktkette.

«Gehen Sie zur Seite!» kommandierte sie nervös.

Sie grabschte nach dem Zettel, beugte sich kurz nach vorne, um nachzusehen, ob da noch mehr sei, und sah mich dann zornig an. Ihr Zorn ließ sie um zehn Jahre altern. Sie tat mir leid. Weder aus Idealismus noch aus Geldgründen konnte sich dieser merkwürdige Job für sie auszahlen. Vielleicht hatte man sie erpreßt. Oder ein jugendlicher «Romeo» hatte sie in die Mangel genommen.

«Ist das alles?» fragte sie mit dem unnützen Zettel in der Hand. Ihre Stimme war eine Spur schriller geworden.

Ich zuckte mit den Schultern: «Wahrscheinlich hat jemand die Post mit nach oben genommen.»

«Wohnt da etwa jemand?»

«Soviel ich weiß nicht.»

In ihrer Verzweiflung hatte sie die Pistole wieder aus ihrer Manteltasche hervorgezerrt. Sie wußte nicht mehr, was sie sagen sollte. Allmählich bekam ich eine Höllenangst vor ihrer Waffe. Ich hoffte nur, daß ich das Spiel nicht zu weit getrieben hatte.

«Wir müssen nach oben gehen. Ich weiß, wo die Unterlagen versteckt sind.»

Sie sah mich verwirrt an.

Ich deutete auf die Tür zum Aufzug.

«Nein», sagte sie entschieden, «wir nehmen die Treppe.»

«Die Wohnung ist im fünften Stock.»

«Trotzdem.»

Ich sollte wieder vorgehen.

«Nein», sagte ich. «Wir gehen erst nach oben, und ich suche die Dokumente, wenn Sie die Unterlagen für mich dabeihaben. Ich will wissen, ob Sie fair spielen.»

Sie war blaß geworden.

«Holen Sie sie aus dem Auto!» sagte ich.

Sie steckte ihre Pistole weg und ging ohne ein weiteres Wort nach draußen. Ich hielt solange die Tür auf. Es war absurd. Aber ich hatte den Verdacht, daß sich im Spionageleben des öfteren absurde Szenen abspielten.

Mit einem Umschlag in der Hand kam sie zurück.

Wir machten uns auf den Weg in den fünften Stock. Als wir vor der Tür angekommen waren, zischte sie:

«Wenn das eine Falle ist, bringe ich Sie um!» Es klang leicht hysterisch.

«Es ist keine Falle, es ist niemand da.»

«Gehen Sie weg da!» Sie horchte an der Tür. Dann klingelte sie zweimal kurz. Es tat sich nichts.

«Darf ich jetzt?» fragte ich, nachdem wir eine Weile untätig herumgestanden hatten.

Sie nickte, und ich steckte den Schlüssel ins Schloß.

Die Tür ging ohne Probleme auf, ich fand den Lichtschalter und trat ein. Meine Begleiterin blieb in der Tür stehen.

«Machen Sie in allen Zimmern das Licht an, und lassen Sie die Türen auf», sagte sie.

Nachdem ich damit fertig war, trat sie endlich ein und schloß die Wohnungstür.

Die Wohnung war spärlich mit dem typischen Warenhausmobiliar eingerichtet, billig und ohne Geschmack: In der Küche Einbauschränke in Weiß, in der Diele eine Garderobe mit Spiegel und ein Schuhschränkchen, im Wohnzimmer eine furnierte häßliche Schrankwand mit einigen Alibibüchern und eine der üblichen Couch-Sitzecken, im Schlafzimmer stand ein breiter Kleiderschrank und ein Doppelbett, das wirklich nicht so aussah, als ob es jemals benutzt worden war. Es gab keine Uhren oder Wecker, und die wenigen Bilder an der Wand waren scheinbar willkürlich ausgewählte gerahmte Kalendermotive.

Während meine Begleiterin die Zimmer durchkämmte, ging ich ins Badezimmer. In der Ecke neben der Toilette kniete ich nieder und klopfte den Boden ab. Die losen Kacheln hatte ich schnell gefunden, den braunen Briefumschlag darunter ebenfalls. Ich riß ihn auf und ging die Seiten durch. Von den Skizzen und Worten verstand ich überhaupt nichts. Über sämtlichen Kopien standen die Buchstaben ATX und C.A.K.P.

Ich ging ins Wohnzimmer, warf die Papiere auf den Tisch und setzte mich hin. Sie kam zurück, griff gierig nach den Blättern und ging sie Seite für Seite gewissenhaft durch, immer wieder mit Kontrollblicken zu mir. Anschließend zählte sie sie und nickte. Offenbar war sie zufrieden. Sie schob mir ihren eigenen Umschlag zu.

Mir wurde auf einmal klar, daß ich soeben selbst zum Spion geworden war. Es war ein seltsames Gefühl. Das schlechte Gewissen meldete sich, obwohl ich genau wußte, daß Spionage im Grunde genommen eine Lappalie war. Empfand ich plötzlich Skrupel gegenüber dem Staat? Natürlich nicht – ich hörte lediglich die Stiefel der Polizisten das Treppenhaus hinaufpoltern, die Stiefel, die mich treten würden ...

Ich hatte keine Ahnung, inwieweit das Material, das Kasman hier als Abschiedsgeschenk seinem Geheimdienst zukommen ließ, gefährlich für die Bundesrepublik war. Kasman hatte mir nicht zuviel erklären wollen. Nur, daß es irgend etwas mit einem neuen computergesteuerten Waffensystem zu tun hatte – Baupläne für elektronische Steuerungssysteme, nach denen sich der Osten mit Sicherheit die Finger leckte, denn in bezug auf die Computerforschung waren sie hoffnungslos ins Hintertreffen geraten.

Als Belohnung für mein vorbildliches Verhalten beim Landesverrat bekam ich endlich den begehrten Umschlag von ihr. Darin fand ich, was ich brauchte: Zwei Reisepässe für Kasman, ausgestellt auf verschiedene Namen, und die detaillierten Angaben zur Fluchtroute des Meisterspions über Dänemark und Schweden in seine polnische Heimat. Ich faltete die Papiere zusammen, schob die Pässe dazwischen und steckte alles zusammen in meine Jackettasche.

Dann sah ich mein Gegenüber an: «Na, sind Sie nun zufrieden?»

Sie nickte und stopfte die Unterlagen wieder in den Umschlag. Dann stand sie auf, sah mich flüchtig an und sagte: «Wiedersehen.»

Ich war perplex, denn unsinnigerweise war ich davon ausgegangen, daß wir zusammen zurückfahren würden. Ich sah mich um. Auf einer kleinen Kommode neben einer Stehlampe stand ein Telefonapparat. Ich würde mir wohl ein Taxi rufen müssen.

Die Tür wurde zugeschlagen, und ich war allein in einer konspirativen Wohnung.

Aus reiner Neugierde durchsuchte ich Schubladen und Schränke. Bis auf einige alte Illustrierte, Kugelschreiber und leere Blätter war alles leer. In der Küche entdeckte ich zwei Tassen, zwei Teller, ein Wasserglas und ein Brotmesser. Der Kühlschrank war nagelneu und leer, bis auf die Gebrauchsanweisung, die im Gefrierfach lag.

Ich kam mir sehr einsam vor in dieser kleinen Welt ohne Personen und Dinge und trat auf den kleinen Balkon hinaus. Ich wollte beobachten, wie meine «Kollegin» wegfuhr.

Ich sah, wie sie aus dem Hauseingang trat. Da sie so lange gebraucht hatte, um nach unten zu kommen, mußte sie wohl wieder die Treppe benutzt haben. Sie blickte unruhig nach rechts und links, dann nach oben. Ich widerstand der Versuchung, ihr zuzuwinken – sie hätte mich ohnehin nicht gesehen. Als sie fast bei ihrem Wagen angekommen war, öffneten sich die Türen eines dunklen Mercedes, der hinter dem Peugeot parkte, und ein Mann sprang heraus. Er sprach die Frau an, sie erschrak und begann wegzulaufen. Sie konnte recht schnell laufen, vielleicht lag es an den Turnschuhen. Aber der Mann war schneller, er trug keinen lästigen Regenmantel. Er erreichte sie und stieß sie zu Boden. Sie schrie laut auf. Er stürzte sich auf sie und begann sie zu schlagen. Sie schrie gellend, aber nicht um Hilfe, einfach nur so. Ob er sie bewußtlos schlug oder sie einfach aufgab, sich zu wehren, konnte ich von oben nicht erkennen. Ich hatte Glück, daß sich alles im Schein einer hellen Bogenlampe abspielte. Er schleppte sie zum Wagen, aus dem nun ein zweiter Mann ausstieg. Ich kannte ihn – es war Hinrichsen. Er schüttelte die Frau brutal und schien sie etwas zu fragen. Sie deutete zu mir nach oben.

Der Schreck fuhr mir in die Glieder. Ich duckte mich blitzartig hinter die Balkonbrüstung.

Da hockte ich nun, mein Herz pochte und wußte nicht weiter.

Ich kroch ins Wohnzimmer, richtete mich auf, griff nach dem Umschlag auf dem Tisch und rannte zur Wohnungstür. Im

Treppenhaus angekommen, zögerte ich, ob ich den Aufzug oder die Treppen nehmen sollte.

Jetzt erst, nachdem ich die Tür hinter mir zugeknallt hatte, wurde mir klar, daß die beiden ohne Schlüssel nicht so einfach ins Haus kamen. Ich dachte nach. Dann hörte ich die Klingel in der Wohnung scheppern. Auch in den anderen Wohnungen der Etage klingelten sie.

Ich rannte ein Stockwerk tiefer.

Auch hier klingelte es. Hinrichsen hatte tatsächlich keine Skrupel, das ganze Haus aufzuwecken. Vielleicht hatte er einen Ausweis der Kriminalpolizei dabei, mit dem er Eindruck schinden konnte.

Im nächsten Stockwerk stand der Aufzug. Ich stürzte hinein und drückte auf *Keller*. Mit ein bißchen Glück würde ich es vielleicht schaffen, bevor sie im Haus waren.

Es klappte.

Ich hörte, wie die beiden Männer eintraten. Eine Menge Bewohner schienen den Summer zu betätigen.

Sie trennten sich, einer nahm den Aufzug, der andere die Treppe. Als sie weg waren, schlich ich die Kellertreppe nach oben und ging nach draußen. Ich rannte zum Mercedes. Die Frau lag auf dem Rücksitz. Regungslos. Ich öffnete die Fahrertür und beugte mich über die Vordersitze nach hinten. Sie atmete noch. Ich zerrte an ihrem Mantel so lange, bis ich in die Taschen greifen konnte. Hastig durchsuchte ich eine nach der anderen, bis ich den Autoschlüssel fand. Ich war schon wieder halb aus dem Wagen, als er mir einfiel. Der Umschlag! Hinrichsen durfte ihn nicht bekommen. Sie hatte ihn nicht mehr bei sich.

Ich durchwühlte das Handschuhfach, sah auf und unter den Sitzen nach, ohne Erfolg.

Das Licht im Treppenhaus, das zwischenzeitlich ausgegangen war, ging wieder an.

Ich hatte das gesamte Innere des Wagens erfolglos durchwühlt und gab auf. Ich rannte zum Peugeot. Auf einigen Balkonen erschienen Leute, die sich wunderten, wer sie mitten in der Nacht aus dem Bett klingelte.

Mit quietschenden Reifen verließ ich die Hochhaussiedlung.

Es dauerte unendlich lange, bis ich den Weg in die Innenstadt gefunden hatte. Dort ließ ich den Wagen auf dem erstbesten freien Parkplatz stehen und ging zum *Damaskus* zurück. Es war nicht leicht, die kleine Seitenstraße wiederzufinden.

Während der Fahrt hatte ich mir ausgerechnet, daß Hinrichsen einige Stunden brauchen würde, bis er aus der Frau des polnischen Geheimdienstes herausbekam, wo sie mich getroffen hatte.

Ich packte meinen Koffer und machte mich auf den Weg zum Hauptbahnhof. Ich wollte den ersten möglichen Zug Richtung Köln nehmen. Die Stunden bis zur Abfahrt, die ich in einem schmuddeligen Wartesaal verbrachte, nutzte ich, um die Geschehnisse gedanklich zu verarbeiten.

14

Mit einem Becher des schlechtesten Kaffees in der Hand, den man sich vorstellen kann, streunte ich zwischen Wartesaal und Bahnhofshalle hin und her.

Draußen begann es zu dämmern, und die Zahl der Reisenden, die von den Bahnsteigen kamen oder sich dorthin begaben, wuchs stetig an. Den Kaffee hatte ich von einem Imbißstand, um den sich einige mehr oder weniger asoziale Gestalten tummelten.

Die Transaktion von Kasmans Unterlagen an seinen Geheimdienst war schiefgegangen, daran bestand kein Zweifel. Hinrichsen hatte Wind davon bekommen. Was bedeutete diese Situation für mich? Sollte ich meine Reise wie geplant fortsetzen oder zu Kasman zurückkehren? Kasman und Hanna waren momentan für mich unerreichbar, also mußte ich auf eigene Faust handeln. Immerhin war ich mir einigermaßen sicher, daß weder für die beiden noch für mich eine unmittelbare Gefahr bestand – es sei denn, die graue Maus vom polnischen Geheimdienst kannte Kasmans Aufenthaltsort und seine weiteren Pläne. Das jedoch war unwahrscheinlich. Die Frau war lediglich ein Kurier gewesen und hatte noch nicht einmal genau gewußt, um welche Unterlagen es sich handelte. Nicht mal mich hatte Kasman eingeweiht ... Falls jedoch im polnischen Geheimdienst eine undichte Stelle war, die jeden von Kasmans Schachzügen dem BND meldete, konnte es noch unangenehm werden. Glücklicherweise hatte ich Kasmans Fluchtpapiere ergattern können. Aber seine Flucht war in Frage gestellt, da er seinem Geheimdienst nicht die angeforderten Unterlagen übergeben hatte. Eine neue Taktik war notwendig. Um Kasman davon zu berichten und neue Instruktionen zu empfangen, gab es nur eine Möglichkeit: den eingeschlagenen Weg fortsetzen.

Ich versuchte die Telefonnummer in Köln, die Kasman mir gegeben hatte, anzurufen, aber so früh am Morgen war natürlich noch niemand zu erreichen. Also machte ich mich auf die Reise – in drei Stunden würde das Büro sicherlich besetzt sein.

Am frühen Vormittag kam ich in Köln an. Ich versuchte es erneut telefonisch bei der Rechtsanwaltskanzlei Sobiella & Schlöter und hatte Glück. Seine Sekretärin teilte mir mit, daß Sobiella gegen elf Uhr wieder in seinem Büro sein würde. Sie kannte bereits meinen Namen und versicherte mir, er würde mich um diese Zeit mit Sicherheit empfangen.

Als ich aus dem Hauptbahnhof trat, hatte ich einen Heißhunger entwickelt. Ohne lange zu zögern, bestellte ich mir an dem Stand auf dem Bahnhofsvorplatz eine Portion Kartoffelpuffer mit Apfelmus. Nachdem ich sie heruntergeschlungen hatte, überfiel mich eine bleiernde Müdigkeit. Ich setzte mich in ein kleines stickiges Café in der Nähe. Als ich es wieder verließ, war ich vollends vernebelt.

Das Taxi brachte mich in eine noblere Wohngegend. Die Anwaltskanzlei befand sich im Erdgeschoß eines Bürgerhauses aus der Gründerzeit. Das Haus wurde von einem verspielten Türmchen und einem Balkon mit einer schnörkeligen gußeisernen Brüstung verziert. In den oberen Stockwerken befand sich eine Versicherungsfirma.

Die Einrichtung des Büros war beeindruckend. Die Wände

waren teakholzvertäfelt, und sowohl die Möbel wie auch die Teppiche mußten uralt sein. Alles schien darauf angelegt, im Besucher ein ehrfurchtsvolles Staunen hervorzurufen. Wo, wenn nicht in diesen Räumen, konnten sich Seriosität und Kompetenz in Rechtsfragen wohl vollends entfalten?

Die magere blonde Sekretärin in ihrem hochgeschlossenen kobaltblauen Kostüm begrüßte mich mit einem strahlenden Lächeln, das nicht so recht hierher zu passen schien. Aber welche Frau paßt überhaupt in eine teakholzverkleidete Umgebung?

«Herr Tolonen? Freut mich, Sie kennenzulernen», sagte sie. «Herr Sobiella erwartet Sie bereits. Gehen Sie ruhig hinein.» Sie deutete auf eine übergroße Tür mit einer goldenen Klinke – sie war auf der Innenseite mit Leder gepolstert. Ich mußte an eine Gummizelle denken . . .

Das Büro von Sobiella stand dem Empfangszimmer in nichts nach. Es war noch größer, noch dunkler, der Teppich sah noch kostbarer aus.

Kurt Sobiella stand von seinem mächtigen Ledersessel hinter dem überdimensionalen Schreibtisch auf und kam mir mit ausgestreckter Hand entgegen.

Ich war von seiner äußeren Erscheinung überrascht. Er war so klein, daß er in dieser pompösen Umgebung fast vollkommen unterging. Auch hatte er das Pensionsalter schon längst erreicht. Ich schätzte ihn auf etwa 70 Jahre. Er hatte einen kugelrunden Kopf und einen kugelrunden Bauch. Um seinen kahlen Schädel rankte sich ein Kranz aus lockigen grauen Haaren, er trug eine randlose Brille mit extrem dicken und großen Gläsern, die seine Augen zu vergrößern schienen und sie gleichzeitig für den Betrachter in weite Ferne rückten. Sein Bauch steckte in einem schwarzen Anzug, die Krawatte war rot, breit und kurz. Als ich näher kam, entdeckte ich darauf ein Muster aus kleinen hellblauen Elefanten.

Sobiella schüttelte mir überschwenglich die Hand.

«Herr Tolonen, sehr erfreut, Sie kennenzulernen. Setzen wir uns doch.»

Er deutete auf eine Sitzecke aus Ledersesseln.

In meiner Cordhose, dem abgetragenen Jackett und der albernen Strickkrawatte kam ich mir recht schäbig vor.

«Darf ich Ihnen etwas anbieten? Kaffee? Tee? Oder etwas zur Aufmunterung?»

Er lächelte so freundlich, wie ich es selten bei jemandem erlebt hatte. Vielleicht lag es daran, daß ich normalerweise nicht in traditionsreichen Anwaltskanzleien verkehrte. Journalisten wird ohnehin nicht sehr oft zugelächelt. Berufsrisiko.

«Ich glaube, einen belebenden Schluck habe ich nötig, nach all dem, was ich letzte Nacht durchgemacht habe.»

Er war entzückt über meinen Wunsch. Das Lächeln wurde so breit, daß außer den wulstigen Lippen, den falschen Zähnen und den Brillengläsern mit den magischen Augen dahinter nichts mehr vom Gesicht übrigblieb. Er stand auf und ging zur ehrwürdigen Schrankwand, öffnete eine Klappe, hinter der unzählige Flaschen und Gläser verborgen waren, und fragte mit einem melodiösen Säuseln in der Stimme: «Was darf es sein? Cognac? Whisky? Ich habe einen exzellenten Armagnac ...»

«Ein Scotch wäre genau das Richtige ...»

Er schenkte sich ebenfalls einen ein.

Natürlich hatte der Alkohol überhaupt keine anregende Wirkung auf mich. Wahrscheinlich hätte mich auch ein Espresso nicht aus meiner Schläfrigkeit gerissen.

Sobiella agierte um so lebhafter. Nicht eine Minute lang konnte er ein Bein auf dem anderen ruhen lassen. Auf diese Weise schaffte er es mit der Zeit, mich in eine leichte Unruhe zu versetzen. Außerdem lispelte er ein bißchen, wie ich im Laufe des Gesprächs feststellte. Gerade dieses nur andeutungsweise Lispeln machte mich nervös. Nach einer Viertelstunde war ich froh, keinen Kaffee verlangt zu haben.

«Unser gemeinsamer Freund, Herr Kasman, hat mir bereits Ihr Kommen angekündigt. Um ehrlich zu sein, hatte ich meine Zweifel, ob Sie es schaffen würden. Doch erzählen Sie mir zunächst einmal, was Ihnen letzte Nacht widerfahren ist.»

Ich erklärte ihm möglichst genau, was geschehen war. Er

nickte fleißig. Das war noch so eine Angewohnheit, die mir nicht gefiel. Zwischendurch ging mir auf, daß ich wahrscheinlich überreizt war, weil ich die ganze Nacht nicht geschlafen hatte.

«Ja», sagte er, nachdem ich geendet hatte. «So ähnlich habe ich es mir ausgemalt. Es tut mir sehr leid, aber erst im letzten Augenblick erfuhr ich, daß es schiefgehen könnte.» Er lehnte sich seufzend zurück und wechselte mal wieder die Beinstellung. «Wissen Sie, mir als einem Wanderer zwischen den Welten werden mannigfaltige Informationen zugetragen. Normalerweise bin ich auf diese Weise auf alle potentiellen Widrigkeiten eingestellt, aber es ergeben sich manchmal eben doch Situationen, die man nicht voraussehen kann. Ich sage dies, um mich zu entschuldigen, denn in gewisser Weise fühle ich mich für die Ihnen zugestoßenen Unannehmlichkeiten verantwortlich.»

Ich wollte ihn unterbrechen, aber er hob abwehrend beide Arme: «Nein, nein, lassen Sie mich zunächst ausreden. Gestern im Laufe des Tages habe ich in Erfahrung bringen können, daß in unserem, oder besser: Ihrem, eigentlich ja Kasmans Verein . . .»

Um die allgemeinen Floskeln zu konkretisieren, warf ich ein: «Der polnische Geheimdienst.»

«. . . daß also in diesem Verein eine undichte Stelle vorhanden ist. Wie, wo, was und wer ist noch gänzlich unklar, aber die Tatsachen sprechen eine klare Sprache . . .»

Du aber nicht, mein Freund, dachte ich.

«Kurzum, es sind da Kräfte am Werk, die den Bestand unserer Pläne gefährden», fuhr er fort. «Wenn es sich nun bei diesen Widersachern nur um einen, sagen wir mal Doppelagenten, also Verräter, handeln würde, wären die Umstände nicht ganz so widrig. Leider aber –» er wechselte wieder die Beinstellung, «– scheint der ganze Verein in Hinblick auf unsere Interessen ein wenig, nun, gespalten zu sein. Das heißt, was wir auch immer tun, beziehungsweise, was Sie und mein Mandant, also Sie in seinem Auftrag oder wie auch immer, zu tun beabsichtigen, ist nun mit einem extremen Unsicherheitsfaktor behaftet, wenn Sie verstehen, was ich meine.»

«Sie wollen ihn abservieren», sagte ich, um es endlich auf den Punkt zu bringen.

«Teils, teils», sagte er, und jetzt lispelte er wirklich stark: «Wenn Sie es so süffisant ausdrücken wollen – ja, abservieren ...» Er stockte, um seine Zunge wieder unter Kontrolle zu bringen.

«Sie meinen, es gibt eine Gruppe innerhalb des polnischen Geheimdienstes, die Kasman ausschalten will? Warum? Und vor allem: Weiß Kasman davon?»

Jedesmal, wenn ich das Wort Geheimdienst benutzte, zwinkerte er hinter seinen überdimensionalen Brillengläsern. Dieses Wort schien ihm gar nicht zu gefallen.

«Kasman hat es bereits geahnt, dachte aber, er könne sich hindurchlavieren. Er kannte das Problem, bezog es in seine Pläne ein, aber offensichtlich hat er den Störfaktor unterschätzt. Wir, also er und ich, haben bereits darüber konferiert – per Telefon, versteht sich – und sind zu dem Schluß gekommen, daß wir die neu entstandene Lage in die weiteren Pläne mit einbeziehen müssen.»

«Aber das Warum», sagte ich. «Warum wollen Sie ihn plötzlich loswerden?»

Sobiella nahm seine Brille ab, holte ein Taschentuch hervor und begann die Gläser zu putzen.

«Der Jud hat seine Schuldigkeit getan, der Jud kann gehn», sagte er dann gedehnt.

«Immer noch die alte Geschichte?»

«Teils, teils», lispelte er, während er die Brille wieder aufsetzte.

«Es ist nicht alles so klar, wie es sein sollte. Aber fest steht, daß man ihm den Weg in die Heimat verstellen möchte. Außerdem ist er nutzlos geworden. Ein Informant im Ruhestand ist wertlos.»

«Aber er ist ein verdienter Aktivist für das Vaterland.»

«Es sind Leute am Werk, die ihn als Patrioten wenig schätzen.

So ist das nun mal, damit muß man sich abfinden. Kasman selbst übrigens nimmt das weniger tragisch, scheint es mir, als wir.»

«Dann sind die Fluchtpapiere also wertlos, die ich ihm besorgt habe?»

«Nicht unbedingt. Ausweise auf verschiedene Namen kann man immer gebrauchen.»

«Aber der Weg über Dänemark und Schweden ist verstellt.»

Er nickte bedauernd: «Es sieht ganz so aus, als müßte sich unser Freund nach einer anderen Möglichkeit umsehen, um sich seinen Alterssitz aufzubauen. Ich bin ohnehin der Meinung, daß es angenehmere Breitengrade gibt als ausgerechnet den europäischen Osten.»

Es klopfte, und die steife Blonde trat ein, mit einem Tablett auf dem Arm, das sie auf den Tisch vor uns niederstellte. Auf dem Tablett standen eine Kaffee- und eine Teekanne, verschiedene Tassen und eine kleine Platte mit belegten Broten.

«Oh, wie aufmerksam, meine Liebe. Das ist nett», deklamierte Sobiella feierlich.

Nach der Art und Weise zu urteilen, wie sie nahe an ihm vorbeisegelte, unterhielten die beiden mehr als nur ein Arbeitsverhältnis miteinander.

Nachdem sie uns wieder verlassen hatte und Sobiella mich genötigt hatte, ein Stück Brot zu nehmen, fragte ich weiter:

«Wie passen Sie in das ganze Spiel, Herr Sobiella? Als Anwalt, würde ich meinen, sollten Sie vorsichtig sein, in welchen Kreisen Sie sich bewegen.»

Er lachte selbstgefällig und biß in einen Happen:

«Wissen Sie, das ist lange vorbei. Die Kanzlei haben wir im Prinzip, das heißt nicht offiziell, aber rein geschäftlich betrachtet, geschlossen, nachdem Partner Schlöter von uns gegangen ist. Das ist lange her, und ich bin auch nicht mehr der Jüngste. Andererseits waren wir immer schon in brisanteren Bereichen tätig – aber überschätzen Sie mich bitte nicht. Was die Beziehung zu Kasman betrifft, und ich möchte in diesem Zusammenhang weniger von Geschäften als von Sympathie, ja Freundschaft sprechen, was uns beide also betrifft: Wir kennen uns schon so lange, daß wir kaum noch den Beginn unserer Partnerschaft zu lokalisieren vermögen.»

«Ach», sagte ich.

«Ja, nun, sehen Sie mal – unser Volk hält zusammen ...»

«Ihr Volk?»

«Aber ja, was glauben Sie wohl, auf welche verschlungenen Wege ein Pole und ein Deutscher miteinander verbunden sein können, ein Leben lang ...»

«Die gemeinsame Abstammung ...»

«... und Tradition und Geschichte. Aber vergessen wir nicht die rein menschliche Seite – Sympathie ist immer im Spiel, ganz persönlich betrachtet ...»

«Wie haben Sie sich denn kennengelernt?»

Ein sonniger Glanz breitete sich über seinem Gesicht oder vielmehr unter seiner Brille und in den breiten Mundwinkeln aus: «Es ist eine alte Familiengeschichte, die uns zusammenschmiedet, nun bereits in der zweiten Generation ...»

«Das ist aber interessant.»

«Ja, das ist es wohl. Sehen Sie, die beiden alten Herren, also mein Vater und Richards Vater, sind zusammen auf der Universität gewesen. Oh, das ist lange her. Im gleichen Jahr wie die erste freie polnische Republik geboren wurde, also 1918, trafen sich die beiden jungen Männer in irgendeinem Seminar – weiß Gott, was es nun eigentlich war – und stellten fest, daß sie ein gemeinsames Problem hatten: Sie waren beide obdachlos. Also taten sie sich zusammen und hatten schließlich Erfolg, in Grenzen natürlich, wenn man heutige Maßstäbe anlegt, das ist klar, aber es waren nun mal andere Zeiten. Sie fanden ein winziges Zimmerchen unter dem Dach, irgendwo in einer schmalen Gasse unter all den anderen Warschauer Juden, die damals ja so entsetzlich eng aufeinanderhockten ... Ich kann Ihnen leider nicht die Schilderungen meines Vaters wiedergeben – er ist nun schon so lange tot, alles ist graue Erinnerung – aber es muß für uns heutige luxusverwöhnte, bequeme Menschen unvorstellbar gewesen sein. Die beiden jungen Männer waren jedoch recht glücklich, schließlich hatten sie ein Dach über dem Kopf und sogar zwei

Bettgestelle ergattert, auch wenn das Stroh immer feucht war, weil es durchs Dach regnete. Sie waren eben eifrige Studenten, die Republik war jung, die Zukunft voller Hoffnung und die Welt voll von großen Idealen . . .»

Sobiella nickte gedankenschwer: «Das ist alles vorbei, leider, keine Ideale, keine Zukunft, alles wurde plattgewalzt, von der unbarmherzigen Maschinerie der Geschichte, die ewige menschliche Tragödie – aber ich schweife ab. Die beiden Männer stürzten sich – natürlich, was lag näher – ins politische Leben, eigneten sich Ideale an, traten Parteien bei. Damit hatten sie neuen Stoff für ihre Streitgespräche, denn sie begeisterten sich für zwei verschiedene Richtungen – was nicht hieß, daß sie sich etwa zerstritten, nein, nein, auch wenn sie zuweilen an verschiedenen Fronten kämpften, blieben sie sich doch freundschaftlich verbunden. Richards Vater engagierte sich fortan bei den internationalen Kommunisten – ich nehme an, Rosa Luxemburg hat ihn sehr beeinflußt –, mein Vater dagegen fiel dem schneidigen Marschall Piłsudski zu Füßen, will heißen, er trat der Sozialistischen Partei bei, die die Unabhängigkeit der polnischen Nation erhalten wollte. Internationaler und nationaler Sozialismus – Sie können sich denken, daß in der kleinen Dachstube oftmals die Fetzen flogen, wenn die beiden mit heißen Köpfen über die Zukunft ihres Landes diskutierten. Die Kommunisten wollten Polen am liebsten zur Sowjetrepublik machen, während der knurrige Marschall Piłsudski mit der polnischen Armee gen Rußland zog, um Lenin die internationalistischen Flausen auszutreiben. Mein Vater zog also wacker gegen die russische Gefahr – obwohl er Jude war, sah er in einer sozialistischen Weltrepublik unter bolschewistischer Fuchtel nicht gerade das Paradies entstehen –, während Richards Vater sich auf der anderen Seite engagierte und in Białystok die Räterepublik errichten half. Nun ja, beide scheiterten auf ihre Weise und trafen sich zu irgendeinem Semesterbeginn wieder. Nach dem Examen wurden sie zusammen als Lehrer in irgendein verkommenes Nest in der Ukraine versetzt, was so eine Art Verbannung nach Sibirien darstellen mußte. Was blieb ihnen also übrig, als zusammenzuhalten, trotz aller Meinungsverschiedenheiten, es waren ruppige Zeiten, und gerade die Ukrainer waren auf Repräsentanten des polnischen Staates, seien es auch bloß zwei Junglehrer, nicht gut zu sprechen. So spielt das Leben! Als sich die Wege der beiden endlich trennten, waren sie gewissermaßen zu Brüdern geworden, Freud und Leid hatten sie miteinander geteilt, das verbindet auf ewig. Und so kam es, daß auch die Familien der beiden zueinander fanden – Richard und ich waren praktisch wie Vettern –, nur leider kam der Krieg und all das Elend dazwischen, und alle wurden getrennt, wir gingen in den Westen, Richard und sein Vater in den Osten ... Es dauerte viele Jahre, bis wir uns wiedertrafen, die Familien waren ermordet worden, wir beide waren einige der wenigen Überlebenden ... Als wir uns in Warschau wiedersahen, standen wir uns mit leeren Händen und leeren Herzen gegenüber ...» Sobiella machte eine geringschätzige Handbewegung, die seinen sentimentalen Ton in der Stimme wegwischen sollte, und stockte.

«Aber Sie sind nicht in Polen geblieben, während er beim kommunistischen Aufbau half.»

«Ich hatte immer große Schwierigkeiten, genauer gesagt, eine gewisse Abscheu oder, wenn Sie so wollen, eine Gewißheit, daß es nicht gut enden konnte, gegenüber diesem Kommunismus. Aber ich war nie – und so bin ich sozusagen das schwarze Schaf der Familie – ein politischer Mensch gewesen, eher ein Geschäftsmann, vielleicht ist das das jüdische Erbe in mir? Aber nein, ich glaube nicht ...» Er zuckte mit den Schultern. Offenbar hatte er den Faden verloren. Ich beinahe auch. Deshalb fragte ich:

«Warum sind Sie trotzdem zu einem Verbündeten von Kasman geworden – zum Helfershelfer eines Spions?»

«Sie benutzen viel zu häßliche Worte, Herr Tolonen», wehrte er ab. «Richard ist ein Soldat, ich bin sein Freund, wir trafen nach langer, langer Zeit aufeinander, die Freude war groß, und wir entdeckten gemeinsame Interessen. Es war ein glücklicher Augenblick.»

«Gemeinsame Interessen?»

«Geschäftlich betrachtet, war die Kanzlei nicht gerade auf dem Weg nach oben, muß ich gestehen, denn mein Partner – Schlöter, Gott hab ihn selig – hatte sich grob verschätzt, was seine Möglichkeiten betraf, meine ich, um nicht zu sagen, daß er sich ins Fahrwasser zweifelhafter Kunden begeben hatte. Ich möchte nicht ins Detail gehen, aber ich muß leider sagen, daß es für uns beide eine Erlösung war, als er sich zurückziehen mußte ... aus gesundheitlichen Gründen ... Der Zufall wollte es, daß ich auch dort meine Finger drin hatte, wo Richard zu bohren begann – wir einigten uns auf gewisse geschäftliche Gepflogenheiten, ich möchte lieber nicht zu sehr ins Detail gehen, Sie verstehen ... Na ja, eine Hand wusch die andere, wir hatten beide unseren Nutzen davon ... Vielleicht haben wir sogar auf unsere Weise für die Entspannung zwischen den Völkern beigetragen. Sie schütteln den Kopf – halten Sie mich für einen Phantasten? Sei's drum, ich kann damit leben ...»

«Ein Urteil steht mir nicht an, Herr Sobiella. Aber wie Sie schon sagten, Sie sind nicht sehr ins Detail gegangen. Ich enthalte mich gerne eines Kommentars.»

«Sie müssen verstehen», sagte er entschuldigend, «daß ich mich Ihnen beim besten Willen nicht offenbaren kann, es stünde allzuviel auf dem Spiel. Ich bin zwar inzwischen ein reicher Mann, aber Vorsicht ist die Mutter der Porzellankiste ...»

Das Erzählen hatte ihn leicht erschöpft. Sein Sprachfehler hatte sich im Laufe seiner Ausführungen immer wieder verstärkt. Er schwieg und sah auf die leere Teetasse vor sich. Ich hatte den Eindruck, daß er gerne noch mehr erzählt hätte – alte Männer haben nun einmal ein Faible für die Vergangenheit. Die Gegenwart war jedoch nicht weniger aufregend – und vor allem beunruhigend unfertig.

«Wie sieht nun die Rolle aus, die Kasman mir zugedacht hat?» fragte ich. «Wie überbringe ich ihm die Fluchtpapiere? Was soll mit dem polnischen Geheimdienst geschehen? Seine Papiere dürften ihm kaum weiterhelfen, solange die Gegenleistung nicht erfüllt wurde.»

«Die ATX-Pläne ...» murmelte er, «das ist in der Tat ein

Problem. Wer weiß, ob es überhaupt noch einen Sinn macht, sie zu übermitteln, andererseits, was bleibt uns übrig ... Aber wer weiß, was der morgige Tag bringt.»

«Wir können von uns aus keine Entscheidung fällen.»

«Nein, natürlich nicht – Richard ist ein großartiger Stratege ...»

«Woher wußten Sie von dem Zwischenfall in Frankfurt?» fragte ich.

«Oh, das ist einfach. Sehen Sie, der Nachrichtenverkehr läuft zum Teil über mich, also die Kanzlei – das Wort ist wohl etwas übertrieben –, will sagen, gelegentlich diene ich als Relaisstation für Informationen. Leider kam die Meldung zu spät, Richard war nicht erreichbar, Sie natürlich auch nicht, und so nahm das Unheil seinen Verlauf. Möglicherweise hat er eine solche Entwicklung bereits eingeplant.»

«Diesen Fehlschlag?»

«Ich sagte ja, daß er ein großer Stratege ist ... Aber das ist eine reine Spekulation», murmelte er.

«Ich will hoffen, daß es eine bleibt. Falls er mich absichtlich in die Höhle des Löwen geschickt hat, werde ich ihm die Leviten lesen.»

Sobiella lächelte: «Man wird nicht so leicht schlau aus ihm, wissen Sie, vieles, was er tut, bleibt für Außenstehende unfertig, die Auswirkungen im Ungewissen. Sie werden ihm kaum irgendein Geständnis abringen können.»

Ich wurde ungeduldig: «Wie sehen nun also seine Instruktionen aus?»

Sobiella schüttelte bedauernd den Kopf: «Ich muß Sie enttäuschen, Herr Tolonen, es gibt noch keine. Sie müssen Geduld haben.»

«Soll ich etwa hier sitzen bleiben und Däumchen drehen?»

«Auch ein Mann wie Richard braucht seine Zeit zum Nachdenken. Aber seien Sie nicht böse, Sie sollen selbstverständlich nicht Däumchen drehen. Wenn ich Sie richtig verstanden habe, und wie kann es auch anders sein, nach diesen Tumulten, von denen Sie mir berichtet haben, hatten Sie keine Möglichkeit, sich auszuruhen, sind die ganze Nacht auf den Beinen gewesen?»

«Ich konnte mich im Zug ein wenig ausruhen. Leider saß ich im Abteil mit einer Horde vergnügter Rheinländer, die von einer Ferienreise aus dem Süden zurückkamen.»

«Ich schlage Ihnen vor, daß Sie sich ausschlafen. Später dann werden wir weitersehen.»

Offenbar sah ich etwas ratlos aus, denn er fuhr hastig fort: «Aber ja, entschuldigen Sie, ich vergaß, es zu erwähnen», er deutete nach oben, «über uns ist eine hübsche kleine Wohnung, die ich Ihnen anbieten kann.»

«Was ist mit der Versicherung?»

Er lachte: «O ja, sehen Sie, die Versicherung ist eine Versicherung für solche Fälle, wie Sie gerade einer sind.» Er zwinkerte fröhlich hinter den dicken Brillengläsern, als würde er sich freuen, mir eine Überraschung bereitet zu haben, und stand mühsam auf.

Er rief seine Sekretärin, die mich nach oben bringen sollte.

«Ich gebe Ihnen sofort Bescheid, sollte sich etwas ergeben», sagte er zum Abschied.

Die Wohnung war sehr groß und vollständig eingerichtet, wurde aber, der peniblen Ordnung nach zu urteilen, anscheinend nur sporadisch genutzt – bis auf das Schlafzimmer, in dem Bücher und Zeitschriften herumlagen und ein Radio auf einem der Nachtschränkchen stand. Nachdem die Blondine sich verabschiedet hatte, warf ich meinen Koffer aufs Doppelbett und besichtigte die Räumlichkeiten. In dem riesigen Wohnzimmer, das zwar geschmackvoll modern, für meine Begriffe aber äußerst karg eingerichtet war, führte eine Wendeltreppe ins Obergeschoß. Die drei Zimmer dort waren kahl, aber sauber. Ich ging wieder nach unten, sah mir Küche und Bad an, zog mich aus und legte mich erschöpft ins Bett.

15

Als ich nach einigen Stunden erwachte, hatte sich ein dämmriges Zwielicht im Zimmer breitgemacht. Eine Weile lag ich da und überlegte, was ich mit dem angebrochenen Abend anfangen sollte, und kam zu keiner Entscheidung. Der Hunger trieb mich schließlich aus dem Bett. Als ich gerade in der Küche vor dem geöffneten Kühlschrank darüber nachdachte, welche der unzähligen Früchtejoghurts wohl meiner Geschmacksrichtung entsprechen würden – etwas Deftigeres als Diätjoghurts war nicht zu finden, anscheinend sorgte die Sekretärin für die Verpflegung –, klingelte das Telefon.

Es war Sobiella.

Er wünschte mir einen guten Abend, entschuldigte sich wortreich für den Fall, daß er mich geweckt haben könnte, und fragte dann:

«Wie wäre es, wenn Sie uns heute abend Gesellschaft leisten würden, genauer gesagt, einen kleinen Happen, sozusagen im Familienkreis, zusammen mit uns essen würden. Patrizia und ich würden uns sehr glücklich schätzen – falls Sie nicht zu erschöpft sind von Ihrer Reise. Wir können dann auch noch nebenbei über ein paar Dinge reden, eventuell treffen wir sogar einen Bekannten, der Ihnen weiterhelfen kann.»

«Meinen Sie denn, daß es sinnvoll wäre, in aller Öffentlichkeit zu essen? Nach all dem, was passiert ist?»

«Aber, aber, wer spricht denn von Öffentlichkeit? Wir dinieren praktisch in privatem Kreis, in einem kleinen Lokal, einem Geheimtip gewissermaßen, kaum jemand kennt es. Kommen Sie einfach ins Büro herunter, wir erwarten Sie.»

Ich zog mir ein frisches Hemd an und verzichtete diesmal auf die Strickkrawatte – es sah legerer aus ohne. Ein offenes Hemd dürfte in einem dieser Nobellokale einen durchaus souveränen Eindruck machen.

Meine beiden Gastgeber hatten sich in Schale geworfen. Mein Selbstbewußtsein bekam einen kleinen Knacks, als ich Sobiella im dunklen Abendanzug und seine Patrizia im knappen, schwarzen, großzügig dekolletierten Kleid gegenüberstand. Falls sie von meinem Äußeren enttäuscht waren, ließen sie es sich jedenfalls nicht anmerken.

Sobiella zwängte sich mit der tatkräftigen Hilfe seiner Sekretärin in einen Mantel und klatschte dann fröhlich in die Hände:

«Auf, auf, meine Lieben, das Taxi wartet schon!»

Das Restaurant hieß *L'Ermitage* und ähnelte tatsächlich einer Einsiedelei. Es gab nur fünf Tische in dem kleinen, weißgetünchten Raum, und nur an einem davon saß ein ältliches Pärchen. Die Tische waren klein, die Holzstühle unbequem. Als Lichtquellen dienten nur Kerzen, die unregelmäßig über den Raum verteilt waren. Man konnte glauben, sich in einer Art Kapelle zu befinden. Die Kellner mit der blütenweißen Serviette über dem Arm waren unerträglich höflich. Mir war immer schon unverständlich gewesen, wie jemand zum Essen in ein solches Lokal gehen konnte – behandelt zu werden wie ein rohes Ei, verdarb mir jedesmal gründlich den Appetit. Außerdem bekam ich vom steifen Geradesitzen Rückenschmerzen.

Sobiella dagegen schien diese Atmosphäre glücklich zu machen. Mit einem seligen Glänzen im Gesicht machte er sich daran, die französische Speisekarte zu studieren. Wir sprachen ihm, was die Wahl der Speisenfolge betraf, unser vollstes Vertrauen aus.

«Wissen Sie», sagte Patrizia und sah mich lächelnd an, «es macht ihm ja so einen Spaß, seine Gäste nach allen Regeln der Kunst zu verwöhnen.» Es hörte sich an, als würde sie über ihren Sohn sprechen. Immerhin mußte ich zugeben, daß ihre reichlich dick aufgetragene Eleganz hier im Schein der Kerzen einen sehr reizvollen Eindruck auf mich machte. Den ganzen Abend über sprach sie keine zehn Sätze. Sie hörte wohl lieber zu. Wenn man redete und sie dabei ansah, konnte man den Eindruck gewinnen, sie wolle einen am liebsten umarmen vor lauter strahlender Begeisterung für jedes Wort, das man hervorbrachte.

«Luxus ist mein täglich Brot», sagte Sobiella pathetisch und strich ihr über den Arm. «Man muß ein Ziel haben im Leben.

Das ist nicht einfach, nicht in diesen Zeiten, denn was blieb übrig von allen Idealen der Menschheit? Freiheit, Gleichheit, Gerechtigkeit – all diese Worte sind entwertet worden, Kapitalismus, Sozialismus, Kommunismus, Demokratie, Diktatur – alles ist eins, wo sehen Sie noch den Unterschied? Ich sage es Ihnen: auf der Speisekarte! Was bleibt uns noch, wo finden wir Sicherheit, Vertrauen, Traditionen? Die Welt geht unter und wir mit ihr, was also bleibt uns übrig –» Er brach seinen Monolog ab, als der Kellner zu ihm trat. Es dauerte fünf Minuten, bis er alles bestellt hatte.

Wir fingen mit einer klaren Suppe an und arbeiteten uns durch unzählige Gänge, von denen jeder aus einigen sorgfältig arrangierten Winzigkeiten bestand. Ich war mir ziemlich sicher, daß wir bei dieser Art von Verzehr mehr Kalorien verbrauchten, als wir zu uns nahmen. Patrizia schaffte es, von so gut wie jedem Bissen noch etwas übrigzulassen. Kein Wunder, daß sie bei dieser Art von Diät nur aus Haut und Knochen bestand.

Sobiella dagegen war ganz in seinem Element. Es beruhigte mich, daß er seinen Teller immer genauso schnell leer hatte wie ich.

Während des Essens gab er nur Banalitäten von sich – über die französische Küche, die Notwendigkeit des Luxus und über den Wein, den wir tranken. Als wir endlich beim Dessert angelangt waren, und ich längst begonnen hatte, von Bratwürsten und Frikadellen zu träumen, blickte er über meine Schulter zur Eingangstür und sagte, während er Patrizias Arm zu sich zog, um auf ihrer goldenen Uhr die Zeit abzulesen:

«Na bitte! Das nenne ich Pünktlichkeit, auf den Mann kann man sich verlassen, was für eine angenehme Ausnahme!»

Ich drehte mich um. Der Kellner half gerade einem untersetzten, stämmigen Mann aus dem Trenchcoat. Darunter trug er einen billigen blauen Anzug, der dem Schnitt nach zu urteilen aus den siebziger Jahren stammen mußte. Er trat zu uns an den Tisch, küßte unbeholfen Patrizias Hand und wurde von Sobiella als «unser Freund Herr Nowak» vorgestellt. Er hatte ein grobes, breites Gesicht, schläfrige Augen, dichte, glatte schwarze Haare, die ihm bis über die Ohren fielen, und einen leicht ergrauten Schnurrbart.

Nowak setzte sich und bestellte einen Kaffee und einen Cognac. Wir schlossen uns an.

«Herr Nowak ist gewissermaßen in der Diplomatie tätig», sagte Sobiella und nickte dem Neuankömmling freundlich zu. «Hab ich nicht recht, mein Lieber?» Nowak nickte ausdruckslos. Sein Blick schweifte mißbilligend durch den Raum. Er schien das Lokal genausowenig zu lieben wie ich. Er holte eine Schachtel Marlboro aus seinem Jackett und zündete sich eine Zigarette an.

«Haben Sie von Ihrer Frau gehört, Herr Nowak?» Sobiella hatte einen leicht mitfühlenden Ton in seine Stimme gezaubert. «Sie haben sie kennengelernt, Herr Tolonen», wandte er sich an mich, «in Frankfurt. Leider ist ihr dieses traurige Mißgeschick passiert . . .»

«Die Frau, der ich die Papiere übergeben habe?»

«Genau die.» Sobiella freute sich über meine Überraschung.

«Sie wohnt hier in Köln?»

«Nein, in Frankfurt. Herr Nowak wohnt in Köln. Leider sind die beiden beruflich oftmals getrennt. Es ist ein anstrengendes Leben im Dienste des Vaterlands. Habe ich recht, Herr Nowak?»

Der Angesprochene nickte düster: «Wir haben uns seit zwei Wochen nicht mehr gesehen, aber jeden Tag miteinander telefoniert. Heute habe ich sie den ganzen Tag nicht erreichen können . . .» Er sprach schwerfällig, mit starkem östlichen Akzent.

«Leider», sagte Sobiella, «ist Ihrer Frau etwas Unangenehmes zugestoßen – ihr geht es sicher gut», fügte er eifrig hinzu, «aber sie ist einstweilen, wie soll ich sagen, aus dem Verkehr gezogen worden. Machen Sie sich deshalb keine allzu großen Sorgen, das wird schon wieder ausgebügelt. Ich glaube kaum, daß Ihre Leute sie im Stich lassen werden, seien Sie ganz beruhigt, Herr Nowak!»

Nowak sah ihn mißtrauisch an.

«Erzählen Sie ihm doch bitte, was sich in Frankfurt zugetragen hat», wandte Sobiella sich an mich.

Ich versuchte die Geschichte möglichst undramatisch zu erzählen und veränderte den Schluß so, daß ich Frau Nowak nicht als Mißhandelte beschreiben mußte. Es kam mir selber komisch vor, wie rücksichtsvoll ich mich verhielt. Nowaks Blick klebte während der ganzen Zeit an seiner Kaffeetasse. Als ich geendet hatte, nahm er seinen Cognac und stürzte ihn hinunter. Dann nickte er düster:

«Es sind immer die Kleinen, die alles ausbaden müssen.»

Er schwieg und starrte vor sich hin.

«Herr Nowak», sagte Sobiella behutsam, «Sie sehen, ich habe Ihnen nicht die Unwahrheit erzählt. Dieser Mann hier», er deutete auf mich, «hat alles mit eigenen Augen gesehen. Aber ich verspreche Ihnen, daß wir alles tun werden, um Ihre Frau so schnell wie möglich zu Ihnen zurückzubringen. Denken Sie immer daran, ich bin Anwalt.»

Nowak zuckte mit den Schultern. Man hatte ihn zutiefst enttäuscht, und nun war er bockig.

«Es gibt so viele Wege, diese Angelegenheit zu regeln», bohrte Sobiella weiter. «Vertrauen Sie mir! – So wie ich Ihnen vertraue.»

Ich war mir ziemlich sicher, daß Sobiella sich nicht im geringsten für das Schicksal von Nowak und dessen Frau interessierte. Auch Nowak mußte das klar sein. Aber was blieb dem armen Mann anderes übrig, als nach diesem Strohhalm zu greifen. Ich fragte mich, ob sich der Aufwand, den der BND um Frau Nowak betrieb, auszahlen würde. Wie Kasman erklärt hatte, war es ohnehin immer nur die Enttarnung der kleinsten Fische im internationalen Schlagabtausch der Spionageorganisationen gewesen, die der BND publizistisch an die große Glocke hing, selbst wenn die Strafen später kaum mehr als einige Monate auf Bewährung betrugen oder die Verfahren wegen Geringfügigkeit eingestellt wurden. Trotzdem war es natürlich alles andere als angenehm, als Spion entlarvt zu werden.

Viel konnte Nowaks Frau eigentlich nicht passieren, es sei

denn, sie würde anfangen, über die Tätigkeit ihres Mannes zu reden.

«Ich hoffe», sagte Sobiella fast beiläufig, «Sie haben mir die Unterlagen mitgebracht, um die ich Sie gebeten habe?»

Nowak reagierte nicht. Er benahm sich wie ein störrisches Kind.

«Bestellen Sie mir noch einen Schnaps!» sagte er schließlich, ohne aufzublicken.

Sobiella winkte dem Kellner.

«Herr Nowak», sagte er dann, «Sie wollen unsere Geduld doch nicht etwa allzusehr strapazieren?» Wenn es darauf ankam, konnte er auch in kurzen Sätzen sprechen.

«Was ist mit dem, was Sie mir versprochen haben?»

«Ich denke, daß wir in beiderseitigem Einvernehmen die Form der Entlohnung leicht verändern müssen.»

Nowak blickte auf: «Was soll das heißen?»

«Wir müssen der neuen Situation, die entstanden ist, Rechnung tragen, mein lieber Freund.»

«Welche Situation?»

«Wenn wir uns um Ihre Frau kümmern sollen, kann dies sehr teuer werden. Eine Menge juristischer Tricks sind vonnöten, um sie aus diesem entsetzlichen Schlamassel zu retten. So etwas kostet Zeit – und Geld.»

«Sie wollen mir nichts zahlen?»

«Aber nicht doch! Niemand soll leer ausgehen, auch Sie nicht. Wir sind immer fair gewesen, besonders zu Ihnen ...»

«Wieviel?» fragte Nowak scharf.

«Nun, ich denke, ein Viertel des vereinbarten Betrages dürfte alle Beteiligten zufriedenstellen.»

«Das ist nichts!»

«Denken Sie an Ihre Frau, stellen Sie sich vor, wie ihr zumute sein muß, in ihrer Gefängniszelle, während Sie hier sitzen und um lächerliche Geldbeträge feilschen. Überlegen Sie doch, Nowak! Mit dem übriggebliebenen Betrag können Sie bequem das Land verlassen – zurück in die Heimat, wenn Sie wollen.»

Nowak stürzte seinen zweiten Cognac hinunter.

«Habe ich eine andere Wahl?» fragte er bitter.

«Sie können frei entscheiden, mein Lieber.»

Nowak knallte das Cognacglas auf den Tisch und knurrte: »Also los! Gehen wir.»

Sobiella sah Patrizia an: «Du gehst mit ihm zu seinem Wagen – Sie sind doch mit dem Wagen hier, Nowak? Gut – geben Sie ihr die Unterlagen und fahren Sie beruhigt nach Hause. Ich werde mich dem Schicksal Ihrer Frau annehmen, das ist versprochen.» Er stand auf und reichte Nowak die Hand. Der zögerte einen Moment. Ohne die Hand zu beachten, erhob er sich und drehte sich zur Tür. Sobiella nickte seiner Begleiterin zu, die nach ihrer Handtasche griff und dem kleinen Mann folgte. An der Garderobe half er ihr in den Mantel.

Sobiella setzte sich seufzend: «Ein armer kleiner Fisch, der ins Netz geschwommen ist – nun zappelt er hilflos, und bald ist es aus mit ihm ...»

«Er ist Pole, aber doch nicht seine Frau?» fragte ich.

«Er ist nicht wichtig, sie ist nicht wichtig, was machen wir uns dann Gedanken über die beiden.»

«Aber Sie wollen ihnen doch helfen.»

«In Grenzen, mein Lieber, in sehr engen Grenzen.»

«Wieviel Geld zahlen Sie ihm?»

«Ein paar tausend Mark – nicht der Rede wert.»

«Haben Sie seine Frau da reingeritten?»

«Aber nein, es wäre doch absurd, sich das Leben derartig schwer zu machen. Ein dummer Zufall, das ist alles ...»

«Welche Funktion hatten die beiden denn?»

«Sie arbeiteten als Kuriere. Er ist vor Jahren nach Deutschland gekommen, man hat ihn ein bißchen erpreßt, weil er in Polen noch Familie hat – das übliche Verfahren. Er hat eine Deutsche geheiratet, und sie ist dann auch mit reingeraten. Für ein paar Mark mehr macht man sich schon mal die Hände ein klein wenig schmutzig. Eine ganz normale Geschichte also.»

«Wenn sie als Spione entlarvt werden, verlieren sie ihre Arbeit ...»

«... und so weiter», ergänzte Sobiella gelangweilt. «Das Schicksal der beiden sollte uns nicht allzusehr belasten.»

«Was sind das für Unterlagen, die Sie ihm abgekauft haben?»

«Einige kleine Beweisstücke, die manchen Mitarbeiter des polnischen Dienstes in die Bredouille bringen können.»

«Sie wollen gegen die Polen vorgehen?»

«Wir müssen uns Freiraum schaffen, wenn wir unserem gemeinsamen Freund im Norden zu Diensten sein wollen.»

«Dann ist er ein Verräter?»

«Ein guter Taktiker, wie ich schon sagte, Herr Tolonen. Was würden Sie denn tun, wenn sich herausstellen würde, daß ein Teil ihrer eigenen Leute Sie in die Pfanne hauen will?»

«Keine Ahnung.»

«Sie sind kein Profi, Sie gehen zu naiv an die Sache heran. Man muß die Probleme von allen Seiten beleuchten und sie anschließend richtig anpacken.»

Er winkte dem Kellner zu. «Wir müssen diesen gastlichen Ort leider verlassen. Ich hoffe, Sie sind mir nicht böse, aber die Zeit drängt. Ich habe noch zu tun.»

Patrizia kam zurück und steckte Sobiella, während sie ihm den Mantel reichte, einen kleinen Umschlag in die Tasche.

Wir fuhren zuerst sie nach Hause und anschließend zur Kanzlei.

Sobiella wünschte mir eine gute Nacht, und ich ging in den ersten Stock. Oben angekommen, öffnete ich den Kühlschrank und holte mir einen Joghurt heraus. Das Essen im *L'Ermitage* hatte mich hungrig gemacht.

Leider erwischte ich einen Becher mit Kirschgeschmack. Es schmeckte scheußlich.

Ich drehte das Radio auf dem Nachtschränkchen an, nahm mir ein paar Zeitschriften und legte mich ins Bett. Es dauerte lange, bis sich die Müdigkeit wieder einstellte.

16

Am nächsten Tag gegen 14 Uhr, ich hatte gerade mein karges Frühstück beendet – Nescafé mit Kaffeeweißer und Diätjoghurt – und wollte mir eine Zeitung besorgen, wurde ich von Patrizia mit flötender Stimme nach unten in Sobiellas Büro zitiert, wo eine kleine Überraschung auf mich wartete.

Ich durfte Hinrichsen die Hand schütteln.

Er war allein und stand zusammen mit Sobiella in dessen Büro. Sie sahen aus wie ein Komikerduo, der kleine fröhliche Dicke und der gebeugte Lange mit dem sommersprossengebräunten Gesicht. Aber sie waren nicht zu Späßen aufgelegt. Hinrichsen sah in seinem grauschwarzen Anzug und der dunklen Krawatte aus, als ginge er zu einer Beerdigung. Sobiella lächelte höflich, ließ seinen Gast aber keine Sekunde aus den Augen.

Hinrichsen war nicht im geringsten erfreut, mich zu sehen.

«Tag, Herr Tolonen», sagte er lustlos.

Seine Hand rutschte flüchtig über die meine, und er trat nach dieser halbherzigen Begrüßung beiseite, als wolle er mir zeigen, daß ich an diesem Ort nun wirklich nichts zu suchen hätte.

«Ich hoffe nicht», wandte er sich mit verkniffenem Gesicht an Sobiella, «daß bei unserem Gespräch ein Journalist anwesend sein soll.»

«Aber selbstverständlich nicht!» Sobiella breitete die Arme aus: «Es sei denn, Sie meinen Herrn Tolonen – zur Zeit mein geschätzter Gast übrigens ... Sie beide kennen sich natürlich, aber ja ... Nein, Herr Tolonen ist keineswegs im Rahmen irgendwelcher beruflicher Recherchen in meinem Haus – das ist doch korrekt, mein lieber Freund?» Er sah mich fragend an, und ich nickte. «Na, sehen Sie ... Vielmehr ist er in unserer heiklen Angelegenheit selbst tätig, um nicht zu sagen als Beauftragter einer Person, die aus naheliegenden Gründen nicht an unserem Gespräch teilnehmen kann ...»

Hinrichsen nickte düster. Das paßte ihm überhaupt nicht. Er schien zu überlegen, wie er mich loswerden könnte, aber es fiel ihm nichts ein.

«Hat Kasman ihn hierhergeschickt?»

«Sie dürfen ihn als seinen Bevollmächtigten ansehen.»

In Zeitlupentempo entwickelte Hinrichsen seinen Ärger: «Was für ein Unsinn!» rief er halblaut aus, während sein Blick ziellos durch das Büro irrte. «Es ist wirklich unglaublich, was dieser Mann sich einbildet ...»

«Sie wollen Herrn Tolonen doch nicht etwa beleidigen?»

«Kasman!» sagte Hinrichsen, und die Festigkeit seiner Stimme ging allmählich in die Brüche. «Wie glaubt er denn, mit uns umspringen zu können. Ich hätte schon längst gehen sollen.»

«Aber nicht doch. Bedenken Sie, was für Sie auf dem Spiel steht», Sobiella nickte mir beruhigend zu. Er schien Hinrichsens Klage eher als ein unvermeidliches Vorspiel zu betrachten.

«Und bedenken Sie bitte», warf ich ein, «daß ich schon mehr über ihre fragwürdigen Aktivitäten weiß, als Ihnen lieb sein kann. Wäre es Ihnen denn angenehm, wenn in der Zeitung über ihr Abenteuer in Frankfurt und die arme Frau Nowak berichtet würde? Und über den Mißerfolg, den Sie verbuchen mußten?»

«Ich weiß nicht, wovon Sie überhaupt reden ...»

Die Tür ging auf, und die gute Fee Patrizia schwebte mit einem großen Tablett belegter Brötchen und Broten herein.

«Wünschen die Herren ein Glas Sekt oder Wein zum Imbiß?» fragte sie.

Sobiella blickte Hinrichsen fragend an. Der schüttelte entschieden den Kopf. Sobiella seufzte, und ich in Gedanken mit ihm.

Wir setzten uns in die Sitzecke, und ich begann, mir ein Brötchen nach dem anderen einzuverleiben, während Patrizia uns den Kaffee einschenkte, dem Hinrichsen durchaus nicht abgeneigt war. Er blickte angeekelt auf den Lachs, den Kaviar und die geräucherte Forelle. Ein Mann wie er lebte wahrscheinlich von Wasser und Brot.

«Unser Freund hier», sagte Sobiella und deutete auf mich, «ist so sehr in unsere Unternehmungen einbezogen worden, daß seine Anwesenheit unerläßlich ist.»

Mir fiel ein Stückchen Forelle vom Brötchen.

Hinrichsen verzog keine Miene mehr. Er hatte sich mit der Situation abgefunden.

«Punkt eins», sagte Sobiella und lehnte sich zurück. «Ich denke, wir verstehen uns richtig, wenn wir davon ausgehen, daß wir ein vorrangiges gemeinsames politisches Interesse haben – wir wollen eine Staatsaffäre vermeiden. Stimmen Sie mir zu?»

«Werden Sie konkreter», sagte Hinrichsen mürrisch.

«Betrachten wir zunächst den geschichtlichen Hintergrund: Seit mehr als fünfzehn Jahren werden Unterlagen über die kompliziertesten technologischen Geheimnisse aus der europäischen Computerforschung mit einer geradezu berauschenden Regelmäßigkeit in den Osten transferiert. Das müßte uns gar nicht weiter stören, wäre die undichte Stelle nicht ausgerechnet im eigenen Land zu beklagen. Und selbst dann würde es sich fast um eine Routinefeststellung handeln, könnte sich nicht ausgerechnet in diesen Tagen eine Veröffentlichung der betreffenden Informationen äußerst negativ auswirken. Stimmen Sie mir soweit zu, Herr Hinrichsen?»

«Sie sollten konkreter werden.»

Ein Gurkenstückchen, das von einem Meerrettichsahnehäubchen gekrönt wurde, rutschte vom Lachs und landete auf meiner Hose.

«Die undichte Stelle in der europäischen Computerforschung befindet sich bei ATX – sind wir uns soweit einig?» fragte Sobiella.

Hinrichsen nickte.

«Gut. Ich hoffe, wir sind uns auch darüber einig, daß Herr Kasman, dem unzweifelhaft einiger Anteil an der Organisation des Informationsaustausches zukommt, keineswegs der Hauptschuldige ist.»

«Das ist Ihre Interpretation!» erklärte Hinrichsen verbissen.

Ich stellte fest, daß es gar nicht so einfach war, die Meerrettichsahne wieder von der Hose zu bekommen. Die Serviette fusselte.

«Das gesamte Management der Firma ist an dem jahrelangen, äußerst profitablen Verrat beteiligt gewesen!»

«Wir werden dafür sorgen, daß die Leute abgesetzt werden.»

«Wenn Sie es ohne Aufsehen durchführen wollen, kann das Jahre dauern. Und Sie müssen es ohne Aufsehen tun, weil sonst diese wunderbare gesamteuropäische Forschungseinrichtung namens *Alphatron* den Bach runtergeht. Und das wäre ein peinlicher Mißerfolg für die Regierung. Stimmen Sie mir zu?»

«Es ließe sich verkraften, nehme ich an ...» Hinrichsen war sich, was politische Dinge betraf, nicht ganz sicher.

Ich griff mir einen Roastbeefhappen.

«Es ließe sich verkraften – sicher, aber es wäre unangenehm. Und teuer dazu! Denn es sind Millionen von Forschungsgeldern zu ATX geflossen. Nicht nur deutsche Gelder übrigens. Hinzu kommt, daß ATX – natürlich, denn die internationale Forschung ist durch *Alphatron* über die Grenzen hinweg verzahnt worden – daß ATX nicht nur deutsche Forschungsergebnisse weitergegeben hat, sondern alles, was greifbar war. Was bedeutet, daß die gesamte Forschung von *Alphatron* offengelegt wurde. Im Osten – sicherlich auch schon längst in der Sowjetunion – könnte man Bücher zu diesem Thema drucken. Und darüber sind die Amerikaner nicht sehr erfreut. Sie waren ohnehin nicht sehr erfreut über *Alphatron*. Es wäre ihnen lieber gewesen, die ganze Sache hätte unter ihrer Aufsicht gestanden. Sie werden sich noch erinnern, daß es damals zu einigen internationalen Querelen gekommen ist. Ein Argument gegen ein rein europäisches *Alphatron* war, daß ohne die Oberaufsicht der CIA der Osten sich bedienen könne wie in einem Supermarkt. Wie peinlich ist es doch, daß die ruppigen Amis in diesem Punkt recht behalten haben!»

«Mir sind all diese Dinge bekannt ...» stieß Hinrichsen hervor. Sein Blick klebte bereits seit Minuten an einem Schinkenhäppchen. Ich griff danach. Nun ging der Blick ins Leere.

«Sicher, sicher», sagte Sobiella. «All diese Peinlichkeiten könnte man ja in den Griff bekommen – gesetzt den Fall, ein bekanntes Nachrichtenmagazin bringt keine Enthüllungsgeschichte.» Hinrichsens verkniffenes Gesicht sah mich kurz, Böses ahnend, an. «Es sieht momentan nicht so aus. Gut, aber da sind noch die in wenigen Tagen stattfindenden Verhandlungen zwischen den westlichen Industrieländern über eine Modifizierung der Cocom-Liste. Die Europäer, allen voran die Deutschen, sind sehr daran interessiert, daß die Liste extrem verkürzt wird. Es würde dem Technologieexport in den Osten doch wirklich sehr entgegenkommen. Die Amerikaner, denen man ja vorwirft, sie würden mit der Embargoliste nur eigene Vorteile absichern, dürften über den ATX-Skandal nicht sehr erfreut sein – und was das für die deutsche Verhandlungsposition bedeutet, kann sich jeder ausrechnen . . .»

«Sie erzählen mir nichts Neues», sagte Hinrichsen.

«Sicher nicht. Es gibt doch selten wirkliche Neuigkeiten zu berichten, nicht wahr. Worauf es ankommt, ist die jeweilige Gewichtung und das Zusammenwirken der Faktoren.»

Hinrichsen zuckte mit den Schultern. So wie er dasaß, nach vorne gebeugt auf den Tisch starrend, sah er aus wie ein Geier, dem man das Aas weggeschnappt hat.

Ich nahm mir ein Stückchen Petersilie, um den Vitaminbedarf zu decken.

«Möglicherweise», fuhr Sobiella fort, «interessieren Sie sich aber gar nicht für die internationalen politischen Verwicklungen – was ich nicht sehr begrüßen würde, denn man sollte sich immer über alle Folgen seiner Taten im klaren sein, jedenfalls in Ihrer Position. Aber stellen wir einmal eine Hypothese auf. Wie steht Ihre Firma, Verzeihung, Ihre Institution da?» Er schüttelte den Kopf: «Gar nicht gut. Fünfzehn Jahre lang haben Sie versagt! Fünfzehn Jahre sich von den Polen an der Nase herumführen lassen! Das ist peinlich. Gerade für einen wie Sie, Herr Hinrichsen, der die ganze Zeit in der mittleren bis oberen Führungsriege tätig war, unangefochten und sicher vor allen politischen Veränderungen. Politiker kommen und gehen, aber die Diener der Macht bleiben. Nicht alle, aber beispielsweise ein Hinrichsen. Wem also wird man die Leviten lesen, wenn eine solche fünfzehn Jahre währende Katastrophe publik wird? Demjenigen, der genau fünfzehn Jahre Zeit hatte, die Sache zu bereinigen, es aber versäumt hat. – So etwas ist hart. Da geht mehr als nur eine glänzende Karriere kaputt. Das geht ans Herz, da wird der Mensch tief im Innern getroffen ...»

Sobiellas letzte Worte klangen so traurig, daß ich unwillkürlich auf sein Gegenüber blickte und darauf wartete, daß er zu schluchzen anfing.

Aber Hinrichsen blieb gefaßt – er griff nach einem Käsebrötchen und biß lustlos hinein. Ob es eine Geste der Entschlossenheit war oder nur eine Übersprungshandlung, wage ich nicht zu entscheiden. Auf jeden Fall war es eine sinnlose Tat, denn der Käse, so wie er aussah, schmeckte mit Sicherheit nach nichts, und ich hatte noch eine Lachsschnitte und verschiedene Wurstbrote übriggelassen. Nachdem er das trockene Brötchen mit Hilfe seines letzten Schlucks Kaffee heruntergewürgt hatte, war mir klar, daß er bedauerte, auf den Sekt verzichtet zu haben. Störrische Askese lohnt eben nie. Hinrichsen wischte sich einen Krümel von der Lippe und sagte: «Ein Meisterspion, der nach fünfzehnjähriger Tätigkeit enttarnt wird, kann genausogut eine überaus positive Auswirkung für uns haben.»

Sobiella schüttelte den Kopf: «Nicht unter den internationalen politischen Voraussetzungen, die ich Ihnen skizziert habe.»

Hinrichsen enttäuschte mich, er war bereits mit seinem Latein am Ende.

«Was also schlagen Sie vor?» fragte er.

«Ein kleines, für beide Seiten lukratives Geschäft.»

«Ich mache keine Geschäfte.»

«Lassen Sie uns nicht über Worte streiten. Wir haben Ihnen zugearbeitet. Dafür können Sie uns einen kleinen Vorteil einräumen – so etwas nenne ich dann Geschäft ... Wie dem auch sei, ich schlage folgendes vor: Sie gehen dem Fall Kasman, wie ich es einmal nennen möchte, weiterhin wie bisher nach, das heißt mit äußerst mäßigem Erfolg. Da Sie ihn ohnehin bisher nicht ausfindig machen konnten, dürfte Ihnen dies leichtfallen, möchte ich meinen. Sie verstehen sicherlich, was ich sagen will: Schicken Sie Ihre Leute – oder auch sich selbst, ich bin ja leider nicht genau darüber im Bilde, wie Sie bei Ihrer Arbeit an diesem besonders heiklen Fall vorgehen –, schicken Sie sie also auch weiterhin in die Weltgeschichte, aber so, daß sie vornehmlich, sagen wir mal, Orte ihrer Aufmerksamkeit unterziehen, die einen gewissen Vergangenheitswert haben ...»

«Ich habe verstanden, was Sie meinen», fiel ihm Hinrichsen ungeduldig ins Wort. «Erklären Sie mir lieber, welche Vorteile ich davon haben könnte.»

Das Stückchen Schwarzbrot mit Leberpastete schmeckte recht fade. Ich fühlte mich satt und lehnte mich zufrieden zurück.

«Uns sind Dokumente zugespielt worden, von denen Sie einen nicht geringen Nutzen hätten, verehrter Herr Hinrichsen. Sehen Sie, Ihr Schicksal und das Ihrer Firma liegt uns sehr am Herzen. Sie sollen, was Ihre Erkenntnisse über den polnischen Geheimdienst betrifft, nicht auf dem trocknen sitzen bleiben. Wir hätten Ihnen eine ganze Reihe von Vorschlägen zu machen, wie Sie Ihre erst kürzlich – sehr kürzlich – gewonnenen Informationen verwenden könnten.»

Sobiella schob ihm endlich den schmalen Aktenordner entgegen, den er die ganze Zeit bereits vor sich liegen gehabt hatte. Darin waren die Unterlagen abgeheftet, die Nowak ihm am Vorabend übergeben hatte.

Hinrichsen holte seine randlose eckige Lesebrille aus der Innentasche seines Jacketts und setzte sie auf. Er brauchte lange, bis er sich von der Echtheit und dem Wert der Papiere überzeugt hatte.

Dann zog er die Brille wieder ab und sah Sobiella ernst an.

«Ja», sagte er bedächtig, «das ist interessant.»

«Es gehört alles Ihnen, lieber Freund, wenn Sie bereit sind, unsere Bedingungen zu akzeptieren.»

«Was ist mit den ATX-Dokumenten?»

«Aber, aber, was für eine Frage!» Sobiella war entrüstet. «Die sind doch bereits in Ihren Händen. Herr Tolonen hat Sie Ihnen ja gewissermaßen auf dem silbernen Tablett serviert. Ich denke, nach allem, was wir besprochen haben, dürfen Sie zufrieden wie auch von unserer Aufrichtigkeit überzeugt sein. Habe ich recht?»

An Hinrichsens Stelle hätte ich mich verdammt unwohl in meiner Haut gefühlt. Es bestand die Gefahr, daß er etwas Wesentliches übersah und Sobiella ihn später doch noch reinlegen konnte. Andererseits war es ein interessantes Angebot, und ihm blieb letztlich keine Wahl, wollte er nicht einen großen politischen Skandal riskieren – und das Ende seiner Karriere. Er nickte leicht vor sich hin und dachte nach. Immerhin würde er einen beträchtlichen Teil der aktiven polnischen Agenten in der Bundesrepublik mit Hilfe dieser Unterlagen auffliegen lassen können. Oder, wenn er ganz schlau sein wollte, einen nach dem anderen umdrehen und den ganzen Ring zu unterwandern versuchen. Ein schmackhafteres Angebot hatte ihm sicherlich kaum jemals einer gemacht. Dank des kleinen Kuriers Nowak hatte der BND nun das bundesdeutsche Kommunikationsnetz der Polen in der Hand. Damit konnte Hinrichsen bei seinen Vorgesetzten mächtig angeben.

«Eine Kleinigkeit wäre da allerdings noch ... Diese arme Frau, die Sie so schrecklich mißhandelt haben ... Sie sollten Mitleid mit ihr haben. Sie hat es wirklich nicht verdient, daß man sie so entsetzlich quält. Wie nutzlos auch, jetzt, wo Ihnen wesentlich umfassendere Informationen, als sie Ihnen jemals geben könnte, vorliegen.»

Hinrichsen klappte den Ordner zu.

«Ich werde es prüfen», sagte er knapp.

Sobiella war begeistert: «Tun Sie das, tun Sie das, mein lieber Freund. Sie werden zu dem gleichen Ergebnis kommen wie wir auch.»

Hinrichsen stand auf und klemmte sich den Ordner unter den Arm. Wir erhoben uns ebenfalls und gaben ihm zum Abschied brav die Hand. Mit so viel Mißbilligung und Verachtung im Blick hatte mich selten jemand gestraft.

«Sie haben sich in gefährliches Fahrwasser begeben, Herr Tolonen. Seien Sie vorsichtig mit Ihrer Schreibmaschine, es könnte leicht ins Auge gehen», sagte er giftig.

Kaum war er verschwunden, trat Patrizia ins Büro, in der Hand einen Sektkübel und fragte: «Gibt's jetzt was zu feiern?»

Sobiella war begeistert: «Aber ja, aber ja. Immer her mit dem Schampus, das war ja ein außerordentlicher Erfolg, hätte nie gedacht, daß wir ihn so schnell herumkriegen würden. Wir haben ihn plattgeklopft wie eine Flunder! Ein wunderbarer Mensch, dieser Hinrichsen, finden Sie nicht?» fragte er mich.

«Er hat mir gedroht!»

«Ach was! Freuen Sie sich darüber. Es war der Mut der Verzweiflung, der ihm das letzte Wort diktierte. Sie sind doch bestens gegen ihn gerüstet.»

«Ich?»

«Selbstverständlich! Ein gut geschriebener Artikel über die heutige Konferenz, und der Mann hat seinen letzten beruflichen Seufzer gemacht.»

«Und ich eventuell auch ...»

«Aber niemals, im Gegenteil, warten Sie nur ab!»

Er reichte mir das Glas.

Wir prosteten uns zu.

«Bedenken Sie nur eins, mein lieber Freund», sagte er dann mit einem kalten Lächeln. «Ich bin aus anderem Holz geschnitzt als dieser kleine Beamte!»

Er setzte sich zufrieden hinter seinen Schreibtisch. Patrizia lehnte sich von hinten gegen den Ledersessel, schlang den linken Arm um seinen Hals und strahlte über das ganze Gesicht – sie waren ein Herz und eine Seele.

«Was sind das für Dokumente, die Hinrichsen in Frankfurt erbeutet hat?» fragte ich.

«Es waren die Pläne für ein neuartiges elektronisches Offensiv-Waffensystem. Es wurde von einigen europäischen NATO-Staaten, allen voran die Bundesrepublik und Frankreich, entwikkelt und hat einige Millionen Mark verschlungen, von denen ein Großteil zu ATX geflossen ist – wie es heißt. Offiziell soll niemand über das Projekt unterrichtet sein, die Verteidigungsminister schweigen sich aus ... was sie ja immer tun, das ist klar, von sich aus würde keiner anfangen, über die neuesten geheimen Waffenpläne zu plaudern. Tja, wie gesagt war ATX wesentlich an der Ausarbeitung der elektronischen Steuerungssysteme beteiligt – was natürlich nur möglich ist, wenn den Konstrukteuren der Gesamtaufbau, Zweck und Umfang der Gerätschaften en détail vorliegen. Es herrschte allerhöchste Geheimstufe, vor allem, weil man auch die Bündnispartner jenseits des großen Teichs überraschen, also vor vollendete Tatsachen stellen wollte. Die Amerikaner haben ja die Angewohnheit, alle ihre militärischen Errungenschaften ihren lieben Freunden aufs Auge drükken zu wollen – was mitunter sehr teuer werden kann, vor allem aber die Eigeninitiative hemmt und das Selbstbewußtsein in Mitleidenschaft zieht. Den selbstbewußten Deutschen hat das zwar nie etwas ausgemacht, aber da sie nun mal daran interessiert sind, dem französischen Nachbarn zu schmeicheln, müssen sie es auch einmal wagen, über den eigenen Schatten beziehungsweise den der Amerikaner zu springen. *Alphatron* war so ein Versuch, der gut funktioniert hat, solange es nicht um Rüstungstechnologie ging. Als dann aber die Entwicklung fortgeschrittener elektronischer Steuerungssysteme in Angriff genommen wurde, die eindeutig für militärische Zwecke verwendbar sein sollten – so allgemein drückte man sich vor einigen Jahren aus, Sie kennen das ja: Politik als die Kunst, möglichst, ohne richtig zu lügen, die Wahrheit zu vermeiden – ab diesem Zeitpunkt jedenfalls hagelte es Proteste aus Washington. Bestimmte vertragliche Vereinbarungen seien verletzt worden, schrien die Yankees, und dergleichen mehr, natürlich ohne Erfolg. Wenn es um die eigene Rüstung geht, sind die Franzosen nicht so leicht von Geschrei zu beeindrucken. Kurzum, *Alphatron* experimentierte und konstruierte weiter, und eines Tages begann eine ausgewählte Wissenschaftlergruppe bei ATX mit einem aufregenden innovativen Projekt . . .»

«Wer ist daran beteiligt?»

«Ist mir leider nicht bekannt – viele können es jedoch nicht sein, wenn man bedenkt, daß höchste Geheimhaltungsstufe angeordnet wurde.»

«Und ausgerechnet einer der beteiligten Wissenschaftler ist seit über zehn Jahren polnischer Agent.»

«Ich nenne dies die Ironie der ewigen Vorsicht – man könnte gewissermaßen ein Naturgesetz für solche Fälle formulieren: Je größer die Vorsicht und die Geheimniskrämerei, um so größer auch das Scheitern, also die Möglichkeit des Verrats. Fast habe ich den Verdacht, daß man eine solche Beziehung sogar anhand von Statistiken beweisen kann. Wundern würde mich nicht, wenn in irgendeiner dunklen Ecke weit hinten in einem einsamen Gang im Keller des Bundesnachrichtendienstes ein ergrauter Statistiker an einem vorsintflutlichen Computer solche fatalistischen Berechnungen anstellt – eine schöne Metapher, gefällt sie Ihnen?»

«Schön ja, aber weit von der Realität entfernt. Der BND ist natürlich eine Institution, die alles in ihren Verfolgungswahn einbezieht – bis auf Zweifel an der eigenen Effektivität. Ein Naturgesetz des Verrats würde diese Beamten in den Selbstmord treiben.»

«Ich glaube, Sie haben leider recht, mein Freund. Von derlei philosophischer Einsicht sind diese Jäger aus dem Wolkenkuckucksheim weit entfernt . . .»

«Ich verstehe überhaupt kein Wort», schmollte plötzlich Patrizia, setzte sich auf ihres Meisters Sessellehne und ließ ihr Knie unter dem züchtigen Kanzleirock hervorrutschen.

Sobiella seufzte und plazierte seine Hand auf dem Knie: «Wie recht du hast, meine Liebe – wir schlagen über die Stränge, gedanklich . . . Man muß bei den Tatsachen bleiben, sonst wird die Welt ein Ort der Willkür.»

Das wiederum war zu hoch für mich.

«Um noch einmal auf die ATX-Pläne zurückzukommen – um welches Projekt handelt es sich nun eigentlich?»

«Sie haben sich die Dokumente nicht angesehen?»

«Ich kenne den Namen – C.A.K.P. –, habe einen Blick auf die Papiere geworfen, aber nichts verstanden. Die Zeit war knapp, die Situation recht ungewöhnlich für meine Verhältnisse . . .»

«Ich verstehe. Viel kann ich Ihnen natürlich auch nicht erklären, aber hören Sie zu: C.A.K.P. ist die Abkürzung für ‹Computergesteuerter Automobiler Kampfpanzer›. Es handelt sich um ein Waffensystem, das selbständig in Feindgebiet operieren kann, nicht etwa ferngesteuert, sondern praktisch autonom, also auf sich allein gestellt – ein Panzer ohne Besatzung, nehme ich an, und dadurch natürlich weit weniger verwundbar. Es ist eine Offensivwaffe, und deshalb haben die zuständigen Stellen bisher möglichst wenig Wind darum gemacht. Es ist bekannt, daß die Öffentlichkeit, sobald sie von eindeutigen Offensivwaffensystemen erfährt, in großes Geschrei ausbricht. Dabei ist mir kein Panzer bekannt, der defensiv genug wäre, den Gegner am Leben zu lassen, genauso wie mir keine Verteidigungsstrategie bekannt ist, die darauf verzichtet, dem Angreifer, ist er einmal in die Flucht geschlagen, nicht hinterherzurennen und ihm den Garaus zu machen . . . Aber ich schweife schon wieder ab. C.A.K.P. funktioniert ohne Soldaten, das wird die Generäle freuen – und die Soldaten natürlich ganz besonders. Alle bleiben zu Hause und sehen sich im Fernsehen an, was die Maschinen dort draußen an der Front treiben. Das klingt vielleicht jetzt noch nach Sciencefiction, aber so ist das mit dem technischen Fortschritt, wenn er in den Kinderschuhen steckt.»

«Ich frage mich, ob man in diesem Zusammenhang überhaupt von Fortschritt sprechen kann», sagte ich.

«Ach wissen Sie», entgegnete Sobiella mit einer geringschätzigen Handbewegung, die ihr Ende wieder auf Patrizias Knie fand, «das Wort Fortschritt ist einfach viel zu positiv definiert worden – glauben Sie nicht? Also ich meine, betrachtet man die Menschheitsgeschichte, wo können Sie denn von positivem Fortschritt sprechen? Haben Sie in irgendeiner Hinsicht eine Entwicklung zum Besseren bemerkt? Ich nicht, muß ich Ihnen leider gestehen.»

«Der Champagner!» hauchte Patrizia ihm ins Ohr.

«O ja, aber natürlich, eine Einschränkung müssen wir machen – obwohl ich mich frage, ob der Luxus nicht eine ewige Konstante darstellt . . . Aber bleib doch sitzen, meine Liebe, ich bediene mich schon selbst.»

Die zweite Flasche war so schnell geleert wie die erste, und das Gespräch uferte im Laufe des Nachmittags immer mehr aus.

Sobiella schrieb einen Brief an Kasmans postlagernde Adresse im Norden und schickte ihn los, bevor wir uns zum Abendessen aufmachten.

Ich wäre am liebsten ins Bett gegangen, hoffte aber, mehr über meinen ungewöhnlichen Gastgeber zu erfahren. Die Hoffnung war vergebens. Den größten Teil des frühen Abend hatte ich damit zu tun, Sobiella davon zu überzeugen, daß die «nette Bekannte von Patrizia», die mich angeblich unbedingt kennenlernen wollte, bei mir auf Granit stoßen würde.

Sie kam trotzdem, genauso mager und genauso blond wie Sobiellas Sekretärin, und der Abend verlief in den üblichen unoriginellen Konversationsbahnen. Mag sein, daß ich die Dame vor den Kopf stieß, als ich mich relativ früh verabschiedete, aber ich dachte an eine Person mit kastanienbraunem Haar. Ich bin eben ein monogamer Mensch.

17

Zwei Tage später stieg ich in den Intercity nach Hamburg. Außer meinem Koffer hatte ich einen Stapel der verschiedensten Tageszeitungen und Boulevardblätter dabei, in denen von einem Überraschungscoup des BND gegen den polnischen Geheimdienst berichtet wurde. Politische und organisatorische Details fand ich in den seriösen Blättern, genauere Angaben zu den betroffenen Personen in der Sensationspresse.

Was es mit der Agententätigkeit der einzelnen Personen auf sich hatte, wurde seltsamerweise kaum näher beschrieben. Die Blätter ergingen sich in Schilderungen der Verhaftungen, der Berufe und der Charaktere der betroffenen Personen, und besonders die Boulevardblätter beschrieben private Einzelheiten – nach dem üblichen Muster: *Ostagentin im Bett überrascht*, *Das Ende der nackten Agentin* oder *Sie liebte das Geld und den Verrat.* Die seriöseren Blätter dagegen sprachen von der *Zerschlagung eines Agentenrings* und der *Entlarvung eines polnischen Spionagenetzes*. In einem Interview erklärte der Generalbundesanwalt, die Aktion sei monatelang minutiös vorbereitet worden, *um kein Risiko einzugehen*, und ein voller Erfolg – *der polnische Geheimdienst ist praktisch handlungsunfähig, wir haben Informa-*

tionen ungeahnter Sprengkraft in der Hand. Auch die Regierung freute sich und lobte ihre Sicherheitsorgane.

Tatsächlich hatten sie kaum etwas erreicht. Es war lediglich ein Teil des bundesweiten Kommunikationsnetzes der Polen zerstört worden. Sicherlich würde es noch weitere Enttarnungen geben, aber auch die würden sich in Grenzen halten. Die großen Fische, höherstehende Geheimdienstoffiziere und mit großer Vorsicht eingeführte Spitzenagenten in politischen und administrativen Bereichen, die mit den Kurieren niemals persönlich verkehrten, hatten sich längst zurückgezogen und warteten ab, bis der Sturm sich gelegt hatte. Es war ein befriedigendes Gefühl, wesentlich mehr zu wissen als sämtliche Kollegen.

Der Schaden für die Polen, so hatte mir Sobiella erklärt, hielt sich durchaus in einem leicht zu verkraftenden Rahmen. Daß das BKA oder der BND nicht von brisanten Dokumenten berichteten, deren Übergabe an die Ostagenten in letzter Minute verhindert worden war, war ein Glücksfall für Kasman. Im anderen Fall wären seine Pläne wieder gefährdet worden. Aber dank Hinrichsen schwiegen sich die bundesdeutschen Behörden über den ATX-Skandal aus. Es war anzunehmen, daß sie die peinliche Angelegenheit im stillen regeln wollten. Auf diese Weise wurde Kasmans Name aus den Berichten herausgehalten, und er konnte seine undurchsichtige Doppelstrategie weiterverfolgen. Wäre der ATX-Verrat und das Vorhandensein eines Spions in diesem sensiblen Bereich bekanntgeworden, hätte sich nicht nur die Führung des BND mit peinlichen Fragen konfrontiert gesehen. In dieser Hinsicht hing alles davon ab, wieviel Hinrichsen über diese Geschichte von sich gegeben hatte – wahrscheinlich so wenig wie möglich.

Kasman, so schien es mir zu diesem Zeitpunkt, hatte genug Zeit, sich gemächlich aus dem Staub zu machen.

Am Vortag hatte ich mir von Sobiellas Sekretärin eine Schreibmaschine ausgeliehen und mich in die Wohnung über der Kanzlei zurückgezogen. Dort ordnete ich den ganzen Tag lang die Informationen, die ich im Laufe der Zeit in Erfahrung gebracht hatte, und schrieb meine verschiedenen Erlebnisse nieder. All die Einzelheiten, die ich aus unmittelbarer Anschauung kannte, in einen vernünftigen, für jeden nachvollziehbaren Zusammenhang zu bringen, war journalistische Knochenarbeit. Nachdem ich zwölf Stunden ohne Unterbrechung daran gearbeitet hatte, war ich mit dem Text einigermaßen zufrieden – und vollkommen erledigt. Bis auf eine Kaffeepause mit Patrizia und biodynamischen Kuchenstückchen hatte ich mir keine Ruhepause gegönnt. Ich schaffte es gerade noch rechtzeitig, die Kopien des gesamten Skripts an meine eigene Adresse nach Hamburg zu schicken. Zur Sicherheit. Falls nötig, wollte ich Kasman gegenüber drohen können, daß ich sämtliche Materialien jederzeit zur Veröffentlichung parat hatte. Auch wenn ich nicht selbst in Hamburg war. Was blieb mir anderes übrig, als an die Macht des Wortes zu glauben? Kreissberg würde es in einem solchen Notfall sicherlich schaffen, meinen Briefkasten aufzubrechen.

Zwar war der Artikel noch lange nicht druckreif, aber einen Großteil des Materials hatte ich schon zu Papier gebracht. Endlich hatte ich mal wieder richtig arbeiten können. Als ich im Zugrestaurant saß und darüber nachdachte, war ich so gut gelaunt wie lange nicht mehr.

In Hamburg angekommen, rief ich in der Agentur an und verabredete mich mit Kreissberg beim Griechen.

Er war ganz gerührt, mich wiederzusehen, und ich mußte zur Begrüßung einen Ouzo mit ihm trinken. Ich widerstand wacker dem Brechreiz, und wir setzten uns in Kreissbergs Stammecke im hinteren Teil des halbdunklen Lokals. Er lud mich zu einer Portion Souflaki ein und bestellte eine Flasche Rotwein – das erste Mal seit unserer Bekanntschaft, daß er freiwillig Geld für mich ausgeben wollte.

Nachdem wir mit dem Wein angestoßen hatten, griff er sofort wieder zur Flasche, um nachzuschenken.

«Du willst mich betrunken machen, Kreissberg.»

«Quatsch, Mensch, wieso denn – trink doch, wäre schade drum. Wir feiern deine Rückkehr, Tolonen. Da laß ich schon mal was springen.»

«Welche Rückkehr?»

Er sah mich verunsichert an: «Heim ins Reich, zurück in den feuchten Schoß der Firma ...»

«Wird wohl noch eine Weile dauern, wenn überhaupt.»

«Willst du mich verarschen? Soll ich mir etwa weiterhin ansehen, wie der Müllberg auf deinem Schreibtisch wächst? Hätte mich beinahe erschlagen, dieser Wust, neulich morgens ... Außerdem bin ich mit meiner Weisheit allmählich am Ende, was das Erfinden von Ausreden für deine Abwesenheit betrifft. Jeden Tag quatscht mich die Alte durchs Telefon an und fragt nach dir. Meinst du vielleicht, das ist besonders lustig, sich andauernd ihr Krächzen anhören zu müssen? Ich halte den Kopf für dich hin!»

«Sag ihr einfach, sie kann mich mal.»

«Was?» fragte er und seine Augen funkelten lüstern. «Was kann sie mal? Das mußt du mir erklären.»

«Laß den Blödsinn.»

«Ist dir dein Schauspielerliebchen durch die Lappen gegangen? Willst du's jetzt eine Etage weiter oben probieren?»

«Kreissberg, dieses Geschwätz kotzt mich an ...»

«Ha! Es kotzt dich an, was? Na und! Was glaubst du wohl, was mich ankotzt? Du machst Ferien auf meine Kosten, überläßt mir deine Arbeit – mein Traum war ja nun wirklich nicht, dieses beschissene Interview mit der Diva zu redigieren –, und dann kommst du angeschissen und erzählst mir solchen Schwachsinn. Ich halte dir dein Plätzchen warm, rede mir den Mund fusselig, damit die vertrocknete Alte dich nicht rausschmeißt, und du faselst irgendwelchen Mist – es kotzt mich an! Daß ich nicht lache! Heb dir deine Moralpredigt für deine sensible Bumsschwester auf! Erspar mir dieses Geschwätz, und erzähl mir endlich, mit was du deine letzten Tage vergeudet hast. Ich bin dein Freund, falls du das noch nicht gemerkt haben solltest – auch wenn du neuerdings Krawatten trägst.» Er deutete auf meinen Hals: «Es sieht übrigens absolut bescheuert aus, wie ein eingelaufenes Handtuch, wenn du mich fragst.»

Er war stocksauer, und ich war es auch.

Der Wirt brachte zwei Riesenberge Pommes mit Tsatsiki,

Krautsalat und jeweils zwei gigantischen Fleischspießen darauf. Der Anblick ließ mir jeden Hunger vergehen. Kreissberg griff sich einen Spieß, tunkte ihn in den Knoblauchquark und fing an daran zu knabbern, ohne dem Besteck irgendwelche Beachtung zu schenken. Es sah nicht sehr appetitlich aus.

Der Wirt sah ihm dabei zu und freute sich. Als er bemerkte, wie ich zögerte, zeigten sich ein paar Kummerfalten auf seiner Stirn. Es blieb mir nichts anderes übrig, als es Kreissberg gleichzutun. Ich nahm die Gabel und schob das Fleisch vom Spieß. Schon von einer halben Portion wäre ich eine Woche lang satt gewesen. Der Wirt nickte mir zustimmend zu und verschwand hinter dem Tresen.

Wir arbeiteten uns durch das überwürzte Essen und schwiegen. Kreissberg begann zu schwitzen, und mir wurde langsam schlecht. Griechisches Essen, so erinnerte ich mich plötzlich, war meinem Magen noch nie bekommen.

Aber als Leidensgenossen kamen wir uns wieder näher. Kreissberg stöhnte auf, als er die beiden Spieße und die Hälfte der Pommes aufgegessen hatte. Vom Salat hielt er offenbar nicht viel.

«O Mann! Das ist die einzige Kneipe in der Stadt, in der ich eine normale Portion nicht schaffe.»

«Und das ist deine Stammkneipe?»

«Eben drum – immer wieder eine neue Herausforderung.»

«Ich bin gerade aus Köln zurückgekommen. Vorher war ich in Frankfurt.»

Er nickte: «Klingt interessant.»

«Es ist meine Geschichte, Kreissberg, sind wir uns da einig?»

«Aber ja. Hab ich dich jemals beklaut?»

«Mich nicht, aber alle anderen.»

«Na bitte.»

Ich erklärte ihm in groben Zügen, was passiert war.

«Mit der Story kannst du 'ne Menge Geld rausschinden, wenn du sie an den richtigen Mann bringst», sagte er.

«Ich weiß. Aber es ist noch nicht vorbei.»

«Nimm's mir nicht übel», sagte er dann, «aber es interessiert mich nun mal brennend. Bist du nun mit ihr ins Bett gestiegen?»

Kreissberg war unverbesserlich. Ich nickte: «Ein bißchen.»

Das fand er lustig. Er lachte: «Ein bißchen! Du bist ein Komiker, Tolonen. Was heißt denn ein bißchen? Habt ihr's auf der Bettkante getrieben, oder mit der Decke dazwischen, oder was?»

«Fang nicht schon wieder damit an.»

Er hob beschwichtigend die Arme: «Vergiß es, ich halt jetzt meinen Mund. Es ist nur freundschaftliches Interesse, was mich so neugierig macht.»

«Schon gut.»

Er goß den Rest aus der Weinflasche in die Gläser.

Dann wollte er mit mir anstoßen und fing an zu grunzen: «Ein bißchen! Was für eine Vorstellung!»

Wir tranken unsere Gläser leer.

«Was nun?» Kreissberg sah mich fragend an.

«Jetzt gehen wir zu deinem Auto.»

«Was wollen wir denn da?»

«Du gibst mir den Schlüssel, und ich fahr los.»

«Bist du verrückt? Du willst mich ohne Auto zurücklassen? Hast du deine Kiste zu Schrott gefahren?»

«Mein Wagen steht in Duvenstedt – vor einem Lokal. Ich schreib dir die Adresse auf. Du kannst es dort abholen.» Ich gab ihm Schlüssel und Adresse.

«Bin ich neuerdings dein Laufbursche?» fragte Kreissberg, während er am Tresen unser Essen bezahlte.

«Tu mir doch den Gefallen, Kreissberg. Ich werd mich revanchieren. Ich hab's eilig.»

Wir standen auf der Straße.

«Ich enthalte mich jeden Kommentars», sagte er. «Merkst du das? Mich interessiert gar nicht, warum du's so eilig hast.»

«Ich erzähl's dir später.»

«Ich denke mir meinen Teil.»

«Wo steht der Wagen?»

«Gleich um die Ecke.»

Kreissberg fuhr einen alten schwarzen BMW, der seinem

Charakter entsprach: verbeult und verschrammt, aber unter der Motorhaube steckte noch eine Menge Kraft.

Er gab mir den Schlüssel und deutete auf den Kofferraum: «Du kannst alles mit dem Wagen machen, was man normalerweise mit einem Auto machen kann. Aber bitte, lade nichts in den Kofferraum. Die beiden überdimensionalen Rostlöcher da hinten sind nämlich keine Attrappen.»

«Sind sie nicht?»

«Nein, überhaupt nicht.»

Ich stieg in den Wagen und kurbelte das Fenster herunter, um mich von ihm zu verabschieden. Ich erklärte ihm, daß er, falls er in 48 Stunden nichts von mir hören würde, meine Erlaubnis hätte, sich an meinem Briefkasten zu vergreifen.

«Warum gibst du mir nicht einfach den Schlüssel für den Kasten?»

«Weil du sonst gleich losrennst, um den Brief zu lesen.»

«Vertraue mir», sagte er.

«Das tue ich bereits.»

Nachdem ich den Motor gestartet hatte, beugte er sich noch einmal zum Fenster und sagte:

«Noch eins, Tolonen.»

«Was denn?»

«Immer dran denken: Ein bißchen Sex muß sein!»

Er lachte albern und ging weg.

Er hatte mir nicht erzählt, daß der Auspuff röhrte und der Tank so gut wie leer war.

Nachdem ich an einer Tankstelle den Auspuff hatte notdürftig reparieren lassen, fuhr ich nach Hause, um ein paar frische Klamotten einzupacken, und machte mich anschließend auf den Weg nach Norden.

Ich befand mich geradezu in euphorischer Stimmung. Endlich war ein Ende der unwürdigen Plagerei in der Agentur in Sicht! Ich war der einzige Journalist, der die Geheimdienstaktionen der letzten Tage hautnah miterlebt hatte. Auch wenn ich nicht alle Namen nennen durfte, konnte ich eine Insider-Story vorweisen, die sich gewaschen hatte. Einen solchen – möglicherweise mehrteiligen – Artikel an eine der großen Illustrierten zu verkaufen war eine Kleinigkeit. Das würde mich sanieren. Und nicht zuletzt meiner abgestorbenen Karriere wieder neues Leben einhauchen. Sogar die Möglichkeit, sie dem «großen deutschen Nachrichtenmagazin» anzubieten, bestand. In Gedanken ging ich die Einleitung und den Anfang des Artikels durch, formulierte meinen ätzenden Kommentar über den deutschen Geheimdienst und die Trägheit der Behörden im allgemeinen sowie die Naivität all jener, die glauben, die Welt der Geheimdienste sei grau und langweilig. Seit Jahren schon hatte kein Thema eine solche Begeisterung in mir hervorgerufen. Ich ärgerte mich, daß ich kein Diktiergerät bei mir hatte, denn ich war mir ziemlich sicher, alle Details schon druckfertig im Kopf zu haben. Je mehr ich darüber nachdachte, um so unruhiger wurde ich, und hätte am liebsten an einer Autobahnraststätte gehalten, mir Kugelschreiber und Papier besorgt und die Story zu Ende geschrieben.

Aber die Geschichte war ja noch gar nicht beendet. Ich steckte noch mittendrin. Kasman, der Held meines Artikels, erwartete mich. Und natürlich Hanna. Wäre sie nicht gewesen, hätte ich meine Euphorie wahrscheinlich eher zügeln können. Für einen Journalisten verhielt ich mich nicht gerade vorbildlich. Und für einen Mann, der sich im Räderwerk der internationalen Spionage befand, erstaunlich naiv.

Ich machte Kreissbergs Autoradio an, gab noch mehr Gas und rauschte zu den Klängen von «Figaros Hochzeit» über die Autobahn, vorbei an den nichtsahnenden Bürgern in ihren Kleinwagen, und freute mich über den strahlend blauen Nachmittagshimmel und die klare Luft. Ich glaubte schon den Frühling spüren zu können. Meine Hochstimmung grenzte an Schwachsinn – ich hoffe nur, daß es nie wieder soweit kommt, daß ich zu den Klängen einer Oper im Glückstaumel über die Autobahn rase.

An den Weg konnte ich mich noch ungefähr erinnern, hatte aber zur Sicherheit die Straßenkarte neben mir auf dem Beifahrersitz ausgebreitet. Kurz vor Flensburg verließ ich wieder die

Autobahn – und geriet für einige Kilometer auf eine größere Straße, die stark befahren war. Meinen Geschwindigkeitsrausch konnte ich hier nicht weiter ausleben.

Die Sonne versank hinter einem kleinen Wäldchen zu meiner Linken. Die Dämmerung verbreitete ein unwirklich erscheinendes, gelbliches Zwielicht. Rechts und links der Straße breitete sich die flache, von der Ödnis des Winters gezeichnete Landschaft aus – bleiche Wiesen und gräuliche, leblose Felder.

Zu den Klängen des Opernfinales bog ich auf eine schmale Landstraße ein, die sich zunächst zwischen einigen Feldern hindurchwand und sich dann zu einer bescheidenen Allee entwickelte, rechts und links von blattlosen Bäumen gesäumt.

Ich schaltete vorsorglich die Scheinwerfer an.

Hinter mir bemerkte ich zwei Autos – einen dunklen Mercedes und dahinter einen dieser modischen überdimensionalen Jeeps, wahrscheinlich mit Turbo und Vierradantrieb. Der Jeep hatte ebenfalls seine Scheinwerfer eingeschaltet, während der Mercedes noch ohne Licht fuhr.

Im Rückspiegel beobachtete ich, wie der Jeep zum Überholen des Mercedes ansetzte, es aber wegen der kurvenreichen Strecke nicht schaffte.

Diese beiden Fahrzeuge hinter mir machten mich nervös, und ich gab Gas. Für einige Minuten rückten die Scheinwerfer des Jeeps in meinem Rückspiegel in die Ferne, dann kamen einige Kurven, und die beiden Wagen rückten langsam wieder näher an mich heran.

Ich wurde nervös. Auf den Gedanken, die nervenaufreibende Musik abzustellen, kam ich aber nicht. «Figaro» trieb meinen Adrenalinspiegel in die Höhe.

Kurz nachdem auch der Mercedes seine Scheinwerfer aufblitzen ließ – was jetzt wirklich nötig war –, setzte der Jeep ein weiteres Mal zum Überholen an. Der Mercedes gab Gas und kam näher. Ich beobachtete das Manöver der beiden Sonntagsfahrer besorgt durch den Rückspiegel. Mir war ganz und gar nicht wohl dabei. Jeep und Mercedes fuhren nun parallel nebeneinander. Um die beiden bedrohlichen Scheinwerferpaare hinter mir loszuwerden, fuhr ich schneller. Ich erreichte eine einige hundert Meter lange gerade Strecke, die Tachonadel kletterte bald auf über 120. Die Halbstarken hinter mir schienen sich jedoch inzwischen auf meine Kosten zu amüsieren. Noch immer nebeneinander, holten sie rasch auf. Ein Schild wies auf eine enge Kurve hin, und ich mußte plötzlich abbremsen. Die beiden Fahrer hinter mir reagierten langsamer. Für einen Moment glaubte ich schon, die Stoßstangen des Mercedes spüren zu können. Die Reifen quietschten, und der Jeep fiel zurück. Mit Mühe schaffte ich die scharfe Rechtskurve. Danach eine Linkskurve, eine leichte Biegung nach rechts und endlich wieder eine gerade Strecke. Die beiden Wagen waren zurückgefallen. Ich gab Gas, blickte in den Rückspiegel und sah sie fünfzig Meter hinter mir um die Biegung kommen.

Erst in diesem Augenblick ging mir auf, was hier wirklich gespielt wurde. Die Einsicht kam reichlich spät und war ziemlich wertlos. Ich beschleunigte wieder, hatte sie aber bald schon wieder dicht hinter mir. Ich hoffte auf Gegenverkehr, aber umsonst. Der Jeep schob sich am Mercedes vorbei und fuhr nun parallel zu mir. Ich konnte kaum beschleunigen, da ich ohnehin schon viel zu schnell fuhr. Ich hoffte auf eine Kurve und fürchtete sie zugleich. Ich überlegte, ob ich abbremsen sollte, hatte aber Angst, daß dann der Mercedes auffahren würde. Sie hatten mich in eine wirkungsvolle Zange genommen. Ich sollte offensichtlich abbremsen und rechts ranfahren. Ich nahm das Gas weg, schaltete herunter – und beschleunigte wieder, als sie ebenfalls langsamer geworden waren. Das brachte mir einen kleinen Vorsprung ein. Aber umsonst. Der Jeep war nach einer halben Minute wieder neben mir. Plötzlich schwenkte er nach rechts. Vor Schreck wäre ich beinahe von der Fahrbahn abgekommen. Mit dem nächsten Schwenk krachte die breite Stoßstange des Jeep gegen meinen Kotflügel. Dann gegen meine Fahrertür. Mich ergriff eine ungeheure Panik. Noch nie hatte ich mich in einer derartigen Situation befunden. Jeden Augenblick konnte ich die Kontrolle über den Wagen verlieren und gegen einen der

Alleebäume knallen. Der Abstand zwischen mir und dem Jeep vergrößerte sich wieder, gleich darauf jedoch manövrierte er wieder näher heran.

Ich nahm das Gas weg. Sie hatten mir Todesangst eingejagt. Ich bremste vorsichtig ab, und die Tachonadel glitt langsam von 100 über 80 auf 60, dann unter 50. In diesem Moment sah ich ein Vorfahrtschild vor mir im Scheinwerferlicht. Dahinter ging ein Feldweg von der Straße ab. Ohne nachzudenken, riß ich das Steuer nach rechts und gab Gas. Nur knapp verfehlte ich den Straßengraben. Der BMW rutschte auf dem Schotter, und für den Bruchteil einer Sekunde war ich mir sicher, es nicht geschafft zu haben. Aber ich raste, ohne den Wagen richtig unter Kontrolle zu haben, durch eine tiefe Pfütze. Das Dreckwasser spritzte über die Windschutzscheibe. Bevor ich hektisch den Scheibenwischer einschaltete, gab ich wieder Gas und schoß über den holprigen Feldweg, der zwischen einer Wiese und einem kahlen Feld hindurchführte.

Die Spritzanlage funktionierte nicht richtig. Ich fluchte auf Kreissbergs Nachlässigkeit. Die Scheibenwischer verschmierten den Dreck auf der Scheibe. Ich konnte kaum noch etwas erkennen.

Der Fahrer des Jeeps hatte mein Abbiegemanöver nicht vorausgesehen und rauschte, wie auch der Mercedes, an der Abzweigung vorbei. Trotzdem würde es kaum zwei Minuten dauern, bis sie wieder hinter mir wären. Meine Situation war ziemlich hoffnungslos. Wenn nicht ein Wunder geschah, würden sie mich bald haben. Über Felder und Wiesen zu flüchten war sinnlos. Das einzige, worauf ich hoffen konnte, war eine weitere Abzweigung, eine neue Straße, ein Haus oder ein Wald. Es gab nichts dergleichen. Nur ein immer schlechter werdender Feldweg, der stur geradeaus führte.

Hinter mir leuchteten in einiger Entfernung die zwei Scheinwerfer des Jeeps auf. Das war der Moment, wo der Auspuff weggerissen wurde. Der BMW fing an zu knattern wie ein Panzer. Mit diesem Geräusch würde man mich im tiefsten Wald oder dem dicksten Nebel ausgemacht haben. Ich quälte den

Wagen weiter rücksichtslos durch die tiefen Schlaglöcher. Aber die Scheinwerfer näherten sich erbarmungslos.

Als er nur noch etwa dreißig Meter entfernt war, scherte der Jeep nach rechts aus. Hinter ihm rückte der Mercedes heran, der mit den gleichen Schwierigkeiten zu kämpfen hatte wie ich. Der Jeep jedoch hatte Vierradantrieb. Ohne den hätte ich noch Chancen gehabt. So aber konnte sich der Jeep mühelos über das schlammige Feld bewegen, über sämtliche Unebenheiten hinweg. Nach nur zwei Minuten fuhr er wieder auf gleicher Höhe mit mir. Ich wollte nach links ausschwenken, konnte aber nicht, da sich dort ein Graben und dahinter ein Stacheldrahtzaun befand.

Der Jeep war wieder nahe an mich herangerückt. Und erneut überfiel mich die Angst, abgedrängt oder gerammt zu werden. Aus dem heruntergekurbelten Fenster schob sich eine Hand. Sie war in der Dunkelheit kaum zu erkennen. Die Pistole, die die Hand hielt, konnte ich überhaupt nicht sehen. Aber ich hörte den Schuß. Das rechte hintere Seitenfenster des BMW splitterte. Die nächsten drei Schüsse gingen fehl. Dann traf eine Kugel den Kühler, eine weitere den Motor, der zusätzlich zu dem Dröhnen des Auspuffs zu klappern anfing. Und schließlich, ich war kurz davor, ohnehin abzubremsen und aufzugeben, traf der Schütze den rechten Vorderreifen. Es ging so schnell, daß ich es gar nicht richtig wahrnahm: Das Lenkrad verselbständigte sich, der Wagen schlingerte, drehte sich halb um die eigene Achse, geriet in den Straßengraben – und überschlug sich. Meine Bremsversuche hatten überhaupt nichts genutzt.

Ich verlor für einige Minuten das Bewußtsein.

Als ich die Augen wieder aufschlug, wunderte ich mich. Ich saß genau wie vorher am Steuer, der Wagen stand aufrecht, wenn auch ziemlich schief. Der Fahrersitz war an das Lenkrad gedrückt und ich leicht eingeklemmt worden, das Dach stark eingedellt. Die Windschutzscheibe war kaputtgegangen, und ein kalter Wind wehte ins Wageninnere. Ich hatte Schmerzen im linken Bein, am Brustkorb und im Nacken. Mein linker Arm war gefühllos. Ich versuchte den rechten zu bewegen – er zitterte unkontrolliert. Ich wollte den Sicherheitsgurt lösen, fand aber den Druckknopf nicht.

Motorgeräusche und Scheinwerfer näherten sich. Die Autos blieben dicht hinter dem BMW stehen, die Scheinwerfer leuchteten zu mir herein. Sie ließen die Motoren laufen und stiegen aus. Ich hörte die Geräusche von zwei Autotüren, die zugeschlagen wurden, und Stimmen, die ich nicht identifizieren konnte.

Ein Mann sah zu mir herein. Zuerst erkannte ich ihn nicht, da ich zu benommen war und die Scheinwerfer mich blendeten. Dann sah ich, daß es Weiminger war. Neben ihm tauchte das Gesicht des bleichen Samuel auf.

«Lebt er noch?» Samuel begann an der Beifahrertür zu rütteln.

«Versuch die andere Tür», sagte Weiminger.

Sie gingen um den Wagen herum.

In diesem Moment merkte ich, daß das Radio noch immer lief. Es war jedoch nicht mehr Mozart, sondern Wagner, der, von atmosphärischen Störungen begleitet, ertönte. Die Leute vom Rundfunk hatten ein erstaunliches Anpassungsvermögen – Wagner war genau das, was ein halb gelähmtes, nahezu bewußtloses, durch Schock und Paranoia zerrüttetes Unfallopfer vollends in den Wahnsinn treiben konnte.

Ich mußte mich übergeben. Damit war mein Jackett endgültig ruiniert. Aber ich war froh, daß es nicht Blut war, das aus meinem Mund floß. Sie schlugen die Scheibe ein und schafften es mit großer Anstrengung, die Tür aufzureißen.

«Hallo Tolonen», sagte Weiminger, während Samuel von der anderen Seite her versuchte, den Sicherheitsgurt zu lösen. «Leben Sie noch?»

Ich nickte. Eigentlich schämte ich mich, aber Weiminger, der mich beinahe umgebracht hätte, erschien mir in diesem Moment wie ein Retter in der Not.

«Wir dachten schon, wir hätten einen Sparringpartner verloren», sagte er boshaft.

Sie zogen mich aus dem Wrack und stützten mich. Zu meinem großen Erstaunen konnte ich mich mit ihrer Hilfe fortbewegen. Meine Beine schmerzten zwar höllisch, waren aber nicht gebrochen. Ebenso die Arme. Allerdings hatte ich Schwierigkeiten mit dem Atmen – eine Prellung der Brust war, wie sich später herausstellte, daran schuld.

«Hören Sie zu, Tolonen», sagte Weiminger mit einem süßlichen Klang in der Stimme. «Sie wollen doch sicher nicht, daß wir Sie hier liegen lassen, in der Kälte und in diesem Dreck hier, stimmt's? Und sicherlich wollen Sie auch nicht, daß ihr Körper noch mehr Schaden nimmt. Stimmt auch, ja? Gut. Dann sagen Sie uns einfach, wo das Material ist, das Sie Kasman mitbringen wollten.»

Ich war der festen Überzeugung, nicht reden zu können. Außerdem kapierte ich erst gar nicht, was er wollte. Als er mich schließlich brutal an der Schulter faßte und schmerzhaft schüttelte, schaffte ich es, die beiden Worte «Tasche» und «Rücksitz» hervorzustoßen.

Sie schoben mich zu ihrem Jeep und setzten mich auf die Rückbank. Weiminger gab mir eine Packung Papiertaschentücher.

«Machen Sie sich damit ein bißchen sauber. Das ist ja ekelhaft.»

Ich reinigte mein Jackett, so gut es ging, während Samuel zum BMW zurückging und ihn durchsuchte.

Schon nach wenigen Minuten hatte er meine Aktenmappe gefunden und wühlte darin herum. Er fand den Umschlag mit Kasmans Dokumenten, sah sich alles an und sagte dann: «Es fehlt die Hälfte, aber sonst hat er nichts bei sich.»

«Wir werden sehen», sagte Weiminger und kramte eine Landkarte aus dem Handschuhfach. Dann sah er mich an:

«Es sieht ganz so aus, als ob Sie ärztliche Hilfe oder zumindest ein bißchen Pflege brauchen. Bleich wie Sie sind, halten Sie nicht mehr lange durch. So ein Schock schmeißt den stärksten Mann um. Was Sie brauchen, ist ein Bett. Klar?» Ich nickte. «Gut», fuhr er fort. «Wo das Bett ist, wissen Sie auch – bei Kasman und seiner reizenden Tochter. Wenn Sie also die Nacht in deren Gesellschaft verbringen wollen, führen Sie uns auf dem schnellsten Wege hin. Als Alternative gibt es für Sie nur den kalten Ackerboden. Wenn Sie ihm in Ihrem Zustand eine Nacht schutzlos ausgeliefert sind, sind Sie hinüber. Wenn Sie dann erfroren neben dem Autowrack liegen, wird kaum jemand an uns denken. Das ist Ihnen hoffentlich klar?»

Ich nickte wieder. Mir war kotzübel, und ich zitterte noch immer. Kaum, daß ich mich auf der Bank geradehalten konnte. Weiminger entfaltete die Karte: «Zeigen Sie mir, wo Kasman ist!»

Ich zeigte es ihm, es blieb mir nichts anderes übrig. Mich in diesem Augenblick wegen des Verrats zu schämen, kam mir in meinem Zustand nicht mehr in den Sinn. Jeder andere hätte an meiner Stelle genauso gehandelt.

Sie fesselten mich mit Handschellen an eine der Verstrebungen, die die Plane des Jeeps hielten.

Samuel steuerte den Jeep, und Weiminger fuhr mit dem Mercedes voraus.

Als wir beinahe bei Kasmans Landhaus angekommen waren, stiegen wir aus und legten die restlichen Meter im Dunkeln zu Fuß zurück. Ich war nahe daran, bewußtlos zusammenzubrechen. Die beiden Männer stützten mich. Nur undeutlich erkannte ich die Pistolen in den Händen der beiden Killer.

Als wir vor dem Haus angekommen waren, schickten sie mich vor und verschwanden zu beiden Seiten.

Mit letzter Kraft stieg ich die wenigen Stufen zur Haustür hinauf und betätigte den Klingelzug. Kasman erschien selbst an der Tür. Ich fiel ihm erschöpft entgegen. Er fing mich auf und hatte kaum Zeit, sich über die beiden Pistolen zu wundern, die ihm Weiminger und sein Gehilfe an die Schläfen setzten.

«Er hatte einen kleinen Unfall mit dem Wagen», sagte Weiminger, während Samuel Kasman nach einer Waffe abtastete.

18

Kasman schleppte mich ins Wohnzimmer. Ich zog mühsam mein schmutziges Jackett aus und legte mich auf das Sofa. Der Kamin knisterte.

Ohne auf die beiden Männer zu achten – Weiminger, der die Pistole auf uns richtete, Samuel, der sofort anfing, das Haus von oben bis unten zu durchsuchen –, begann Kasman, mich zu untersuchen.

«Ich glaube, es ist nicht schlimm. Sie haben vor allem einen Schock.»

Er legte eine Decke über mich und gab mir ein Wasserglas mit Whisky. Davon verschüttete ich zwar den größten Teil, aber er tat mir gut.

Samuel trat ins Wohnzimmer und verkündete. «Es ist niemand sonst da, er ist allein.»

«Setzen Sie sich, Kasman», sagte Weiminger und machte es sich in einem Sessel bequem. «Wir haben einiges zu bereden.»

Kasman gehorchte. Samuel holte sich einen Stuhl aus der Küche und setzte sich damit neben die Tür.

Kasman deutete auf mich: «Der Mann braucht Bettruhe.»

«Er liegt sehr gut dort», sagte Weiminger. «Zwischen so netten, fürsorglichen Menschen wie uns ist er doch wunderbar aufgehoben.»

In gewisser Weise war ich ihm dankbar: Wenn ich auch am Ende meiner Kräfte war, so wollte ich doch nichts von dem, was nun passierte, verpassen.

«Wo ist übrigens Ihr Töchterchen?» fragte Weiminger.

«Verreist», sagte Kasman.

«Das ist schade», sagte Samuel.

«Sehr schade», nickte Weiminger, «aber vielleicht erleichtert es ja unsere Arbeit.»

Die beiden Waffen in den Händen der Amerikaner schienen Kasman nicht zu beunruhigen. Er saß in seinem Sessel, wurde vom Schein des Kaminfeuers beleuchtet und sah Weiminger mit höflicher Aufmerksamkeit an.

«Möchten Sie vielleicht etwas trinken?» fragte er.
Weiminger grinste.
«Whisky, Cognac, Wein, ein Glas Champagner?»
Weimingers Grinsen schien auf seinem Gesicht festgefroren zu sein.
«Wo haben Sie das Zeug?» fragte er.
«In der Küche.»
Weiminger nickte dem bleichen Samuel zu: «Hol den Whisky und ein paar Gläser. Wir wollen ihn nicht um seinen letzten Drink bringen.»
Samuel stand auf.
«Wenn es Ihnen nicht zu viel Mühe bereitet, würde ich den Cognac bevorzugen», sagte Kasman.
«Wir trinken alle aus einer Flasche!»
«Wenn Sie meinen.» Kasman machte eine zustimmende Handbewegung. «Der Eisbehälter steht im Kühlschrank.»
Samuel schenkte den Whisky aus, und sie prosteten sich zu wie alte Bekannte.
«Nun», sagte Kasman, während er das Glas wegstellte, «ich nehme an, Sie haben mir ein Angebot zu machen?»
«Nein», sagte Weiminger, «kein Angebot. Wir haben den Auftrag, Sie fertigzumachen. Wir sind nicht zum Diskutieren gekommen, wir sind Pragmatiker.»
Kasman nickte nachdenklich: «Das dachte ich mir schon. Leider, glaube ich, sind Sie etwas zu spät dran.»
«Es ist nie zu spät zum Sterben», sagte Weiminger.
«Nicht für mich, aber für Sie.» Kasman lächelte.
«Wir haben eine Menge Zeit», sagte Weiminger und nickte seinem Partner zufrieden zu, der wieder auf seinem Platz an der Tür saß und sich eine Zigarette anzündete. «Ich höre.»
«Sie haben einen Fehler gemacht.»
«Der erste in meinem Leben . . .»
«Da bin ich überfragt», Kasman zuckte mit den Schultern. «Tatsächlich aber hätten Sie nicht anfangen dürfen, mir Fragen zu stellen.»
«Fragen kostet nichts.»

«Die Antworten kosten. Die Antworten, die ich Ihnen gebe, könnten Sie eine Menge kosten. Vielleicht aber können sie Ihnen auch wieder etwas einbringen, was Sie schon verloren haben.»

«Wir haben das Geld schon in der Tasche.»

Kasman schüttelte den Kopf: «Haben Sie nicht. Leute wie Sie bekommen einen Bruchteil der Endsumme und eine Sicherheit für den Restbetrag. Wie sieht das in Ihrem Fall aus? Ein gesperrtes Nummernkonto in einem Bankenparadies in der Karibik, das zu einem bestimmten Zeitpunkt, nach Auftragserledigung, freigegeben wird? Oder steht irgendwo an einer Straßenecke ein Mann mit einem Koffer voll Geld und erwartet Sie? Das wäre sehr altmodisch.»

«Machen Sie sich darüber keine Sorgen.»

«Ich mache mir keine Sorgen darüber, denn über die Anzahlung werden Sie kaum hinauskommen. Übrigens auch nicht, wenn Sie jetzt abdrücken sollten. Sie haben Pech. Ihre Auftraggeber können von der Erfüllung Ihres Auftrages nicht mehr profitieren. Wenn Sie wollen, können Sie mich nun wegen Geschäftsschädigung verklagen.»

Weiminger wurde unruhig: «Was soll das heißen?»

«Sie wissen genau, was ich meine. Die Leute, die Sie bezahlen, sind aufgeflogen. Und zwar weil ich sie habe auffliegen lassen. Es ist Ihre Schuld! Jetzt ist es nicht mein Kopf, der rollt, sondern der Ihrer Freunde.»

«Wer ist aufgeflogen?»

«Die gesamte Führungsmannschaft von ATX ist verhaftet worden.»

«Na und? Was hat das mit mir zu tun?»

«Ich dachte mir, daß Sie dies fragen würden. Natürlich wissen Sie nicht, in welchem Auftrag Sie handeln. Sie wissen auch nicht, warum Sie mich umbringen sollen. Habe ich recht?»

«So etwas hängt man nicht an die große Glocke.»

«Eben», nickte Kasman. «Man engagiert nicht einfach ein Killerteam, bezahlt es aus der Portokasse und schickt ihm zu Weihnachten eine Kiste Sekt.»

Weiminger griff zu seinem Glas und stürzte den Whisky in

einem Zug hinunter. Er fühlte sich unwohl. Die Ratlosigkeit stand ihm im Gesicht geschrieben. Ein Mann wie er konnte sich nur sicher fühlen, solange die Initiative von ihm ausging und solange die einmal abgesteckten Fronten hielten. Er war kein Taktiker. Seine einmal überlegte Strategie konnte er nicht von einer Minute zur nächsten verändern. Dazu war er geistig zu unflexibel. Er war eben ein Söldner, aber unglücklicherweise ohne übergeordnetes Kommando. Wie alle Soldaten kam er in Schwierigkeiten, wenn er den Gegner leibhaftig vor sich hatte – nicht aus moralischen Gründen, sondern weil er nicht darauf vorbereitet war, sich mit ihm auseinanderzusetzen.

Weiminger griff nach der Whiskyflasche. Kasman schob ihm sein Glas hin: «Schenken Sie mir bitte auch noch einen ein.»

Samuel saß in sich zusammengesunken, die Pistole auf dem Oberschenkel exakt in Richtung Kasman gerichtet. Er war nicht beunruhigt. Wahrscheinlich war er nie beunruhigt. Er war kein Mensch, der sich Gedanken machte.

Ich hatte inzwischen fast meine Schmerzen vergessen, versuchte mich mit Hilfe eines Kissens in eine halbwegs sitzende Position zu bringen und hörte gespannt zu.

«Gestern morgen», fuhr Kasman fort, «erreichte das Bundeskriminalamt in Wiesbaden ein ausführliches Papier, das äußerst detailliert darlegt, seit wann, in welcher Weise und in welchem Umfang die Firma ATX gegen die Cocom-Vereinbarungen der westlichen Industriestaaten verstoßen hat. Anhand von Dokumenten wird in diesem Dossier genauestens belegt, daß eine bestimmte Clique im Management der Firma seit den siebziger Jahren gegen so gut wie alle gesetzlichen Regelungen betreffs Technologietransfer in den Osten – hier besonders nach Polen – verstoßen hat. Der Schaden, rein wirtschaftlich betrachtet, geht selbstverständlich in die Millionen. Vom militärischen Standpunkt aus gesehen, ist er weitaus katastrophaler. ATX war an der Entwicklung von NATO-Spitzentechnologien beteiligt. Viele der modernsten Computerspielereien, die hier entwickelt wurden, finden bereits eine breite Anwendung in den Armeen des Warschauer Pakts.»

«Politik interessiert mich nicht», sagte Weiminger mürrisch.

«Natürlich nicht. Ich versuche nur, Ihnen die Zusammenhänge zu skizzieren, die Sie zu mir geführt haben. Sie wurden im Auftrag bestimmter Personen bei ATX auf mich angesetzt. Zu einer Zeit, als man noch hoffen konnte, daß mein Tod verhindern würde, daß alles ans Tageslicht käme. Natürlich viel zu spät, denn von Beginn an habe ich alle greifbaren Beweise bei meinem Anwalt in Köln deponiert, der sie im Falle meines plötzlichen Todes veröffentlicht hätte. Wir haben uns nun entschieden, den Veröffentlichungstermin vorzuziehen.»

«Interessiert mich auch nicht», erklärte Weiminger. «Damit habe ich nichts zu tun.»

«Ich muß Sie leider enttäuschen. Wer, glauben Sie, soll Sie denn nun noch bezahlen, also die Freigabe des Kontos – wenn es denn so organisiert sein soll – bewirken, wenn die Herren alle in Polizeigewahrsam sitzen?»

«Sie haben das gesamte Material an die Polizei gegeben. Ohne daß ich davon wußte. Was ist mit unserer Abmachung?» fiel ich ihm ins Wort.

«Ich konnte schlecht auf Sie warten, das hätte zu lange gedauert.»

«Es wird nicht lange dauern, bis man es in allen Zeitungen lesen kann.»

«Ich muß Sie noch mehr enttäuschen, Herr Tolonen. Heute gingen weitere Briefe ab – an sämtliche großen bundesdeutschen Zeitungen und an dpa.»

«Damit sind all meine Recherchen hinfällig. Und unsere Abmachung auch!»

Wäre ich nicht so verletzt und erschöpft gewesen, hätte ich wahrscheinlich einen Wutanfall bekommen. Leider reichte meine Kraft nicht aus.

«Warten Sie es ab, Tolonen», sagte Kasman beschwichtigend. «Sie werden schon noch zum Zug kommen.»

«Sie sehen», fuhr Kasman, an Weiminger gewandt, fort, «Sie sind zu spät gekommen. Sie werden unverrichteter Dinge wieder abziehen müssen.»

«Ein Bluff», sagte Weiminger. «Nur ein Bluff, immerhin ein ganz guter ...»

«Ich bin ein guter Spieler», sagte Kasman. «Wenn ich bluffe, habe ich mehr in der Hand als nur eine vage Idee.»

«Wenn Sie Beweise für Ihre Behauptungen haben, legen Sie sie auf den Tisch. Wir sind zwar geduldig, aber nur, wenn uns eine gute Show geboten wird.»

«Die Show ist in vollem Gang. Das Drehbuch habe ich geschrieben, und von Ihnen selbst hängt es ab, ob Sie mehr als nur eine schlechtbezahlte Statistenrolle darin spielen werden.»

«Beweise!» sagte Weiminger barsch.

«Sie sind ungeduldig. Zu spät kommen und dann Ungeduld zeigen ist nicht die feine Art.»

«Mit dummen Sprüchen versuchen Zeit zu gewinnen auch nicht.»

«Wir haben viel Zeit. Wir brauchen Geduld.»

Der bleiche Samuel hob seine Pistole und ließ sie durch den Raum schweifen. Er zielte auf Kasman, dann auf mich, dann wieder auf Kasman. Im Gegensatz zu mir schien Kasman davon keineswegs beeindruckt zu sein.

«Mit Worten überzeugen Sie mich nicht.»

Kasman lächelte: «Ich habe nicht geglaubt, einen Amerikaner mit Worten befriedigen zu können. Ich kann Ihnen einige Dokumente vorlegen – leider sind darauf auch größtenteils Worte zu finden. Immerhin ist es eine Sammlung von Aufzeichnungen aus den letzten fünfzehn Jahren, die den Geheimnisverrat von ATX-Angehörigen an den polnischen Geheimdienst belegen. Es sind Kopien von Konstruktionsplänen und Schaltkreisen dabei und eine genaue Dokumentation, wann welche Unterlagen auf welchen Wegen an wen gegangen sind. Ich habe einige Aktenordner damit gefüllt.»

«Wo haben Sie das Zeug?»

«In meinem Zimmer im ersten Stock. Wollen Sie das Material einsehen?»

«Ich will es sehen, darauf können Sie Gift nehmen!» sagte Weiminger, und, ohne den Blick von Kasman zu wenden, an

Samuels Adresse: «Geh mit ihm nach oben und bringt den ganzen Krempel hierher!»

Kasman und Samuel standen auf.

Ich war stocksauer auf Kasman. Die Dokumente mußte er von Anfang an hier im Haus gehabt haben. Hätte ich sie verwenden können, wäre meine große Enthüllungsstory längst gedruckt gewesen. Letzten Endes war es natürlich meine Schuld – ich hatte es nicht geschafft, ihm die Informationen aus der Nase zu ziehen. Aber wie hätte das bei einem solchen Taktiker auch vonstatten gehen sollen?

Sie kamen mit vier dicken Aktenordnern zurück, und Weiminger vertiefte sich in die Lektüre. Ich hatte meine Zweifel, ob seine Intelligenz dafür ausreichen würde.

Auch ich durfte mich nun mit der Materie befassen. Ich hätte mir gerne Notizen gemacht, aber das war angesichts dieser Situation illusorisch. Die Lektüre war auch so aufregend genug. Es waren neben den Plänen Namenslisten vorhanden, Charakterisierungen der beteiligten Personen – fünf an der Zahl –, genaue Zeittabellen über alle fünfzehn Jahre hinweg sowie detaillierte Beschreibungen der Abläufe in diesem Spionageskandal erster Ordnung. Die Führungsclique hatte natürlich nicht nur dem Unternehmen Millionenprofite aus diesen illegalen Geschäften erwirtschaftet, sondern jeder der Beteiligten hatte auch an sich selbst gedacht. Zusätzliche Einkommen von einigen hunderttausend Mark für jeden über die Jahre hinweg waren ebenfalls aufgelistet. Dazu kam die Aufdeckung der Identitäten der Kontaktpersonen des polnischen Geheimdienstes in der Bundesrepublik und in der Schweiz sowie die Beschreibung zweier KGB-Agenten, die zeitweise an der Koordinierung der Aktionen mitgearbeitet hatten. Auch die Identität einiger Emissäre wurde aufgedeckt – teilweise waren mir die Namen aus den Zeitungsberichten, die ich nach meinem Köln-Aufenthalt gelesen hatte, bekannt. Auch die Beschreibung des Beginns einer anderen spektakulären Aktion war beigefügt worden: Der Versuch, das Spionagenetz über die bundesrepublikanischen Grenzen hinaus in Richtung auf andere an *Alphatron* beteiligte Unternehmen zu erweitern. Mittels persönlicher Erpressung sollten weitere Manager und Wissenschaftler in Frankreich und Italien für Spionagezwecke eingespannt werden. Eine Liste der Ausschweifungen der betreffenden Personen in Geschäfts- oder Privatleben wie auch eine Aufstellung der Namen jener Figuren beiderlei Geschlechts, die für deren Verfehlungen sorgen sollten, waren beigefügt. Zwei Italiener hatte es schon erwischt: Den einen hatte man auf die übliche Tour mit Hilfe einer attraktiven jungen Frau in eine unangenehme Lage gebracht, den anderen auf seinen Schuldenberg hingewiesen, der seiner Seriosität abträglich war – es waren Spielschulden. Es waren immer die gleichen Methoden und immer die gleichen Persönlichkeiten, die auf solche Tricks hereinfielen.

Einen Namen vermißte ich in den Aufzeichnungen: Kasman. Er hatte alle Hinweise auf sich selbst getilgt. Gelegentlich tauchten Formulierungen wie «ein wissenschaftlicher Mitarbeiter», «ein eingeschleuster Agent» oder «ein Leck im Forschungsbereich» auf, aber Kasman selbst hatte sich ausradiert und unsichtbar gemacht. Wenn er endlich als die zentrale Figur der ganzen Geschichte identifiziert worden war, nachdem die anderen ausgepackt hatten, würde er bereits über alle Berge sein.

Aber wohin? Ich fragte ihn erstaunt, wie er sicher sein könnte, daß ihn die Polen mit offenen Armen empfangen würden, wo er sich selbst ihnen gegenüber nicht loyal verhalten hatte.

«Haben Sie die Dokumente gesehen, die wir von Nowak bekamen, und die dem BND übergeben wurden?»

«Teilweise.»

«Natürlich nur teilweise», sagte Kasman, «sonst hätten Sie diese Frage nicht gestellt. Wir haben Nowaks Liste erweitert und Personen eingearbeitet, zu denen ich viele Jahre ein enges Arbeitsverhältnis hatte. Ein solcher Bruch kann schmerzlich werden, läßt sich aber manchmal nicht vermeiden.»

«Dann haben Sie Ihre eigenen Leute verraten.»

«Nur ein paar von Ihnen.»

«Und nun sitzen Sie in einer Sackgasse!»

«Aber nein, im Gegenteil, wir sind beweglicher als jemals

zuvor. Die Damen und Herren dagegen, die sich an mir hätten vergreifen können, haben Ladehemmung ...»

«Dann haben Sie Ihre Ideale geopfert!»

«Sie sehen das Ganze zu eindimensional. Warten Sie ab, Sie werden schon noch dahinterkommen.»

«Haben Sie die ganze Zeit als Doppelagent gearbeitet?»

«Keineswegs, für wen halten Sie mich? Ich bin nicht einen Zentimeter vom Pfad der Tugend abgewichen. Es ist nicht meine Schuld, daß der Pfad gelegentlich äußerst kurvig verläuft.»

Weiminger klappte den letzten Aktendeckel zu und knurrte ungehalten.

Kasman breitete jovial die Arme aus: «Habe ich Sie nun überzeugt?»

Weiminger lehnte sich zurück: «Das ist eine Menge Papier. Darauf stehen viele Worte. Überzeugende Beweise kann man es nicht nennen. Das kann genausogut gefälscht sein.»

«Sie haben recht», sagte Kasman. «Aber ich werde Ihnen den Beweis für die Echtheit der Aufzeichnungen liefern – und zwar morgen früh, an jedem beliebigen Kiosk. Genau das, was Sie gerade gelesen haben, wird in sämtlichen Zeitungen geschrieben stehen. Dazu werden Berichte von den Verhaftungen der fünf hier namentlich aufgeführten Personen kommen – falls nicht der eine oder andere einen Tip bekommen hat und sich aus dem Staub macht. Was aber – seien Sie beruhigt – kaum der Fall sein dürfte. Diese Berichte werden Ihnen die Echtheit der vorliegenden Dokumente beweisen. Und leider auch, daß Sie Ihr Honorar für meine Ermordung abschreiben müssen. Das tut mir aufrichtig leid für Sie.»

Es machte Kasman sichtlichen Spaß, so zu reden. Er war wirklich ein Spieler. Fast hatte ich den Eindruck, daß ihm mehr Unsicherheit, das prickelnde Gefühl von Wagnis und Risiko, noch besser gefallen hätte. Aber ich bekam es mit der Angst zu tun. Weiminger blickte stumm auf die vor ihm liegenden Aktenordner. Der bleiche Samuel schien von allem Gesagten nichts verstanden zu haben. Er hielt auch weiterhin seinen Pistolenlauf auf uns gerichtet.

Es dauerte einige Minuten des Schweigens, bevor Weiminger seinen Blick wieder mit einem grimmigen Lächeln auf Kasman richtete.

«Trotz alledem sind Sie in unserer Hand», sagte er.

Kasman lächelte ebenfalls. Er sah glücklicher aus.

«Ich dachte mir, daß Sie darauf kommen würden.»

Weiminger nickte zufrieden: «Wie lautet also Ihre Antwort?»

«Ich zahle natürlich.»

«Natürlich.»

«Allerdings», fuhr Kasman fort, «vermute ich, daß ich Sie trotzdem nicht vor morgen früh loswerden kann.»

«Sie vermuten richtig.»

«Dann wird es eine lange Nacht werden. Eine lange Nacht, die wir leider gemeinsam hier unten verbringen müssen ...»

«Sie haben es erfaßt», sagte Weiminger.

«Dann sollten wir uns die restlichen Stunden so angenehm wie möglich gestalten. Was darf ich Ihnen anbieten?»

«Erst einmal einen Kaffee.»

«Etwas zu essen vielleicht?»

«Schön», sagte Weiminger behaglich. «Ich habe einen Bärenhunger.»

Auch Samuel schien beim Wort Essen aus seiner Lethargie zu erwachen.

«Zu Ihrem Glück bin ich stets auf überraschenden Besuch vorbereitet und würde vorschlagen, daß wir zur kalten Platte einen kühlen Chablis genießen», erklärte Kasman penibel.

«Erst den Kaffee», sagte Weiminger.

«Wie Sie wünschen.»

«Einen Fernseher haben Sie nicht hier, was?» fragte Weiminger, nachdem er sein leeres Weinglas neben den Resten des kalten Büffets abgestellt hatte. «Nein», antwortete Kasman. «Nur eine Stereoanlage. Und ein Autoradio natürlich. Wenn Sie Ihr Glück versuchen wollen, stelle ich es Ihnen gerne zur Verfügung. Wo haben Sie übrigens Ihren Wagen gelassen? Sie sind wohl kaum zu Fuß gekommen.»

Weiminger sah Samuel an: «Hol die beiden Wagen! Bei der Gelegenheit kannst du auch das Radio anschalten. In ein paar Minuten kommen die 24-Uhr-Nachrichten.»

Der bleiche Samuel ging nach draußen.

«Die Stereoanlage hat auch einen Radioteil», sagte ich, nachdem die Haustür zugefallen war.

«Vielleicht ist er kaputt», sagte Weiminger.

Kasman lächelte: «Das Gerät funktioniert ausgezeichnet.»

«Vielleicht ist die Antenne manipuliert?» fragte Weiminger besorgt.

«Bei Ihrem Freund», sagte Kasman, «scheint die Antenne gar nicht angeschlossen zu sein.»

«Er hat keine», sagte Weiminger.

«Er ist eben kein Denker.» Kasman schenkte sich zufrieden aus der zweiten Flasche seines ausgezeichneten Weins ein und hielt sie in die Höhe: «Nehmen Sie noch einen Schluck?»

Weiminger lehnte dankend ab. Ich ebenfalls, da ich ohnehin schon kurz vor dem Einnicken war.

«An was für einen Betrag haben Sie gedacht?» fragte Weiminger.

«Sie sprechen von Ihrer Abfindung? Ich bin nicht sehr flexibel – Sie werden sich mit 40000 Mark bescheiden müssen.»

Weiminger nickte: «Wo haben Sie das Geld?»

«Ich habe einen Gepäckschein, mit dem Sie am Kölner Hauptbahnhof einen unscheinbaren Kunstlederkoffer abholen können. Vorher müssen Sie mir aber noch meine Papiere zurückgeben, die Sie Tolonen abgenommen haben.»

«Sie glauben doch nicht, daß ich Ihnen vertraue?»

«Nein», sagte Kasman. «Aber ich denke, wir sind uns in zwei Punkten einig: erstens ist dies die einzige Möglichkeit für Sie, überhaupt noch einen Profit aus dieser Sache zu schlagen, und zweitens bin ich mir darüber klar, daß Sie mir wieder auf die Pelle rücken werden, falls ich Sie betrügen sollte – das ist schließlich Ihr Beruf.»

Weiminger nickte.

Draußen hörte man das Geräusch des heranfahrenden Jeeps.

«Ihrem Kumpel gegenüber verhalten Sie sich nicht sehr loyal», sagte ich.

«Er hat einen Fehler», sagte Weiminger. «Er ist träge. Er wird nur aktiv, wenn man es ihm befiehlt. Wenn nicht, kann er tagelang stillsitzen. Auf die Dauer ist die Zusammenarbeit mit ihm zu anstrengend.»

«Das klingt nach Abschied.»

Weiminger sah mich nachdenklich an: «Sie haben recht, das klingt nach Abschied.»

«Wie lange arbeiten Sie schon mit ihm zusammen?» fragte ich.

«Seit ungefähr einem Jahr. Ich hab ihn auf der Straße aufgelesen. Er stand vor einem Bahnhofseingang und hielt nach älteren Herren Ausschau. Ich konnte ihn damals ganz gut gebrauchen.»

«Er ist kein Amerikaner?»

«Nein, aber die Mormonenmasche hat immer ganz gut funktioniert.»

«In dieser Beziehung waren Sie in der Tat ein überzeugendes Team», stimmte ich zu. «Wie sind Sie nach Europa gekommen?»

«Ich war mal bei der Army, mehr oder weniger zwangsweise. Dabei habe ich die deutsche Sprache gelernt. Nachdem man mich entlassen hat, bin ich hier hängengeblieben. Hab mir Europa angesehen und keinen Grund mehr gefunden, in die Staaten zurückzukehren.»

«Herr Weiminger war ein wenig im Drogenhandel tätig», warf Kasman ein. «Hab ich nicht recht?»

«Haben Sie Informationen über mich eingezogen?» fragte Weiminger überrascht.

«Ich wollte wissen, mit wem ich es zu tun habe», sagte Kasman. «Der Fuchs, der den Hund kennt, der ihm auf den Fersen ist, kann ihn in die Irre führen.»

«Woher wußten Sie denn, daß man ihn beauftragt hat?» fragte ich.

«Von dem Moment an, als mir klar war, daß meine Gegner zum äußersten Mittel griffen, wußte ich auch – da ich sie ja genau kannte –, wie sie vorgehen würden. Es war nicht schwer, das rauszufinden. Streier und Konsorten, die Namen kennen Sie ja aus den Akten, hatten nur eine Möglichkeit, sich mit der Unterwelt in Verbindung zu setzen. Diese einfältigen Bürokraten standen der ganzen Sache sehr hilflos gegenüber. Sie haben das mit der Firma verbundene Sicherheitsbüro beauftragt, eines von diesen privaten Unternehmen, die es mit der Moral und Gesetzestreue nicht so genau nehmen. Für eine kleine Summe waren sie bereit, ihre hervorragenden Kontakte mit der Unterwelt zu aktivieren – und wenige Tage später stand Herr Weiminger vor Streiers Tür und bekam den Auftrag, nach mir zu suchen.» Kasman sah Weiminger fragend an: «War es nicht so?»

«Wir trafen uns in einer schmutzigen Kölner Eckkneipe. Der Mann war ungeheuer nervös und gab einen Phantasienamen an. Um was es genau ging, verriet er nicht, erst beim Feilschen bekam er den Mund auf, der Geizhals.»

«In bezug auf die Zahlungsweise in Raten muß ich Herrn Streier ein Kompliment machen – er hat Ihnen nichts geschenkt. Als Geschäftsmann hat er durchaus eine sichere Hand. Leider nicht als Leiter eines größeren Unternehmens.»

«Wahrscheinlich war es nicht das erste Mal, daß er heißes Geld transferierte», warf ich ein.

«Natürlich nicht», sagte Kasman. «Er hat selbst einige Konten, auf den Bahamas oder sonstwo.»

Draußen fuhr nun der Mercedes vor.

Als Samuel nach ein paar Minuten wieder eintrat, sagte er träge: «Sie haben eine kurze Meldung gebracht. Ein Industrieller ist verhaftet worden, einige weitere werden gesucht. Von der Firma wurde nichts erwähnt.»

«Die Details erfahren Sie morgen früh aus der Zeitung», sagte Kasman. «Ich würde vorschlagen, daß wir uns nun alle ausruhen. Es ist spät geworden.»

«Wir bleiben alle hier im Raum», sagte Weiminger barsch.

«Ich kann Ihnen ein paar Decken von oben herunterholen», sagte Kasman freundlich.

Ich legte mich wieder auf das Sofa, und die anderen machten es sich, so gut es ging, in ihren Sesseln bequem.

19

Als ich am nächsten Morgen mit Nacken- und Kopfschmerzen erwachte, war es draußen schon hell geworden. Durch die Gardinen des Wohnzimmerfensters sah ich, daß es ein trüber Tag werden würde.

Ich war allein.

Noch im Halbschlaf hörte ich zwei Männerstimmen und das Geräusch eines laufenden Motors. Eine Autotür wurde zugeschlagen, und ein Wagen fuhr davon. Einige Minuten später wurde ein zweiter Motor angelassen. Erst jetzt begann ich über die Ursache der Geräusche nachzudenken, und ein panischer Schreck ergriff mich. Ich richtete mich ruckartig auf und spürte einen bösartigen ziehenden Schmerz im Nacken.

Diese Mistkerle wollten mich hier sitzenlassen!

Der zweite Wagen fuhr davon.

Ich humpelte hastig zum Fenster und sah den Mercedes vom Hof wegfahren. Hatte Kasman mich reingelegt? Ich fluchte. Mein Bein schmerzte. Die Aussicht, mich von hier zu Fuß wegbewegen zu müssen, machte mich rasend.

Die Zimmertür öffnete sich, und Kasman trat ein. Er lächelte höflich: «Guten Morgen! Sie sind wieder gut zu Fuß?»

Ich blickte auf meine Füße. Der rechte Socke hatte mal wieder ein großes Loch.

«Nein», sagte ich, «das Bein tut weh.»

Kasman nickte: «Ich mache uns einen Kaffee.»

«Was ist mit den beiden? Sind wir sie los?»

«O ja, auf Nimmerwiedersehen, hoffe ich.»

«Haben sie Ihnen geglaubt, oder wie erklärt sich der Meinungsumschwung?»

«Der bleiche Jüngling fährt Richtung Flensburg, um sämtliche erhältlichen Zeitungen zu kaufen. Sein Partner Weiminger dagegen fährt in die andere Richtung ...»

Ich sah ihn fragend an.

«Auf dem schnellsten Weg nach Köln. Er hat noch Gepäck dort.»

«Das mit dem Koffer hat er Ihnen also abgenommen?»

«Was blieb ihm übrig? Soll er einen Mord begehen, der sehr wahrscheinlich nicht honoriert wird?»

«Gibt es den Koffer überhaupt?»

Kasman lächelte fröhlich: «Sie halten mich für ein ausgekochtes Schlitzohr, was?»

«Nach all dem, was ich erlebt habe . . .»

«In geschäftlichen Dingen bewahre ich gelegentlich schon so etwas wie Anstand, Herr Tolonen. Auch wenn Sie das kaum glauben werden.»

«Ich glaube es nicht. Ich glaube, daß Sie nur etwas weggeben, wenn Sie einen größeren Wert dafür einheimsen können.»

«Das tut doch jeder Geschäftsmann», sagte er mit aufgesetzter Unschuldsmiene.

«Was ist also mit dem Koffer?»

«Es gibt ihn. Es gibt sogar noch einen zweiten. Den hätte Herr Weiminger auch noch haben können, wenn er geschickter verhandelt hätte.»

«Und nun bekommt ihn der bleiche Samuel?»

«Um Gottes willen! Das wäre die reinste Verschwendung! Sie sind ein schlechter Kapitalist. Wo bleibt der Gegenwert?»

«Aber er wird sich wundern, wo sein Kompagnon abgeblieben ist.»

«Vor allem wird er sich wundern, wo wir abgeblieben sind . . .»

«Bitte?»

«Wir brechen auf! Suchen Sie Ihre Sachen zusammen, ich gieße inzwischen zwei Tassen Nescafé auf. Wir sollten nicht allzusehr trödeln.»

«Ach ja?»

«Nein. Oder wollen Sie den jungen Mann überwältigen und fesseln. Erschießen gar?» fragte Kasman ironisch und hinkte auf die Küche zu.

«Er wird uns verfolgen.» Ich setzte mich auf das Sofa und schlüpfte in meine braunen Halbschuhe.

«Er wird sich auf die Suche nach seinem treulosen Freund machen – Richtung Köln. Wir werden eine entsprechende Nachricht für ihn an die Tür pinnen», rief Kasman aus der Küche, wo er mit den Tassen herumklapperte. «Emotionale Bindungen sind stärker als ökonomisch-rationelle.»

«Ökonomie?» fragte ich, während ich mich mühsam mit den Schnürsenkeln abquälte.

Der Wasserkessel fing an zu pfeifen.

«Wenn der junge Mann intelligent wäre, würde er die Autobahn Richtung Hamburg nach uns absuchen», sagte Kasmann, als er mit einem Tablett aus der Küche trat.

«Er ist nicht gerade ein Intellektueller», sagte ich.

«Nein.» Kasman stellte das Tablett auf den Tisch. Darauf standen zwei große Kaffeebecher, eine Untertasse mit Würfelzuckerstückchen und eine Dose «Sahne-Fix».

«Sie haben die Löffel vergessen.»

«Oh, nehmen Sie Ihren Kaffee mit Zucker?»

«Nein.»

«Dann brauchen Sie auch keinen Löffel.»

Ich deutete auf die Dose: «Das ist Ozon-Killer-Sahne.»

«Soso», sagte Kasman gleichgültig, griff nach dem «Sahne-Fix» und sprühte sie in seinen Becher.

«Außerdem ist sie ranzig.»

Kasman blickte besorgt auf seinen Kaffee. Auf der Oberfläche hatten sich dicke gelbe Klümpchen gebildet.

«In der Tat», sagte er und stand auf: «Dann fahren wir los!»

«Sie müssen noch Ihren Kram packen.»

«Ist bereits alles im Wagen.»

«Ich werde mir den Mund verbrennen», sagte ich, während ich den Becher hob.

«Tun Sie das.»

Er stand auf und ging in den Flur.

Ich folgte ihm mit dem Becher in der Hand. Er griff nach dem kleinen Reisekoffer, der im Flur stand, und öffnete die Haustür. Ich stieg die Treppe nach oben in Hannas Zimmer und warf die Zahnbürste in mein Köfferchen. Dann fiel mir ein, daß ich saubere Kleidung dringend nötig hatte, und nahm eine frische Hose, ein frisches Hemd und einen frischen Pullover heraus.

Mein Jackett war unbrauchbar geworden, und ich war froh, daß ich meinen Regenmantel mitgenommen hatte.

In der einen Hand den Becher, in der anderen das Köfferchen, stieg ich wieder hinunter. Kasman griff ungeduldig nach meinem Gepäckstück und wandte sich wieder nach draußen.

«Lassen Sie den Kaffee stehen! Wir können unterwegs an einer Raststätte Halt machen.»

Während er die Tür abschloß, nippte ich am Becher, trank ihn halb leer und stellte ihn, als Kasman schon wieder Richtung Auto hinkte, auf der Steinstufe vor dem Eingang ab.

Kaum saß ich auf dem Beifahrersitz des geräumigen Citroën, rasten wir los. Ich wunderte mich über die plötzliche Hektik meines Gastgebers.

«Wir fahren also nach Hamburg», stellte ich fest.

Kasman nickte wortlos.

«Und wenn wir dort angekommen sind, führen wir ein ausführliches Interview.»

«Dazu werden wir kaum Zeit haben, wenn Sie die Maschine nach Zürich kriegen wollen.»

«Wir können das Interview auch in Zürich führen.»

«Das ist unmöglich, da ich in einem anderen Flugzeug sitzen werde.»

«Wie kommt es, daß ich so plötzlich den Drang verspüre, nach Zürich zu reisen?»

«Die Liebe», sagte Kasman, «ist eine große Antriebskraft. Die Liebe zu einer schönen Frau und zum Geld.»

«Ist Hanna in Zürich? Was macht sie dort?»

«Sie erwartet Sie.»

«Und außerdem liegt dort noch eine Menge Geld herum, das darauf wartet, von mir aufgesammelt zu werden.»

«Sie haben es erfaßt.»

«Auch wenn Sie sich gerne als Märchenfee stilisieren möchten, müssen Sie mir einige Fragen beantworten. Ich mag nicht an einem Mythos stricken.»

«Als Journalist tun Sie das zwar ständig, aber fragen Sie ruhig.»

«Zunächst eine pragmatische Frage: Wann bekomme ich die Aktenordner?»

«Bedienen Sie sich – sie sind in den beiden Tüten auf dem Rücksitz.»

«Zweite Frage: Wohin geht Ihre Reise?»

«In ein in Insiderkreisen bekanntes und begehrtes Steuerparadies in der Karibik.»

«Welches Paradies?»

«Das ist eine Frage zuviel.»

«Gut. Aber warum haben Sie das Land verraten, für das Sie so viele Jahre gearbeitet haben?»

«Polen? Ich habe die Polen nicht verraten.»

«Sie haben eine ganze Reihe von Agenten aus Ihren Reihen preisgegeben.»

«Kleine Fische. Die waren alle nicht so wichtig, daß sie nicht ersetzbar wären. Die Personen in den wirklich wichtigen Stellungen habe ich unangetastet gelassen. Mir blieb nichts anderes übrig, als diejenigen auffliegen zu lassen, die mir gefährlich wurden.»

«Aber wollten Sie nicht in Ihre Heimat zurück?»

«Ursprünglich ja, aber es hat sich anders entwickelt als vorgesehen. Man muß flexibel sein.»

«Ihr Patriotismus hält sich also doch in Grenzen.»

«Ich werde meinem Land noch einige wertvolle Unterlagen zukommen lassen. Mein Anwalt in Köln –»

«– Sobiella –»

«– wird dafür sorgen, daß Informationen über interessante Persönlichkeiten und Projekte im Rahmen von *Alphatron* nach Warschau übermittelt werden.»

«Sie versuchen mit einem kleinen Geschenk Ihr Ansehen zu retten.»

«Nennen Sie es, wie Sie wollen! Ich habe mein Land nicht verraten. Es ist nicht meine Schuld, daß diese inkompetenten Schwachköpfe dort regieren. Und noch weniger, daß sie geglaubt haben, sie müßten mich aus dem Verkehr ziehen.»

«Warum haben sie das geglaubt?»

«Wegen undichter Stellen – die gibt es natürlich immer. Und weil ein eifriger Karrierist meinen wunden Punkt entdeckt hat.»

«Welchen?»

«Daß ich schon einmal in Ungnade gefallen bin. Alte Geschichten wieder aufwärmen, farbige Lügen hinzuerfinden – das ist die Spezialität solcher Idioten.»

«Was hat man Ihnen denn vorgeworfen?»

«Daß ich mit dem israelischen Geheimdienst zusammenarbeiten würde.»

«Und? Ist es wahr?»

Kasman lachte: «Keine Spur! Jedenfalls noch nicht.»

«Was soll das nun wieder heißen?»

«Wir zwei werden einen kleinen Seitensprung riskieren.»

«Sie wollen doch nicht zu den Israelis überlaufen?»

«Sie übertreiben schon wieder», sagte Kasman mit einem genüßlichen Lächeln. «Von Überlaufen habe ich nicht gesprochen. Wir werden einen kleinen Handel tätigen – zu unser aller Vorteil.»

«Ich habe nicht die Absicht, ins Spionagegeschäft einzusteigen.»

Kasman betätigte großspurig die Lichthupe, als uns ein Kleinwagen auf der Überholspur den Weg blockierte. Ich ahnte, wer Hanna den waghalsigen Fahrstil beigebracht hatte.

Der Fahrer vor uns gab klein bei, und wir rauschten an einigen Lastzügen vorbei. Vor dem letzten scherte Kasman so dicht wieder ein, daß ich Angst bekam. Der LKW-Fahrer offenbar auch, denn er hupte verärgert. Ich drehte mich um. Hinter den Lastzügen sah ich für einen Moment ein Fahrzeug, das mir bekannt vorkam: einen Jeep. Seine überdimensionale Stoßstange glänzte kurz in der Sonne, dann verschwand er hinter den Lastwagen. «Ich glaube, dieser Samuel ist hinter uns», versuchte ich Kasman zu erklären.

«Unsinn!» sagte er barsch und sah in den Rückspiegel. «Das ist unmöglich.» Den Gedanken, daß jemand nicht auf seine Tricks hereinfiel, schien er als obszön zu empfinden.

Ich drehte mich noch einmal um, konnte den Jeep aber nicht

mehr ausmachen. »Öffnen Sie das Handschuhfach!» sagte Kasman.

Ich tat es, und mir fiel eine kleine silberne Pistole entgegen.

«Nicht die Pistole», sagte er. «Da muß ein Schein herumliegen.»

Ich fand einen Gepäckschein.

«Ist das Ihr zweites Kölner Sparbuch?» fragte ich.

«Das Sparbuch gehört Ihnen.»

«Was soll ich damit?»

«Geben Sie es aus. Es macht keinen Sinn, Geld zu horten.»

«Wollen Sie mich bestechen?»

«Ich will Sie bezahlen. Es ist eine Anzahlung. Wenn Sie unsere Geschäfte in Zürich zur Zufriedenheit aller erledigt haben, wartet ein weiterer Bonus auf Sie.»

Ich legte den Zettel ins Fach zurück und schloß es wieder.

«Ich habe kein Interesse an solchen Dingen.»

«Haben Sie Angst, daß Sie etwas Kriminelles tun könnten? Oder läßt es sich nicht mit Ihrer Berufsehre vereinbaren?»

«Ich habe schon lange keine Berufsehre mehr.»

«Dann steht dem Ganzen ja nichts mehr im Weg.»

«Nur das Gesetz.»

«Ich verspreche Ihnen, daß dieser Job ohne negative Folgen für Sie bleiben wird.»

Ich dachte darüber nach. Mir war nicht wohl bei der Sache.

«Was halten Sie übrigens von meiner Tochter?» fragte Kasman betont leichtfertig.

«Ich mag sie.»

«Sie sind hoffentlich nicht verheiratet?»

«Geschieden.»

«Na prächtig! Dann haben Sie ja den gleichen Erfahrungshorizont.»

«So, so.»

«Die Chancen, daß was Ernstes daraus wird, bestehen doch?»

«Woher soll ich das wissen?»

«Seien Sie nicht so ruppig, Tolonen. Ich bin immerhin ihr Vater.»

«Und?»

«Sie wollen Ihre Zukünftige doch nicht allein in die Höhle des Löwen schicken?»

«Lassen Sie dieses Gerede!»

«Ein solch kostbares Stück sollte man an sich binden. Zu meiner Zeit ...»

«Die Zeiten haben sich geändert, man heiratet nicht mehr so einfach.»

«Ach? Ist das so? Das Zeitalter der Entschlußlosigkeit ist angebrochen? Lassen Sie sich von einem erfahrenen Taktiker einen Rat geben: Ein Edelstein wirkt hübscher, wenn man ihn an ein goldenes Kettchen hängt ...»

«Was meinen Sie mit der Höhle des Löwen?»

«Ich habe Hanna versprochen, daß ich Sie überreden werde, Ihr beizustehen, wenn sie unseren jüdischen Freunden das Angebot unterbreitet.»

«Sie wollen sie in diese schmutzige Sache hineinziehen? Und dann auch noch allein hinschicken?»

«Erstens ist die Sache nicht schmutzig, sondern ein ganz normales Geschäft. Zweitens versuche ich Sie die ganze Zeit zu überreden, Hanna zur Seite zu stehen. Und drittens nehme ich Ihnen Ihr ehrbares Geschwätz nicht ab. Ich versichere Ihnen, daß Sie kein Gesetz brechen werden, gegen das Sie nicht bereits verstoßen hätten. Denken Sie an Ihr Abenteuer in Frankfurt. In den Augen des Staates sind Sie bereits ein Verräter.»

Das hatte er sich klug ausgedacht. Ich sah mich schon im Gewahrsam der Schweizer Polizei und als *Spion aus Liebe* in der Presse gefeiert.

Kreissberg würde dann meine Biographie schreiben, und damit wäre mein Ansehen in alle Ewigkeit ruiniert.

«Außerdem», fuhr Kasman fort, «sollten Sie sich an Ihr Berufsethos erinnern. Wie können Sie die Recherchen zu einer Geschichte abbrechen, ohne die Schlußpointe mitbekommen zu haben?»

Ich überlegte. Kasman schwieg endlich und ließ mir Zeit, meine Gedanken zu ordnen.

Wir näherten uns den Grenzen Hamburgs.

Natürlich mußte ich nach Zürich fliegen. Natürlich wollte ich, so schnell es ging, Hanna wiedersehen. Außerdem hatte ich Angst, bei dieser ominösen Aktion könnte ihr irgendwas zustoßen. Kasman hatte natürlich recht: Ich steckte schon tiefer in dieser Affäre drin, als mir lieb sein konnte.

«Was wollen Sie den Israelis verkaufen?»

«Nichts, was ihnen früher oder später nicht ohnehin zufliegt.»

«Und das wäre?»

«Die C.A.K.P.-Pläne. Da die Amerikaner an diesem Projekt nicht beteiligt sind und die Israelis in Europa nicht so viele Agenten unterhalten wie in den amerikanischen Rüstungsfirmen, gieren sie geradezu danach. Zumal die Franzosen ihnen bei einer diesbezüglichen Anfrage die Tür vor der Nase zuschlugen. Und die Franzosen – das ist bekannt – sympathisieren eher mit den Arabern. Eine supermoderne Angriffswaffe wie die C.A.K.P. in den Händen der Araber wäre aus israelischer Sicht eine Katastrophe. Also wollen sie sie besitzen – schon allein aufgrund der Pläne wäre es möglich, sich Gedanken über eine wirksame Abwehrwaffe zu machen.»

«Sie tanzen auf allen Hochzeiten», sagte ich kopfschüttelnd.

«Ich hoffe, bald auch auf der meiner Tochter . . .»

«Wieviel springt dabei heraus?»

«Für mich soviel, daß ich mich beruhigt aufs Altenteil zurückziehen kann. Und für Sie insgesamt, mit der Anzahlung, die da im Handschuhfach bereitliegt, 100000 Mark.»

Damit konnte ich *Globalnews* adieu sagen, selbst wenn mir keiner die große Story abkaufen würde.

«Steuerfrei», fügte Kasman hinzu. «Und ohne Risiko.»

Ich öffnete das Handschuhfach.

20

Wir erreichten ohne Schwierigkeiten den Flughafen in Hamburg-Fuhlsbüttel. Kasman besorgte sich ein Ticket Richtung Amerika und mir eins für die Mittagsmaschine nach Zürich.

Dann gab er mir die Schlüssel zu seinem Wagen, die ich Hanna übergeben sollte. Ich half ihm, seine riesigen ledernen Reisekoffer auf einen Kofferkuli zu hieven.

Wir setzten uns auf eine der Wartebänke nahe des Haupteingangs. Kasman holte einen Notizblock und einen Kugelschreiber aus seinem Jackett.

«Sehen Sie mal nach, ob Sie am Kiosk einen Stadtplan von Zürich bekommen. Besser, Sie nutzen die Zeit im Flugzeug, ihn zu studieren. Sind Sie schon mal in Zürich gewesen?»

«Nein.»

«Dann beeilen Sie sich!»

Als ich mit dem Plan in der Hand zurückkam, reichte er mir einen vollgeschriebenen Zettel.

«Prägen Sie sich ein, was da draufsteht. Es ist besser, Sie laufen nachher nicht mit dem Blatt in der Hand durch die Stadt.»

Er nahm den Stadtplan und malte mit dem Stift ein paar Kreuze und Linien hinein.

«Das ist Ihre Route. Die sollten Sie sich ebenfalls einprägen! Sie werden nicht viel Zeit haben.»

Ich las mir den Zettel durch und verglich die Angaben anschließend mit den Markierungen auf der Karte.

«Kommen Sie damit zurecht?»

Ich nickte.

«Gut. Dann checken Sie ein, es wird Zeit!»

Wir gaben uns die Hand.

«Ich muß mein Gepäck aufgeben», sagte er dann. «Leben Sie wohl, mein Lieber. Wenn ein bißchen Gras über die Sache gewachsen ist, kommen Sie mich besuchen.»

«Wo?»

«Das weiß ich selbst noch nicht. – Grüßen Sie meine Tochter herzlich von mir. Kümmern Sie sich um sie, Sie haben einen verdammt guten Fang gemacht. Übrigens sollten Sie die Pistole aus dem Handschuhfach nehmen. Es macht keinen guten Eindruck, so etwas bei sich zu haben, vor allem bei einer Verkehrskontrolle.»

Ich nickte brav.

«Und noch was», sagte er und deutete mit dem Zeigefinger auf meine Beine.

«Ja?»

«Sie sollten sich diese Cordhosen abgewöhnen. Sie mag das nicht. Und ich übrigens auch nicht.»

Kasman drehte sich um und hinkte, den Kofferkuli schiebend, durch die Horde gerade hereingeströmter Flughafenbesichtiger, auf den Pan-Am-Schalter zu. Seinen ganzen schönen Plan hätte er vergessen müssen, wenn ich nicht mitgespielt hätte. Er hatte alles auf eine Karte gesetzt – und gewonnen. Überhaupt schien mir der ganze Fall Kasman wie eine komplizierte mathematische Gleichung aufgebaut zu sein – man konnte leicht den Überblick verlieren, auch wenn alles nach den Gesetzen der Logik zusammenhing. Wer jedoch weder die Regeln beherrschte noch mit Variablen umzugehen wußte, kam nicht weit – wie bei einer Rechnung mit einer Unbekannten.

Die Lufthansa-Schalter befanden sich in der kleinen Haupthalle direkt gegenüber dem Eingang. Ich verstaute den Stadtplan und den Zettel mühsam in der Innentasche meines Jacketts. Dann griff ich nach meinem Köfferchen und suchte nach dem Schalter, vor dem die wenigsten Leute standen. Mein Blick schweifte durch die kleine Halle, die kaum diesen Namen verdiente – und blieb an einer Gestalt hängen, die sich gerade ruppig den Weg durch die träge Horde der Besichtigenden bahnte. Die Flughafentouristen schoben sich nach links, wo ein langer Gang zur Inland-Abflughalle führte. Die Gestalt wurde wider Willen in die gleiche Richtung gedrängt. Es war Samuel. Er war wütend und benutzte jetzt seine Ellbogen. Er schien Kasman bemerkt zu haben, mich aber noch nicht. Ich war unschlüssig, was ich tun sollte. Wenn ich jetzt quer durch die Halle zum Schalter ging, würde Samuel mich auf jeden Fall bemerken. Vor allem wäre es dann ein leichtes für ihn, herauszufinden, wohin ich flog. Die einzige Möglichkeit war die Flucht nach draußen. Aber wie kam ich dann wieder rein? Ich sah auf die Uhr: Ich hatte nur noch wenige Minuten Zeit. Ich warf einen kurzen Blick zum Pan-Am-Schalter: Kasman war nirgendwo mehr zu sehen.

Ich rannte am Kiosk vorbei nach draußen und dann quer über den großen Parkplatz nach rechts. Als ich über die Schulter blickte, sah ich ihn ebenfalls aus der Eingangstür stürzen. Er hatte mich gesehen. Ich rannte zwischen den Autos hindurch, entkam knapp einem losfahrenden Bus und erreichte den überlaufenen Eingang der Inland-Abflughalle. Eine dicke alte Frau mit einer Pelzmütze auf dem Kopf schimpfte zornig, als ich sie unsanft schubste, und versuchte mich festzuhalten. Die Halle war sehr groß und ziemlich leer. Ich rannte nach rechts, wäre beinahe ausgerutscht und erreichte den engen, langen Korridor, der wieder in die Haupthalle führte.

Wenn ich Glück hatte, und Samuel es nicht schaffte, sich schnell genug durch die Horde am Eingang zu drängeln, konnte ich damit rechnen, daß er denken würde, ich habe einen Inlandflug genommen. Die Zeit, die er brauchte, um herauszufinden, daß es nicht stimmte, müßte genügen, um ihn endgültig abzuhängen. Außerdem würde er noch die Snackbar und die *Passenger Lounge* auf der Suche nach mir durchkämmen müssen.

Ich rempelte einen Flughafenpolizisten an, entschuldigte mich hastig, und erreichte die Haupthalle. Dort drehte ich mich ein letztes Mal um. Ich hatte ihn abgehängt. Am Schalter erfuhr ich, daß ausgerechnet meine Maschine den Umweg über Frankfurt flog. Der Flug würde mehr als zwei Stunden dauern. Jetzt wurde es schwierig, Kasmans Zeitplan einzuhalten.

Meinen kleinen Koffer nahm ich als Handgepäck mit in die Maschine. So würde ich nach der Ankunft meine Zeit nicht mit dem Warten auf das Gepäck verschwenden müssen.

Auf dem Weg zur Maschine sah ich mich immer wieder genau um, konnte aber meinen Verfolger nirgendwo entdecken. Vielleicht versuchte er nun, sich an Kasman zu heften. Der würde bestimmt mit ihm fertig werden.

Abgesehen davon, daß mich eine ziemliche Unruhe erfaßt hatte, weil ich nicht wußte, ob alles gut enden würde, dachte ich während des Fluges darüber nach, welche schlagenden Argumente gegen Cordhosen sprechen konnten. Mir fielen keine ein.

Der Schweizer Zollbeamte, der mein Köfferchen durchsuchte, fand nichts Interessantes außer einer zerfransten Zahnbürste. Die verfänglichen Unterlagen in den vier Aktenordnern hatte ich in den Kofferraum des Citroën gepackt. Die C.A.K.P.-Pläne hatte Hanna bereits in ihrem Wagen über die Grenze geschmuggelt.

Es regnete in Zürich, und es war bitterkalt. Ich trat aus dem Flughafengebäude und sah auf die Uhr. In mir machte sich das ungute Gefühl breit, daß ich es nicht mehr rechtzeitig schaffen würde.

Als ich die Tür des nächsten Taxis öffnete und dabei zum Eingang zurückblickte, hätte ich beinahe vor Schreck meine Koffer fallengelassen: Ich sah Samuel aus dem Gebäude stürzen. Er mußte es irgendwie geschafft haben, mit der gleichen Maschine zu fliegen.

Ich schob mich hastig auf den Rücksitz. Mein Herz klopfte nervös.

Mit zitternder Stimme nannte ich dem Taxifahrer die Adresse, und er sah mich einen Moment unschlüssig an. Die Straße war ihm unbekannt. Was nun? Sollte ich aussteigen und meinem Verfolger in die Arme laufen?

Der Fahrer fuhr sich mit der Hand über die Glatze und stöhnte. Endlich fiel es ihm ein. Er startete den Motor.

«Es ist eine sehr kleine Straße», sagte er entschuldigend.

Ich blickte nach draußen. Samuel war nur noch wenige Meter vom Taxi entfernt. Er musterte die Passanten.

Dann drehte er sich um.

Mit einem kleinen Ruck fuhr das Taxi an.

Der Fahrer summte vor sich hin. Es war ein gemütlicher Dicker.

Er sah mich durch den Rückspiegel fröhlich an und fragte: «Sind Sie geschäftlich unterwegs?»

«Ja», sagte ich, «leider.»

Er nickte mitfühlend: «Sogar am Wochenende müssen Sie arbeiten?»

«Das passiert manchmal.»

«Da haben wir ja etwas gemeinsam.»

«Ja.»

Gerade als er dazu ansetzte, eine weitere überflüssige Bemerkung zu machen, krächzte eine Stimme aus dem Funkgerät. Er beugte sich nach vorne, um besser hinhören zu können, und runzelte die Stirn.

Dann murmelte er hastig ein paar Worte in das Mikrophon, das in seine Richtung zeigte, und blickte verstört in den Rückspiegel.

Er bemerkte, daß ich ihn beobachtete, und lächelte unsicher: «Haben Sie sich eben von einem Geschäftsfreund verabschiedet?»

«Wie bitte?»

«Am Flughafen.»

«Woher wissen Sie . . .»

«Es scheint so, als ob er was vergessen hat.»

«Ich verstehe nicht.»

«Er folgt Ihnen – drehen Sie sich um. Das Taxi dort folgt uns. Mein Kollege hat es mir gerade durchgegeben.»

Ich drehte mich um. Er hatte recht. Leider konnte ich nicht erkennen, wer auf dem Rücksitz saß.

«Soll ich anhalten?» fragte der Fahrer.

«Nein», sagte ich knapp.

«Wir sind ohnehin gleich da.»

Er gab Gas, und der Abstand zwischen den beiden Taxen wuchs.

Ich rechnete damit, daß er sich im letzten Moment noch verfahren würde, aber wir erreichten die Pension ohne Schwierigkeiten.

Ich zahlte mit den paar Franken, die Kasman mir gegeben

hatte, und rannte durch den Regen auf den Eingang der *Pension Hörnli* zu, die in einem mächtigen Patrizierhaus untergebracht war.

Eine Drehtür führte ins Foyer, und ich stellte fest, daß das Wort Pension ziemlich untertrieben war – das *Hörnli* hatte Hotelqualitäten, jedenfalls was die Ausmaße der Eingangshalle betraf.

Dem schmächtigen Mann hinter dem alten Rezeptionspult auf der linken Seite der Halle, der eine blaue Uniform trug, nannte ich meinen Namen und fragte ihn nach Frau Marenka, die mich erwarte.

Die linke Brust des Mannes zierte ein schnörkeliger Schriftzug: *Hörnli*.

«Frau Marenka, selbstverständlich», nickte er. «Die Dame hat vor einer halben Stunde das Haus verlassen, aber verfügt, daß Sie in ihrem Zimmer auf sie warten möchten.»

«Vielen Dank», sagte ich und wartete darauf, daß er mir den Schlüssel geben würde.

Statt dessen sah er mich intensiv an: «Möchten Sie auch hier wohnen?»

«Oh, danke», sagte ich, «ich habe bereits ein Hotelzimmer.»

«Ich verstehe.» Er deutete auf meinen Koffer: «Ich dachte nur, weil Sie ein Köfferchen dabei haben.»

«Da sind nur geschäftliche Unterlagen drin.»

«Selbstverständlich.» Endlich drehte er sich um und nahm den Schlüssel vom Haken.

Ich blickte auf meine Uhr. Die Zeit wurde knapp.

Mit dem Schlüssel in der Hand ging ich auf den Lift zu, der sich neben der Treppe auf der anderen Seite der Halle befand.

«Es ist in der ersten Etage», rief der Mann hinter mir her. «Über die Treppe geht es schneller.»

Also nahm ich die Treppe.

Nichts deutete darauf hin, daß das Zimmer bewohnt war, bis auf den kleinen ledernen Reisekoffer, der neben der Tür stand. Im Zimmer herrschte penible Sauberkeit, die Tapete hatte ein Blümchenmuster, der Teppich ebenfalls.

Es gab drei Möglichkeiten, wo der Umschlag versteckt war: hinter einem Bild mit Klebeband festgeklebt, hinter dem Kleiderschrank oder in dem Spülkasten der Toilette.

Es gab kein Bild, der Schrank war zu schwer, ihn einfach zu verrücken, und so mußte ich mir die Hände naß machen.

Sie hatte den Umschlag in eine durchsichtige Plastikfolie eingewickelt. Trotzdem waren paar kleine Wasserflecke auf dem braunen Papier. Ich ließ die Plastikfolie ungeöffnet, durchquerte das Zimmer und stolperte beinahe über meinen Koffer, den ich neben den anderen gestellt hatte. In diesem Moment sah ich, wie sich die Türklinke bewegte. Vorsorglich hatte ich die Tür von innen abgeschlossen.

Es klopfte.

Ich warf den Briefumschlag auf das Bett und rief:

«Einen Moment, bitte!»

Dann sah ich die glänzenden Metallecken meines kleinen Koffers. Ich nahm ihn in die Hand und hob ihn hoch. Er war schwer genug. Ich ging zur Tür. Mit der linken Hand drehte ich hastig den Schlüssel herum. Die Tür öffnete sich langsam. Ich schob sie ganz plötzlich mit meinem Fuß auf, holte mit beiden Händen über meinem Kopf aus und knallte die eine Metallecke des Koffers mit voller Wucht gegen Samuels Schläfe. Er stöhnte schläfrig und sackte zusammen. Ich warf den Koffer beiseite und zog ihn an den Armen ins Zimmer. Nachdem ich die Tür geschlossen hatte, zog ich ihm zuerst die Windjacke, dann das gestreifte Hemd aus. Mit den Hemdsärmeln band ich seine Arme auf dem Rücken zusammen. Dann tastete ich ihn ab – es war natürlich so, wie ich vermutet hatte: Seine Pistole hatte er nicht mit ins Flugzeug nehmen können. Ich schob ihm sein eigenes schmutziges Taschentuch in den Mund und band die Windjakkenärmel davor. Es sah ziemlich komisch aus. Zwar hatte ich Angst, er könnte während meiner Abwesenheit ersticken, aber es ging nun mal nicht anders.

Mehr konnte ich nicht tun. Ich griff nach dem Umschlag, öffnete die Tür, schloß sie gewissenhaft ab und rannte die Treppe nach unten. Dem verdutzten Angestellten warf ich den Schlüssel aufs Pult und rief ihm zu, daß ich in einer halben Stunde wieder zurück sein würde.

Ich lief durch den Regen an den Straßenrand und sah mich um. Nun mußte ich mein Gedächtnis ein wenig anstrengen.

Gegenüber der Pension lag ein kleiner Park mit einem Ententeich in der Mitte. Ich überquerte die Straße, lief durch den Park und erreichte eine enge Einbahnstraße, die zwischen niedrigen Häusern hindurchführte. Dann war mir unklar, ob ich die erste oder zweite Straße nach rechts nehmen sollte. Ich entschied mich für die erste, merkte, daß es die falsche war und wandte mich wieder nach links. Schließlich erreichte ich die Kreuzung, von der wieder eine Straße nach links Richtung Limmat führte. Entlang der Fassade eines langgestreckten Behördenkomplexes erreichte ich die Uferstraße.

Ich war total durchnäßt und vollkommen außer Atem. Ein Blick auf die Uhr zeigte mir, daß ich bereits fünf Minuten zu spät dran war. Ich hastete über die Straße, wurde beinahe von einem Auto angefahren, das ich nicht bemerkt hatte, und stolperte panisch über eine Hecke.

Dann blieb ich unschlüssig stehen – nach rechts oder nach links?

Die Uferpromenade wurde von einer Reihe von Bäumen gesäumt, deren Rinde naß glänzte. Der Regen prasselte auf die verlassenen Pontons im Wasser, an deren Ränder zugedeckte Boote festgemacht waren.

Halb verdeckt von den tiefhängenden Regenwolken, erkannte ich die beiden Türme des Großmünsters, die über die Häuser ragten. Links davon führte eine Brücke über den Fluß.

Ich rannte weiter in Richtung Brücke, vorbei an den wenigen Spaziergängern, deren Gesichter unter den Schirmen nicht zu erkennen waren.

Der Mann in dem weißen Regenmantel stand in der Telefonzelle, deren Tür er mit dem linken Fuß aufhielt. Er hatte einen roten Schal um den Hals geschlungen und eine schwarze Aktenmappe unter den Arm geklemmt. Er war dunkelhaarig und trug einen gepflegten Vollbart. Er hielt den Telefonhörer in der Hand und blickte ungeduldig um sich. Ich verlangsamte mein Tempo, um zu Atem zu kommen, und winkte ihm vorsichtig zu.

Als ich ihn erreichte, sprach er etwas in Englisch in den Hörer und nickte mir knapp zu, als er den Umschlag unter meinem Arm sah.

Er reichte mir den Hörer. Ich schnaufte wie ein Walroß.

Am andern Ende war Hanna. Sie mußte sich, nach allem, was Kasman mir erzählt hatte, in der Bank zusammen mit einem der Israelis befinden, der ihr eine Kontovollmacht übergeben sollte.

«Tolonen? Es ist alles klar – gib ihm den Umschlag.»

«In Ordnung», ächzte ich, nach Atem ringend, und gab den Hörer und den Umschlag an den Bärtigen weiter.

Er sagte «thank you» mit einem komischen Akzent und murmelte dann noch etwas in den Hörer. Ich trat einen Schritt zurück und wartete unschlüssig. Der Mann riß mühsam die Plastikfolie auf und öffnete den Umschlag. Er machte es sorgfältig und ohne Ungeduld. Dann ging er die Papiere durch, nickte zufrieden und murmelte seine Befriedigung in den Hörer. Dann reichte er ihn wieder mir und trat aus der Zelle, um Platz zu machen.

«Alles in Ordnung, wir haben es geschafft.» Sie klang erleichtert. «Wir sehen uns in der Pension.»

Sie legte auf. Ich hängte den Hörer ein. Der Bärtige hatte den Umschlag bereits in seiner Mappe verstaut. Er nickte mir zu, sagte «good bye», drehte sich um und ging zügig davon. Jetzt erst sah ich, daß er unter seinem seriösen Regenmantel Jeans und Turnschuhe trug – wieder einer von diesen Sportskanonen. Vielleicht war er es mehr gewohnt, durch die Gegend zu rennen, als ich. Ich rang noch immer heftig nach Atem. Durchnäßt wie ich war, hatte ich das Gefühl, mein heißer Kopf würde dampfen.

Eine Weile stand ich unschlüssig im Regen herum und kam mir ziemlich nutzlos vor. Dann fiel mir Samuel ein, der gefesselt und geknebelt im Hotelzimmer lag. Sollte er ersticken oder entdeckt werden, würde das Folgen haben. Die Frage war nur, wie konnte ich ihn unauffällig loswerden?

Ich drehte mich um und lief in Richtung Pension. Wie zum Hohn begann der Regen nun nachzulassen. Die Tatsache, daß ich mich soeben als Verräter und Spion betätigt hatte, machte in diesem Moment keinen allzu großen Eindruck auf mich.

Der Umstand, daß ich ihm völlig durchnäßt und recht abgekämpft wieder unter die Augen trat, machte allerdings einen starken Eindruck auf den Empfangschef des *Hörnli.* Dem panischen Blick nach zu urteilen, den er auf mich warf, hielt er mich für einen entlaufenen Irren. Ich zeigte ihm, wie höflich selbst ein Irrer lächeln kann, und er gab mir mit zitternder Hand, aber ohne Kommentar den Zimmerschlüssel.

Die Hand hatte ihm nicht wegen des Schreckens über mein Aussehen gezittert. Das war mir in dem Moment klar, als ich ins Zimmer trat und statt meines Gefangenen den Mann sah, der es sich in dem einzigen vorhandenen Sessel bequem gemacht hatte. Über seinem Trachtenanzug trug er einen Bundeswehrparka, in dem er aussah wie der Anführer einer Pfadfindergruppe. Er grinste mich schäbig an.

«Sie haben Ihren Schirm vergessen, Herr Tolonen», sagte Hinrichsen.

«Pech gehabt», sagte ich.

Ich sah mich um: Auch im Badezimmer war keine Spur von Samuel.

«Suchen Sie Ihr kleines Paket?» fragte Hinrichsen. «Der junge Mann ist bereits über alle Berge. Nachdem ich ihm erklärt hatte, wer ich bin, hat er es vorgezogen, das Weite zu suchen. Sie haben ihn übel zugerichtet, er hatte eine gewaltige Beule am Kopf und sah ziemlich bleich aus.»

Was zum Teufel hatte Hinrichsen hier verloren? Ich hatte auf einmal den bohrenden Verdacht, Hanna könnte mich hinters Licht geführt haben.

«Wie kommen Sie denn hier rein?»

«Durch die Tür», sagte Hinrichsen mit mehr Hohn in der Stimme, als seinem einfältigen Bübchengesicht guttat. «Das werden Sie mir doch wohl noch zutrauen.»

«Daß Sie eine Türklinke betätigen können? Aber immer.»

Er hob drohend seinen Zeigefinger: «Diesmal haben Sie sich in die Nesseln gesetzt und sind zu weit gegangen. Sie haben sich in etwas hineinziehen lassen, daß Sie den Kopf kosten kann.»

«Die Todesstrafe ist abgeschafft.»

Ich zog meinen nassen Regenmantel aus und setzte mich aufs Bett. Wassertropfen liefen mir über das Gesicht und in den Nacken. Ich zog ein Taschentuch hervor, um mich notdürftig abzutrocknen.

«Eine Anklage wegen Verrats militärischer Geheimnisse ist auch nicht zu verachten», sagte er.

«Ich weiß nicht, wovon Sie reden.»

«C.A.K.P.», buchstabierte er.

«Was heißt das?»

«Sie kennen diese Buchstaben ganz genau! Wir haben Ihnen doch schon einmal diesbezügliche Dokumente weggenommen.»

«Na, sehen Sie. Wie soll ich sie dann noch haben?»

«Kopien kann man immer wieder machen.»

«In der Schweiz ist das Kopieren von beschriebenen Blättern nicht untersagt.»

«Mit Spionen machen wir kurzen Prozeß», sagte er triumphierend. «Die Schweiz ist kein gesetzloser Ort. Es gibt Möglichkeiten, Sie den bundesdeutschen Behörden zuzuführen.»

«Wie wollen Sie denn beweisen, daß ich ein Spion bin?»

«Wie wollen Sie beweisen, daß Sie es nicht sind?»

«*In dubio pro reo*, Herr Hinrichsen. Oder gilt das Strafgesetzbuch nicht für Sie?»

«Wir haben eine Zeugin – Sie erinnern sich doch sicher an Frau Nowak.»

«Ich dachte, die wäre längst wieder auf freiem Fuß.»

«Eben deshalb fühlt sie sich uns besonders verpflichtet.»

«Was soll die Ihnen denn erzählen?»

«Daß Sie ihr hochgeheimes Material überlassen haben.»

«Ich habe in meiner Funktion als Journalist Recherchen durchgeführt, die mich in eine Wohnung geführt haben, in der ich dieses Material auffand. Bevor ich es ordnungsgemäß den Behörden übergeben konnte, kam es zu einem bedauerlichen Zwischenfall – bei dem Sie, Herr Hinrichsen, sich nicht gerade zimperlich verhalten haben. Mir haben Sie es eigentlich zu verdanken, daß Sie diese eine Spionin verhaften konnten. Ohne mich hätten Sie nie die konspirative Wohnung entdeckt. Wie wollen Sie mir mit solchen Lappalien drohen?»

«Die Dokumente, die Sie in die Schweiz geschmuggelt haben, sind keine Lappalien mehr.»

«Welche Dokumente?»

«Wir werden es schon noch von Ihnen erfahren.»

«Falls Sie den Umschlag meinen, den ich bis vor kurzem bei mir hatte, den habe ich verloren. Genauer gesagt, ein Mann hat ihn mir abgenommen – gestohlen, stellen Sie sich vor, auf offener Straße in der wohlanständigen Schweiz.»

«Sie haben sie nicht mehr?»

«Nein.»

Jetzt war er ratlos. Er wußte nicht, ob er mir glauben konnte.

«Sie sollten Ihr Land nicht im Stich lassen. Sie sollten uns helfen, diesen Ostspion dingfest zu machen.»

«Der ist längst über alle Berge . . .»

Hinrichsen fuhr herum. Ein Geräusch an der Tür hatte uns beide aufgeschreckt. Die Tür öffnete sich, und Hanna trat ein.

Sie trug einen beigen Regenmantel und hatte eine schwarze kleine Handtasche dabei. Ein paar nasse Haarsträhnen fielen ihr ins Gesicht. Ihre Wangen waren leicht gerötet, sie sah fröhlich aus. Sie schloß die Tür und lächelte uns beiden zu.

«Herr Hinrichsen, nicht wahr? Guten Tag.»

Seine Anwesenheit schien sie nicht im geringsten zu beunruhigen.

«Kennt ihr beide euch etwa?» fragte ich verwirrt.

«Ich kenne Frau Marenka aus dem Fernsehen», sagte Hinrichsen müde.

«Und ich Herrn Hinrichsen aus farbigen Erzählungen meines Vaters.»

«Wo ist Ihr Vater jetzt?» fragte er.

«Auf dem Weg in den sonnigen Süden», erklärte Hanna, während sie den Mantel ablegte.

«Und Sie gedenken ihm zu folgen?»

«Aber nein», sagte sie lächelnd und sah mich an. «Wir beide wollen auf dem schnellsten Weg nach Hause zurück.»

«Dort werde ich Sie unverzüglich verhaften müssen. Es sei denn, Sie kooperieren mit mir und verraten mir den Aufenthaltsort von Kasman.»

«Weder noch», sagte Hanna und setzte sich neben mich auf das Bett. «Es kann keine Verhaftung geben, weil es kein Vergehen gibt.»

«Sie sind naiv!» rief Hinrichsen.

«Es gibt kein Vergehen, weil es keine Geheimnisse gibt, die verraten wurden.»

«Das ist lächerlich!»

«Im Gegenteil, Sie benehmen sich lächerlich! Die Materialien, die an einige ausländische Interessengruppen verkauft wurden, sind völlig wertlos.»

«Dieses Projekt von enormer strategischer Bedeutung . . .»

«Unterbrechen Sie mich nicht, Herr Hinrichsen, ich weiß, was ich sage. Diese C.A.K.P.-Pläne sind ein Witz! Pure Phantasie. Kein Mensch kann diese Apparate zusammenbauen. Weil die Apparate überhaupt nicht existieren, überhaupt nicht existieren können – weder auf dem Papier noch in der Realität.»

«Was soll das heißen? Seit Jahren wird an diesem Projekt gearbeitet. Es wurden Millionen in die Forschung gesteckt.»

«In allgemeine ATX-Projekte, zu denen auch C.A.K.P. gehörte. C.A.K.P. stand völlig unter der Kontrolle meines Vaters. Es ist durchaus möglich, daß er einige interessante Details entwikkelt hat – aber nichts, was nicht schon bekannt wäre. Alle brisanten Teile des elektronischen Steuerungssystems sind reine Fiktion. Jeder, der versuchen sollte, es zusammenzubauen, wird auf erhebliche Schwierigkeiten stoßen.»

«Hat ihn denn niemand kontrolliert?» fragte ich.

«In diesem korrupten Betrieb? Es war ein leichtes, eventuellen Kontrollen zu entgehen, zumal man nur drohen mußte, die dubiosen Finanzierungsmethoden öffentlich zu erwähnen.»

«Das heißt, Kasman hat Gelder für ein Phantasieprodukt erhalten und in die eigene Tasche gesteckt?» fragte ich weiter.

«Darüber weiß ich nichts. Ich hoffe nicht, daß mein Vater ein Krimineller ist. Ich weiß nur, daß er eine wertlose Phantasiekonstruktion an einige ausländische Personen verkauft hat. Für gutes Geld – warum die es unbedingt haben wollten ... keine Ahnung. Militärische Geheimnisse jedenfalls sind keine dabei gewesen. Der Gedanke, der israelischen Armee in ihrem zionistischen Expansionsdrang unter die Arme zu greifen, war für Richard einfach absurd. Eher hätte er für die PLO gearbeitet. Er war nun mal ein Querkopf, ein jüdischer noch dazu. Und so hat er sich diesen Witz geleistet, einen Witz, der sich auszahlt – in bester jüdischer Tradition also.»

Hinrichsen sah ratlos zu uns hin. Sein Blick war ausdruckslos. Er war erschüttert. «Beweise ...» murmelte er.

«Versuchen Sie, das Gegenteil zu beweisen – Sie haben keine Chance», erklärte Hanna selbstbewußt. «Versuchen Sie, uns irgendwelche Spionagegeschichten anzuhängen – Sie werden es nicht schaffen. Wir sind unbescholtene Bürger.» Sie sah mich lächelnd an: «Ist es nicht so?»

«Mir geht's gut», sagte ich.

«Aber ihm nicht.» Sie deutete auf Hinrichsen, dessen Augen inzwischen ziellos über den Blümchenteppich wanderten. «Er sieht aus, als hätte er einen Schnaps nötig. – Dürfen wir Sie zu einem Drink einladen, Herr Hinrichsen? Um die Ecke ist ein nettes Café. Ein Cognac wird Ihnen wieder auf die Beine helfen.»

Hinrichsen quälte sich aus dem Sessel.

«Nein danke», murmelte er undeutlich, während er zur Tür ging. «Der Fall muß neu durchdacht werden.»

Er verließ grußlos das Zimmer.

«Der arme Kerl», sagte Hanna. «Er hat sich so viel Mühe gegeben, uns bis hierher zu verfolgen. Und nun diese Enttäuschung.»

«Er gibt nicht so schnell auf.»

«Ich glaube, es war der letzte verzweifelte Versuch, sein Amt zu retten, nach der Blamage der letzten Tage.»

«Er hat immerhin teilweise Erfolg gehabt.»

»Aber die wesentlichen Dinge hat er versäumt – ATX steht vor dem Zusammenbruch, Kasman, der Meisterspion, ist ihm durch die Lappen gegangen, und sein Vorgesetzter muß versuchen, die Regierungen, die an *Alphatron* beteiligt sind, zu beschwichtigen. Die paar enttarnten polnischen Spione sind im Vergleich zu diesen Skandal nur ein Tropfen auf den heißen Stein.»

«Apropos heiß . . .» sagte ich lächelnd.

Sie wischte sich imaginären Schweiß von der Stirn: «Ja, es ist mal wieder entsetzlich heiß . . .»

Zehn Sekunden später hatten wir unsere Kleider im Zimmer verteilt.

21

Am nächsten Morgen fuhr Hanna mich in ihrem Golf zum Flughafen, und ich machte mich auf den Weg nach Köln, wo ich mein wertvolles Gepäckstück am Hauptbahnhof abholte. Im Intercity nach Hamburg fand ich ein leeres Abteil in der ersten Klasse, so daß ich ungestört den Inhalt des Aktenkoffers inspizieren konnte. Ich stellte fest, daß ich um 40000 Mark reicher geworden war. Mit den restlichen 60000, die Kasman mir bald von seinem Konto auf den Bahamas überwies – über welche Umwege auch immer –, konnte ich beruhigt in die Zukunft sehen.

Ich brach die Rolle Fünfmarkstücke durch, die ich mir im Bahnhofspostamt besorgt hatte, ließ die Münzen in meine Jakkentasche fallen und machte mich auf die Suche nach dem Zugtelefon. Den Koffer nahm ich mit. Ich rief zuerst Bernheim an, der in der Redaktion der «größten deutschen Illustrierten» saß und teilte ihm mit, daß meine Enthüllungsgeschichte über den umfassendsten Spionageskandal, in den je ein bundesdeutsches Unternehmen verwickelt war, bei «dem größten deutschen Nachrichtenmagazin» auf reges Interesse gestoßen sei. Ich wolle sie jedoch zunächst lieber meinen alten Freunden anbieten – als Titelgeschichte für die nächste Ausgabe. Als er meine Honorarforderung hörte, lachte er und hängte ein. Ich rief ihn wieder an und erzählte ein paar pikante Einzelheiten, die ich in den letzten Tagen erlebt hatte. Er sagte mir, daß er mir kein Wort glaube und daß außerdem die nächste Ausgabe thematisch schon vollkommen durchgeplant sei. Ich beschrieb ihm den Inhalt der vier Aktenordner, die ich von Kasman erhalten hatte. Dann erwähnte ich beiläufig die Figur eines Spions, der sämtliche Geheimdienste an der Nase herumgeführt hatte. Dann gab ich auf. Mit viel weinerlichem Bedauern in der Stimme beklagte ich seinen mangelnden Sachverstand und seine Illoyalität einem alten Freund gegenüber, fragte ihn nach der Telefonnummer der Konkurrenzredaktion und hängte ein, als er plötzlich umschwenkte und hastig erklärte, er werde mal seinen Chefredakteur befragen.

Als ich in Hamburg ankam, lag bereits ein Telegramm in meinem Briefkasten. Ich nahm mir ein Taxi nach Fuhlsbüttel, wo ich Kasmans Wagen abholte, und besuchte den cholerischen Bernheim in seinem Büro in Alsternähe. Er ließ seinen Chef herbeizitieren, und wir wurden uns einig, nachdem ich die Story in groben Zügen umrissen und die vier Aktenordner mit dem Beweismaterial präsentiert hatte. Bernheim rief sofort den Chefgrafiker an und brachte ihm schonend bei, daß der Titel wieder geändert werden müßte. Er hatte es nicht leicht. Als er den Hörer auflegte, stand ihm der Schweiß auf der krebsroten Stirn. Zusammen mit Kreissberg hätte der streßgeschädigte Bernheim einen Klub der Todgeweihten aufmachen können.

Den Abend verbrachte ich mit Hanna in einem Restaurant mit Kerzenschein, die Nacht in ihrer Wohnung, wo mich am Morgen die portugiesische Haushälterin kritisch begutachtete, als ich nackt ins Badezimmer wanderte. 24 Stunden später, die ich zu Hause in meiner Einsiedlerwohnung ununterbrochen an meinem Artikel gesessen hatte, zog ich die neue, für meine Begriffe etwas zu weite Hose an, die Hanna mir unbedingt hatte schenken wollen, und machte mich auf den Weg. Gegen zwölf Uhr stand ich vor meinem Schreibtisch in der Agentur und ließ meinen Blick nostalgisch durch das Büro schweifen. Weder die jungen hochnäsigen Kollegen noch den kurzen Rock der Volontärin, die wieder verbissen am Reißwolf arbeitete, noch Carmens trübsinnige Augen würde ich vermissen. Auch nicht den Schreibtisch, auf dem sich mittlerweile ein Sammelsurium von Unwichtigkeiten angesammelt hatte. Vielleicht den Kollegen Kreissberg, der seinen Tisch mal wieder mit neuen bunten Filzstiftmalereien verziert hatte, aber der war gar nicht da – sondern beim Griechen, natürlich.

Ich packte die wenigen privaten Habseligkeiten, die in den Schubladen lagen, in eine Plastiktüte und begab mich ins Vorzimmer der Chefin. Ihrer Sekretärin, dem ätherischen Fräulein Henkel, die mich natürlich abwimmeln wollte, erklärte ich, das Wohl der Firma hinge von meiner dringenden Konsultation ab. Sie hörte meinen Ausführungen zu, während sie ungeduldig weiter auf ihrer Schreibmaschine herumhackte. Schließlich war sie es leid und drückte auf den Summer.

Ich schob die Tür auf und war im Allerheiligsten von *Globalnews.* Die Chefin telefonierte natürlich mal wieder mit einem ihrer prominenten Freunde. Sie saß vor einer Kaminimitation mit glimmender Feuerattrappe an ihrem Designertisch und sah nicht auf, als ich mich unaufgefordert hinsetzte. Auf dem Kaminsims stand eine Hundefigur aus Keramik. Es war natürlich nicht irgendeine Hundefigur, sondern eine Spezialanfertigung eines befreundeten Künstlers. Auch der Hund, eine häßliche, zottelige Promenadenmischung, war etwas Besonderes – bis vor kurzem hatte er leibhaftig in unserem Büro sein Unwesen getrieben. Jeder Mitarbeiter hatte mindestens zwei Bißnarben von diesem Monster vorzuweisen. Vor drei Monaten war Luzifer dann plötzlich und unerwartet von uns gegangen: Ein Schäferhund hatte ihm das Genick zerbissen. Als es bekannt wurde, gaben Kreissberg und ich eine Runde Sekt aus. Es hatte selten eine derartig ausgelassene Stimmung unter den Kollegen geherrscht – was auch daran lag, daß die Chefin gemütskrank zu Hause das Bett hüten mußte. Leider hatte sie sich sehr bald wieder erholt und faselte gelegentlich davon, sich einen neuen

Lebensgefährten zulegen zu wollen. Kreissberg hatte vorgeschlagen, ihr eine Ratte zu schenken.

Nun saß sie vor mir, eine leibhaftige Hexe, deren Anblick nur den Gedanken an Flucht aufkommen lassen konnte: rote Haare, lange spitze Nase und ein Mund, der den Charme einer Kneifzange besaß. Ihr neues Make-up gefiel mir – es machte sie um zehn Jahre älter. Sie trug ein ungeheuer schickes schwarzes Seidenkostüm, auf dessem linken Jackenärmel ein weißer Flekken mit dem Emblem eines bekannten Hamburger Designers prangte.

Sie erzählte ihrem Gesprächspartner am andern Ende der Leitung von einem neuen Restaurant, das aufgemacht hätte, und wo sich nun Abend für Abend «tout Hambourg» zusammenfinden würde. Speisekarte und Einrichtung seien «original arabisch», man käme sich vor wie im Beduinenzelt, und die Spezialität des Hauses seien gebratene Heuschrecken, erklärte sie mit hysterischem Kichern. Das war genau das Gericht, zu dem ich sie als Kerkermeister verurteilen würde, dachte ich. Aber warum eigentlich gebraten? Während sie weiterfaselte, stellte ich mir vor, wie ich sie mit lebenden Heuschrecken vollstopfen würde.

Als meine Phantasien bereits die Ausmaße eines indizierungswürdigen Horror-Schockers erreicht hatten, legte sie endlich den Hörer auf und sah mich ungnädig an:

«Was gibt es denn so Wichtiges?»

«Ich möchte Ihnen einen Vorschlag unterbreiten.»

«Was für ein Vorschlag soll das sein?»

«Ein geschäftlicher.»

«Ich habe keine Zeit für Plaudereien . . .» sagte sie und fummelte ungeduldig an ihrem Terminkalender herum. «Außerdem glaube ich nicht, daß ich Ihren Rat brauche – Leute wie Sie sind schlechte Geschäftsleute. Sie wissen nicht, worauf es ankommt. Sehen Sie sich doch an – in diesem Aufzug nimmt Sie niemand ernst.»

Ich sah aus wie immer. Vielleicht hätte ich mir einen weißen Flicken an den Ärmel nähen sollen.

«Ich seh doch ganz normal aus.»

«Sie haben kein Format und werden es auch nie bekommen. Dazu fehlt Ihnen die rechte Lebensart, die Führungsqualität ...»

Es war ihr üblicher Sermon. Sie schämte sich für alle, die nicht ihren snobistischen Anforderungen genügten. Es war ihr einfach unangenehm, mit jemandem zu sprechen, der womöglich ein unbedeutendes Nichts darstellte. Als ob Normalsein eine ansteckende Krankheit wäre. Sie hatte Angst, man könne sie in den Sumpf der Gewöhnlichkeit hinabziehen.

«Eben darüber wollte ich mit Ihnen sprechen.»

«... Man muß etwas darstellen, wenn man seine Umgebung beeindrucken will.»

«Deswegen brauche ich eine Gehaltserhöhung.»

«Das ist unmöglich, das wissen Sie selbst, die Firma steckt in einem Umsatztief.» Sie griff sich einen Designerkuli und wedelte mit der linken Hand, als wolle sie damit das Staubkorn namens Tolonen fortscheuchen.

«Dann muß ich kündigen.»

«Kündigen Sie ruhig, wir beschäftigen sowieso zu viele Leute.»

Sie nahm mich nicht ernst.

«Das ist aber schade», sagte ich traurig. »Darf ich fristlos kündigen?»

«Machen Sie das mit meiner Sekretärin ab. Ich habe jetzt keine Zeit.»

Mit gespieltem Eifer notierte sie etwas in ihrem Kalender.

Das Staubkorn namens Tolonen erhob sich.

«Sie haben mich sehr glücklich gemacht», sagte das Staubkorn zur Hexe und ließ sich von einem Hauch von Freiheit der Tür entgegenwehen.

«Ich bin fristlos entlassen», sagte ich zur Sekretärin, die mich gelangweilt anblickte. «Leben Sie wohl.»

«Wiedersehen», sagte sie desinteressiert.

Ich hoffte, daß die Hexe ihre Leichtfertigkeit bitter bereuen würde. Wahrscheinlich spätestens bei der Lektüre meines Artikels in der *Illustrierten.*

Von meinen anderen Kollegen verabschiedete ich mich nicht. Wir hatten uns nie nahegestanden.

Ich traf Kreissberg unten auf der Straße. Er kam gerade vom Griechen zurück und pulte mit einem Zahnstocher im Mund.

«Na, wieder heim im Reich?» fragte er höhnisch.

«Ich habe gekündigt.»

«Scherzkeks. Erbschaft gemacht, was?»

«So ungefähr.»

«Mal ernsthaft. Was macht die heiße Story. Auf Eis gelegt, oder wie?»

«Laß dich überraschen.»

«Dachte mir schon, daß nichts daraus wird. Bettgeschichten sind nie sehr ergiebig. Bis auf das, was natürlicherweise dabei herauskommt.» Er grinste sein schmierigstes Grinsen: «Wie war sie denn, die Kleine?»

«Ganz nett.»

Er gab mir einen Klaps auf die Schulter: «Der gute, alte Tolonen! Immer zurückhaltend, immer diskret. Was soll bloß aus deiner Kariere werden? In unserem Job darf man sich nicht auf die Lippen beißen.»

Ein weißer Golf GTI näherte sich mit rasender Geschwindigkeit.

«Hast du schon deinen Schreibtisch gesehen? Berge von Arbeit! Kauf dir am besten eine Schaufel, bevor du hochgehst.»

Keiner schien mir heute glauben zu wollen.

«War schon oben.»

«Trag's mit Fassung, alter Junge.» Er sah auf seine Uhr: «Wenn ich's mir recht überlege, hätten wir noch genug Zeit für ein Bierchen.»

Der Golf bremste scharf und kam neben uns zum Stehen.

«Ein andermal, Kreissberg.»

Das Fenster des Golf wurde heruntergekurbelt.

Kreissberg runzelte die Stirn.

Hannas Gesicht erschien im offenen Fenster. Als sie Kreissberg sah, rümpfte sie die Nase.

«Oh», sagte Kreissberg, «du hast deine Recherchen noch nicht beendet.»

«Wie du siehst.»

Ich öffnete die Tür.

«Hör mal, du kommst nicht mit nach oben? Du hast doch nicht etwa wirklich gekündigt?»

«Ich bin das letzte Mal dort gewesen.»

«Verdammt», sagte Kreissberg.

Hanna ließ ungeduldig den Motor aufheulen.

Ich stieg ein und merkte, daß ich etwas vergessen hatte.

»Meinen Wagen kannst du erst mal behalten», sagte ich.

«Wieso denn?»

«Dein BMW liegt irgendwo in der Nähe von Flensburg auf einer Wiese. Hat sich zweimal überschlagen. Du solltest ihn als gestohlen melden.»

«Überschlagen, gestohlen?»

Hanna gab Gas.

«Ruf mich an!» rief ich ihm zu.

Wir brausten davon.

Als ich mich umdrehte, sah ich, wie Kreissberg den Kopf schüttelte. Er war sprachlos.

Zum erstenmal.

Killer-Ladies

Paula Gosling
Töten ist ein einsames Geschäft (2533)
Blut auf den Steinen (2826)
Tod auf dem Campus (2858)

Christine Grän
Ein Brand ist schnell gelegt. . . (2901)
Weiße sterben selten in Samyana (2777)
Nur eine läßliche Sünde (2865)

Patricia Highsmith
Venedig kann sehr kalt sein (2202)

Jane Johnston
Gesucht wird Ricky Foster (2785)

Faye Kellermann
Geh nicht zur Mikwe! (2812)

Anne D. LeClaire
Die Ehre der Väter (2902)
Herr, leite mich in Deiner Gerechtigkeit (2783)

Barbara Neuhaus
Ich bitte nicht um Verzeihung (2747)
Tatmotiv Angst (2824)

Helga Riedel
Einer muß tot (2656)
Wiedergänger (2682)
Ausgesetzt (2715)

Patricia Roberts
Gebrochene Flügel (2702)

thriller rororo

C 2165/6

Serientäter

Robert Brack
Blauer Mohn (2886)
Die Spur des Raben (2906)

Bob Cook
Arrivederci Roma (2870)
Figuren im Zwielicht (2821)

Howard Engel
Es kommt alles ans Licht (2745)
Mord stand nicht im Drehbuch (2691)
Ticket für einen Toten (2833)

Georg Feil
Das Gesetz (2722)
Todsicher (2803)

Jan Michelet
Tod im Vorüberfahren (2749)
Weiß wie Schnee (2790)
Zwischen Hammer und Amboß (2755)

Jerry Oster
Dschungelkampf (2773)
New York Babylon (2758)

Poul Ørum
Der Schatten neben Dir (2657)
Die letzte Flucht (2822)

Fernando Schwartz
Die Falken (2829)
Die Verschwörung am Golf (2838)

L. R. Wright
Die Galerie der Toten (2825)
Tiefer Grund (2847)

thriller rororo

C 2115/10